CHRISTIAN FÜRCHTEGOTT GELLERT

Fabeln und Erzählungen

HERAUSGEGEBEN VON
KARL-HEINZ FALLBACHER

PHILIPP RECLAM JUN. STUTTGART

Die Umschlagabbildung, ein Kupferstich von Johann Martin Bernigeroth, ist dem Titelblatt der Ausgabe: *Fabeln und Erzählungen von C. F. Gellert*, Leipzig: Johann Wendler, 1746, entnommen. Sie zeigt die unbekleidete Wahrheit, die aus der Hand der Dichtkunst ein Kleid empfängt.

Universal-Bibliothek Nr. 161 [3]

Gesamtherstellung: Reclam, Ditzingen. Printed in Germany 1986
ISBN 3-15-000161-7

Fabeln und Erzählungen

von

C. F. Gellert.

Mit Königl. Pohln. und Churfürstl. Sächs. allergnädigst. Privilegio.

Bey Johann Wendlern.
1746.

Die Nachtigall und die Lerche

Die Nachtigall sang einst mit vieler Kunst;
Ihr Lied erwarb der ganzen Gegend Gunst,
Die Blätter in den Gipfeln schwiegen,
Und fühlten ein geheim Vergnügen.
Der Vögel Chor vergaß der Ruh,
Und hörte Philomelen zu.
Aurora selbst verzog am Horizonte,
Weil sie die Sängerin nicht gnug bewundern konnte.
Denn auch die Götter rührt der Schall
Der angenehmen Nachtigall;
Und ihr, der Göttin, ihr zu Ehren,
Ließ Philomele sich noch zweimal schöner hören.
Sie schweigt darauf. Die Lerche naht sich ihr,
Und spricht: Du singst viel reizender als wir;

Philomelen: Philomele: mythologischer Name der Nachtigall.
Aurora: Göttin der Morgenröte.
verzog: verharrte.

Dir wird mit Recht der Vorzug zugesprochen:
Doch eins gefällt uns nicht an dir,
Du singst das ganze Jahr nicht mehr als wenig Wochen.

Doch Philomele lacht und spricht:
Dein bittrer Vorwurf kränkt mich nicht,
Und wird mir ewig Ehre bringen.
Ich singe kurze Zeit. Warum? Um schön zu singen.
Ich folg im Singen der Natur;
So lange sie gebeut, so lange sing ich nur;
Sobald sie nicht gebeut, so hör ich auf zu singen;
Denn die Natur läßt sich nicht zwingen.

* * *

O Dichter, denkt an Philomelen,
Singt nicht, so lang ihr singen wollt.
Natur und Geist, die euch beseelen,
Sind euch nur wenig Jahre hold.
Soll euer Witz die Welt entzücken:
So singt, so lang ihr feurig seid,
Und öffnet euch mit Meisterstücken
Den Eingang in die Ewigkeit.
Singt geistreich der Natur zu Ehren,
Und scheint euch die nicht mehr geneigt:
So eilt, um rühmlich aufzuhören,
Eh ihr zu spät mit Schande schweigt.
Wer, sprecht ihr, will den Dichter zwingen?
Er bindet sich an keine Zeit.
So fahrt denn fort, noch alt zu singen,
Und singt euch um die Ewigkeit.

Der Zeisig

Ein Zeisig wars und eine Nachtigall,
Die einst zu gleicher Zeit vor Damons Fenster hingen.
Die Nachtigall fing an, ihr göttlich Lied zu singen,
Und Damons kleinem Sohn gefiel der süße Schall.

»Ach welcher singt von beiden doch so schön?
Den Vogel möcht ich wirklich sehn!«
Der Vater macht ihm diese Freude,
Er nimmt die Vögel gleich herein.
Hier, spricht er, sind sie alle beide;
Doch welcher wird der schöne Sänger sein?
Getraust du dich, mir das zu sagen?
Der Sohn läßt sich nicht zweimal fragen,
Schnell weist er auf den Zeisig hin;
Der, spricht er, muß es sein, so wahr ich ehrlich bin.
Wie schön und gelb ist sein Gefieder!
Drum singt er auch so schöne Lieder;
Dem andern sieht mans gleich an seinen Federn an,
Daß er nichts Kluges singen kann.

* * *

Sagt, ob man im gemeinen Leben
Nicht oft wie dieser Knabe schließt?
Wem Farb und Kleid ein Ansehn geben,
Der hat Verstand, so dumm er ist.
Stax kömmt, und kaum ist Stax erschienen:
So hält man ihn auch schon für klug.
Warum? Seht nur auf seine Mienen,
Wie vorteilhaft ist jeder Zug!
Ein andrer hat zwar viel Geschicke;
Doch weil die Miene nichts verspricht:
So schließt man, bei dem ersten Blicke,
Aus dem Gesicht, aus der Perücke,
Daß ihm Verstand und Witz gebricht.

Der Tanzbär

Ein Bär, der lange Zeit sein Brot ertanzen müssen,
Entrann, und wählte sich den ersten Aufenthalt.
Die Bären grüßten ihn mit brüderlichen Küssen,
Und brummten freudig durch den Wald.

Und wo ein Bär den andern sah:
So hieß es: Petz ist wieder da!
Der Bär erzählte drauf, was er in fremden Landen
Für Abenteuer ausgestanden,
Was er gesehn, gehört, getan!
Und fing, da er vom Tanzen redte,
Als ging er noch an seiner Kette,
Auf polnisch schön zu tanzen an.
Die Brüder, die ihn tanzen sahn,
Bewunderten die Wendung seiner Glieder,
Und gleich versuchten es die Brüder;
Allein anstatt wie er zu gehn:
So konnten sie kaum aufrecht stehn,
Und mancher fiel die Länge lang danieder.
Um desto mehr ließ sich der Tänzer sehn;
Doch seine Kunst verdroß den ganzen Haufen.
Fort, schrien alle, fort mit dir!
Du Narr willst klüger sein als wir?
Man zwang den Petz, davon zu laufen.

* * *

Sei nicht geschickt, man wird dich wenig hassen,
Weil dir dann jeder ähnlich ist;
Doch je geschickter du vor vielen andern bist:
Je mehr nimm dich in acht, dich prahlend sehn zu lassen.
Wahr ists, man wird auf kurze Zeit
Von deinen Künsten rühmlich sprechen;
Doch traue nicht, bald folgt der Neid,
Und macht aus der Geschicklichkeit
Ein unvergebliches Verbrechen.

Die Geschichte von dem Hute

Das erste Buch

Der erste, der mit kluger Hand
Der Männer Schmuck, den Hut erfand,
Trug seinen Hut unaufgeschlagen;
Die Krempen hingen flach herab,
Und dennoch wußt er ihn zu tragen,
Daß ihm der Hut ein Ansehn gab.

Er starb, und ließ bei seinem Sterben
Den runden Hut dem nächsten Erben.

Der Erbe weiß den runden Hut
Nicht recht gemächlich anzugreifen;
Er sinnt, und wagt es kurz und gut,
Er wagts, zwo Krempen aufzusteifen.
Drauf läßt er sich dem Volke sehn;
Das Volk bleibt vor Verwundrung stehn,
Und schreit: Nun läßt der Hut erst schön!

Er starb, und ließ bei seinem Sterben
Den aufgesteiften Hut dem Erben.

Der Erbe nimmt den Hut, und schmält.
Ich, spricht er, sehe wohl, was fehlt.
Er setzt darauf mit weisem Mute
Die dritte Krempe zu dem Hute.
O, rief das Volk, der hat Verstand!
Seht, was ein Sterblicher erfand!
Er, er erhöht sein Vaterland.

Er starb, und ließ bei seinem Sterben
Den dreifach spitzen Hut dem Erben.

läßt: steht ihm, erscheint.
schmält: äußert seinen Unwillen.

Der Hut war freilich nicht mehr rein;
Doch sagt, wie konnt es anders sein?
Er ging schon durch die vierten Hände.
Der Erbe färbt ihn schwarz, damit er was erfände.
Beglückter Einfall! rief die Stadt,
So weit sah keiner noch, als der gesehen hat.
Ein weißer Hut ließ lächerlich.
Schwarz, Brüder, schwarz! so schickt es sich.

Er starb, und ließ bei seinem Sterben
Den schwarzen Hut dem nächsten Erben.

Der Erbe trägt ihn in sein Haus,
Und sieht, er ist sehr abgetragen;
Er sinnt und sinnt das Kunststück aus,
Ihn über einen Stock zu schlagen.
Durch heiße Bürsten wird er rein;
Er faßt ihn gar mit Schnüren ein.
Nun geht er aus, und alle schreien:
Was sehn wir? Sind es Zaubereien?
Ein neuer Hut! O glücklich Land,
Wo Wahn und Finsternis verschwinden!
Mehr kann kein Sterblicher erfinden,
Als dieser große Geist erfand.

Er starb, und ließ bei seinem Sterben
Den umgewandten Hut dem Erben.

Erfindung macht die Künstler groß,
Und bei der Nachwelt unvergessen;
Der Erbe reißt die Schnüre los,
Umzieht den Hut mit goldnen Dressen,
Verherrlicht ihn durch einen Knopf,
Und drückt ihn seitwärts auf den Kopf.
Ihn sieht das Volk, und taumelt vor Vergnügen.
Nun ist die Kunst erst hoch gestiegen!
Ihm, schrie es, ihm allein ist Witz und Geist verliehn!
Nichts sind die andern gegen ihn!

Und schwitzend sprach es: Welche Plage
Ist nicht mein eingebildet Glück!
Zwar dient der Zaum, mich auszuputzen;
Doch darum ward er nicht gemacht.
Er ist zu meines Reuters Nutzen
Und meiner Sklaverei erdacht.

* * *

Was wünscht man sich bei jungen Tagen?
Ein Glück, das in die Augen fällt;
Das Glück, ein prächtig Amt zu tragen,
Das keiner doch zu spät erhält.
Man eilt vergnügt, es zu erreichen,
Und, seiner Freiheit ungetreu,
Eilt man nach stolzen Ehrenzeichen,
Und desto tiefrer Sklaverei.

Chloris

Aus Eifersucht des Lebens satt
Warf Chloris sich betrübt auf ihre Lagerstatt;
Und ihren Buhler recht zu kränken,
Der einen Blick nach Sylvien getan,
Rief sie die Venus brünstig an,
Ihr einen leichten Tod zu schenken.

Vielleicht war dies Gebet so eifrig nicht gemeint.
Verliebt und jung zu sein, und um den Tod zu flehen,
Wem dies nicht widersprechend scheint,
Der muß die Liebe schlecht verstehen.

Doch mitten in der größten Pein
Sieht Chloris ihren Freund geputzt ins Zimmer treten,
Und plötzlich hört sie auf zu beten,
Und wünscht nicht mehr entseelt zu sein.
Er sagt ihr tausend Schmeicheleien,

Er seufzt, er fleht, er schwört, er küßt.
O Chloris! laß dichs nicht gereuen,
Daß du noch nicht gestorben bist;
Dein Damon schwört, dich ewig treu zu lieben,
Wie könntest du ihn doch durch deinen Tod betrüben!

Der meisten Schönen Zorn gleicht ihrer Zärtlichkeit,
Sie dauern beide kurze Zeit:
Und Chloris ließ sich bald versöhnt von dem umfangen,
Den sie vor kurzem noch des Hasses würdig fand.
Sie klopft ihn auf die braunen Wangen,
Und streichelt ihn mit buhlerischer Hand.

Doch schnell erstarren ihre Hände.
Wie, Venus! Nähert sich ihr Ende?
Sie fällt in sanfter Ohnmacht hin;
Ein kleiner Schnabel wird aus ihrem kleinen Kinn;
Zu Flügeln werden ihre Hände;
Ihr Busen wird mit einem Kropf verbaut;
Und Federn überziehn die Haut.
Ists möglich, daß ich dieses glaube?
Ja! Chloris wird zu einer Taube.

Wie zittert ihr Geliebter nicht!
Hier sieht er seine Schöne fliegen.
Sie fliegt ihm dreimal ums Gesicht,
Als wollte sie sich noch durch einen Kuß vergnügen.
Worzu sie sonst die Neigung angetrieben,
Das scheint sie auch als Taube noch zu lieben.

Das Putzen war ihr Zeitvertreib.
O seht, wie putzt sie ihren Leib!
Sie rupft die Federn aus, um sich recht glatt zu machen;
Sie fliegt ans Waschfaß hin, tut, was sie sonst getan;
Fängt Hals und Brust zu baden an.

Wie schön hör ich die Taube lachen!
Fragt nicht, was sie zu lachen macht?
Sie hat als Chloris schon oft über nichts gelacht.

Itzt naht sie sich dem großen Spiegel,
Vor dem sie manchen Tag in Mienen sich geübt,
Besieht den weißen Hals, bewundert ihre Flügel,
Und fängt schon an, in sich verliebt,
Mit jüngferlichem Stolz sich kostbar zu gebärden.
Ach Götter! ruft ihr Freund betrübt,
Laßt diese Taube doch zur Chloris wieder werden.

Umsonst, spricht Venus, ist dein Flehn;
Zur Taube schickte sie sich schön,
Und niemals werd ich ihr die Menschheit wiedergeben;
Sie hat geseufzt, gebuhlt, gelacht,
Sich stets geputzt, und nie gedacht;
Als Taube kann sie recht nach ihrer Neigung leben.

O wenn sich nur die Göttin nicht entschließt,
Die Schönen alle zu verwandeln,
Die ebenso wie Chloris handeln!
Man sagt, daß sie es willens ist.
Ach, Göttin, ach! wie zahlreich wird auf Erden
Alsdann das Volk der Tauben werden!
Mit einer Frau wird man zu Bette gehn,
Und früh auf seiner Brust ein Täubchen sitzen sehn.
Mich dauert im voraus manch reizendes Gesicht.
O liebe Venus, tu es nicht!

Der Kranke

Ein Mann, den lange schon die Gliederkrankheit plagte,
Tat alles, was man ihm nur sagte,
Und konnte doch von seiner Pein
Auf keine Weise sich befrein.

Ein altes Weib, der er sein Elend klagte,
Schlug ihm geheimnisvoll ein magisch Mittel vor.
Ihr müßt Euch, zischt sie ihm ins Ohr,
Auf eines Frommen Grab bei früher Sonne setzen,
Und Euch mit dem gefallnen Tau
Dreimal die Hand, dreimal den Schenkel netzen;
Es hilft, gedenkt an eine Frau.

Der Kranke tat, was ihm die Alte sagte;
Denn sagt, was tut man nicht, ein Übel los zu sein?
Er ging zum Kirchhof hin, und zwar, sobald es tagte,
Und trat an einen Leichenstein,
Und las: »Wer dieser Mann gewesen,
Läßt, Wandrer, dich sein Grabmal lesen:
Er war das Wunder seiner Zeit,
Das Muster wahrer Frömmigkeit;
Und, daß man viel mit wenig Worten sagt,
Er ists, den Kirch und Schul und Stadt und Land beklagt.«

Hier setzt sich der Geplagte nieder,
Benetzt die halb gelähmten Glieder;
Doch ohne Wirkung bleibt die Kur,
Sein Gliederschmerz vermehrt sich nur.
Er greift betrübt nach seinem Stabe,
Schleicht von des frommen Mannes Grabe,
Und setzt sich auf das nächste Grab,
Dem keine Schrift ein Denkmal gab;
Hier nahm sein Schmerz allmählich ab.
Er braucht sogleich sein Mittel wieder;
Schnell lebten die gelähmten Glieder,
Und ohne Schmerz und ohne Stab
Verließ er dieses fromme Grab.
Ach, rief er, läßt kein Stein mich lesen,
Wer dieser fromme Mann gewesen?
Der Küster kam von ungefähr herbei:
Den fragt der Mann, wer hier begraben sei?
Der Küster läßt sich lange fragen,

Als könnt ers ohne Scheu nicht sagen.
Ach! hub er endlich seufzend an:
Verzeih mirs GOtt! es war ein Mann,
Dem, weil er Ketzereien glaubte,
Man kaum ein ehrlich Grab erlaubte;
Ein Mann, der lose Künste trieb,
Komödien und Verse schrieb;
Er war, wie ich mit Recht behaupte,
Ein Neuling und ein Bösewicht.
Nein! sprach der Mann, das war er nicht,
So gottlos ihn die Leute schalten;
Doch jener dort, den ihr für fromm gehalten,
Von dem sein Grab so rühmlich spricht,
Der war gewiß ein Bösewicht.

Der Fuchs und die Elster

Zur Elster sprach der Fuchs: O, wenn ich fragen mag,
Was sprichst du doch den ganzen Tag?
Du sprichst wohl von besondern Dingen?
Die Wahrheit, rief sie, breit ich aus.
Was keines weiß herauszubringen,
Bring ich durch meinen Fleiß heraus,
Vom Adler bis zur Fledermaus.

Dürft ich, versetzt der Fuchs, mit Bitten dich beschweren:
So wünscht ich mir, etwas von deiner Kunst zu hören.

So wie ein weiser Arzt, der auf der Bühne steht,
Und seine Künste rühmt, bald vor, bald rückwärts geht,
Ein seidnes Schnupftuch nimmt, sich räuspert, und dann spricht:
So lief die Elster auch den Ast bald auf, bald nieder,
Und strich an einem Zweig den Schnabel hin und wieder,
Und macht ein sehr gelehrt Gesicht.

Neuling: Neuerungssüchtiger.

Drauf fängt sie ernsthaft an, und spricht:
Ich diene gern mit meinen Gaben,
Denn ich behalte nichts für mich.
Nicht wahr, Sie denken doch, daß Sie vier Füße haben?
Allein, Herr Fuchs, Sie irren sich.
Nur zugehört! Sie werdens finden,
Denn ich beweis es gleich mit Gründen.

Ihr Fuß bewegt sich, wenn er geht,
Und er bewegt sich nicht, so lang er stille steht;
Doch merken Sie, was ich itzt sagen werde,
Denn dieses ist es noch nicht ganz.
So oft Ihr Fuß nur geht, so geht er auf der Erde.
Betrachten Sie nun Ihren Schwanz.
Sie sehen, wenn Ihr Fuß sich reget,
Daß auch Ihr Schwanz sich mit beweget;
Itzt ist Ihr Fuß bald hier, bald dort,
Und so geht auch Ihr Schwanz mit auf der Erde fort,
So oft Sie nach den Hühnern reisen.
Daraus zieh ich nunmehr den Schluß,
Ihr Schwanz, das sei Ihr fünfter Fuß;
Und dies, Herr Fuchs, war zu beweisen.

* * *

Ja, dieses hat uns noch gefehlt!
Wie freu ich mich, daß es bei Tieren
Auch große Geister gibt, die alles demonstrieren!
Mir hats der Fuchs für ganz gewiß erzählt.
Je minder sie verstehn, sprach dieses schlaue Vieh,
Um desto mehr beweisen sie.

Das Land der Hinkenden

Vor Zeiten gabs ein kleines Land,
Worin man keinen Menschen fand,
Der nicht gestottert, wenn er redte,

Nicht, wenn er ging, gehinket hätte.
Denn beides hielt man für galant.
Ein Fremder sah den Übelstand;
Hier, dacht er, wird man dich im Gehn
bewundern müssen.
Und ging einher mit steifen Füßen.
Er ging, ein jeder sah ihn an,
Und alle lachten, die ihn sahn,
Und jeder blieb vor Lachen stehen,
Und schrie: Lehrt doch den Fremden gehen!

Der Fremde hielts für seine Pflicht,
Den Vorwurf von sich abzulehnen.
Ihr, rief er, hinkt; ich aber nicht;
Den Gang müßt ihr euch abgewöhnen.
Der Lärmen wird noch mehr vermehrt,
Da man den Fremden sprechen hört.
Er stammelt nicht; genug zur Schande!
Man spottet sein im ganzen Lande.

* * *

Gewohnheit macht den Fehler schön,
Den wir von Jugend auf gesehn.
Vergebens wirds ein Kluger wagen,
Und, daß wir töricht sind, uns sagen.
Wir selber halten ihn dafür,
Bloß, weil er klüger ist als wir.

Inkle und Yariko

Die Liebe zum Gewinst, die uns zuerst gelehrt,
Wie man auf leichtem Holz durch wilde Fluten fährt;
Die uns beherzt gemacht, das liebste Gut, das Leben,
Der ungewissen See auf Brettern preiszugeben;
Die Liebe zum Gewinst, der deutliche Begriff
Von Vorteil und Verlust, trieb Inklen auf ein Schiff.

Er opferte der See die Kräfte seiner Jugend;
Denn Handeln war sein Witz, und Rechnen seine Tugend.

Ihn lockt das reiche Land, das wir durchs Schwert bekehrt,
Das wir das Christentum und unsern Geiz gelehrt.
Er sieht Amerika; doch nah an diesem Lande
Zerreißt der Sturm sein Schiff. Zwar glückt es ihm, am Strande
Dem Tode zu entgehn; allein der Wilden Schar
Fiel auf die Briten los; und wer entkommen war,
Den fraß ihr hungrig Schwert. Nur Inkle soll noch leben;
Die Flucht in einen Wald muß ihm Beschirmung geben.
Vom Laufen atemlos, wirft, mit verwirrtem Sinn,
Der Brite sich zuletzt bei einem Baume hin;
Umringt mit naher Furcht und ungewissem Grämen,
Ob Hunger oder Schwert ihm wird das Leben nehmen.

Ein plötzliches Geräusch erschreckt sein schüchtern Ohr.
Ein wildes Mädchen springt aus dem Gebüsch hervor,
Und sieht mit schnellem Blick den Europäer liegen.
Sie stutzt. Was wird sie tun? Bestürzt zurücke fliegen?
O nein! so streng und deutsch sind wilde Schönen nicht.
Sie sieht den Fremdling an; sein rund und weiß Gesicht,
Sein Kleid, sein lockicht Haar, die Anmut seiner Blicke
Gefällt der Schönen wohl, hält sie mit Lust zurücke.

Auch Inklen nimmt dies Kind bei wilder Anmut ein.
Unwissend in der Kunst, durch Zwang verstellt zu sein,
Verrät sie durch den Blick die Regung ihrer Triebe;
Ihr Auge sprach von Gunst, und bat um Gegenliebe.
Die Indianerin war liebenswert gebaut.
Durch Mienen redt dies Paar, durch Mienen wirds vertraut.
Sie winkt ihm mit der Hand, er folget ihrem Schritte.
Mit Früchten speist sie ihn in einer kleinen Hütte,
Und zeigt ihm einen Quell, vom Durst sich zu befrein.
Durch Lächeln rät sie ihm, getrost und froh zu sein.
Sie sah ihn zehnmal an, und spielt an seinen Haaren,
Und schien verwundrungsvoll, daß sie so lockicht waren.

So oft der Morgen kömmt: so macht Yariko
Durch neuen Unterhalt den lieben Fremdling froh,
Und zeigt durch Zärtlichkeit, mit jedem neuen Tage,
Was für ein treues Herz in einer Wilden schlage!
Sie bringt ihm manch Geschenk, und schmückt sein kleines Haus
Mit mancher bunten Haut, mit bunten Federn aus;
Und eine neue Tracht von schönen Muschelschalen
Muß, wenn sie ihn besucht, um ihre Schultern prahlen.
Zur Nachtzeit führt sie ihn zu einem Wasserfall,
Und unter dem Geräusch und Philomelens Schall
Schläft unser Fremdling ein. Aus zärtlichem Erbarmen
Bewacht sie jede Nacht den Freund in ihren Armen.
Wird in Europa wohl ein Herz so edel sein?

Die Liebe flößt dem Paar bald eine Mundart ein.
Sie unterreden sich durch selbst erfundne Töne.
Kurz, er versteht sein Kind, und ihn versteht die Schöne.
Oft sagt ihr Inkle vor, was seine Vaterstadt
Für süße Lebensart, für Kostbarkeiten hat.
Er wünscht, sie neben sich in London einst zu sehen;
Sie hörts, und zürnet schon, daß es noch nicht geschehen.
Dort, spricht er, kleid ich dich; und zeiget auf sein Kleid;
In lauter bunten Zeug, von größrer Kostbarkeit;
In Häusern, halb von Glas, bespannt mit raschen Pferden,
Sollst du in dieser Stadt bequem getragen werden.

Vor Freuden weint dies Kind, und sieht, indem sie weint,
Schon nach der offnen See, ob noch kein Schiff erscheint.
Es glückt ihr, was sie wünscht, in kurzem zu entdecken.
Sie sieht ein Schiff am Strand, und läuft mit frohem Schrecken,
Sucht ihren Fremdling auf, vergißt ihr Vaterland
Aus Treue gegen ihn, und eilt, an seiner Hand,
So freudig in die See, als ob das Schiff im Meere,
In das sie steigen will, ein Haus in London wäre.

Philomelens: Philomele: mythologischer Name der Nachtigall.

Das Schiff setzt seinen Lauf mit gutem Winde fort,
Und fliegt nach Barbados*; doch dieses war der Ort,
Wo Inkle ganz bestürzt sein Schicksal überdachte,
Als schnell in seiner Brust der Kaufmannsgeist erwachte.
Er kam mit leerer Hand aus Indien zurück;
Dies war für seinen Geiz ein trauriges Geschick.
So hab ich, fing er an, um arm zurückzukommen,
Die fürchterliche See, mit Müh und Angst,
durchschwommen?
Er stillt in kurzer Zeit den Hunger nach Gewinn,
Und führt Yariko zum Sklavenhändler hin.
Hier wird die Dankbarkeit in Tyrannei verwandelt,
Und die, die ihn erhielt, zur Sklaverei verhandelt.

Sie fällt ihm um den Hals, sie fällt vor ihm aufs Knie,
Sie fleht, sie weint, sie schreit. Nichts! Er verkaufet sie.
Mich, die ich schwanger bin, mich! fährt sie fort zu klagen.
Bewegt ihn dies? Ach ja! Sie höher anzuschlagen.
Noch drei Pfund Sterling mehr! Hier, spricht der Brite froh,
Hier, Kaufmann, ist das Weib, sie heißt Yariko.

* * *

O Inkle! du Barbar, dem keiner gleich gewesen;
O möchte deinen Schimpf ein jeder Weltteil lesen!
Die größte Redlichkeit, die allergrößte Treu
Belohnst du, Bösewicht! noch gar mit Sklaverei?
Ein Mädchen, das für dich ihr eigen Leben wagte,
Das dich dem Tod entriß, und ihrem Volk entsagte,
Mit dir das Meer durchstrich, und, bei der Glieder Reiz,
Das beste Herz besaß, verhandelst du aus Geiz?
Sei stolz! Kein Bösewicht bringt dich um deinen Namen.
Nie wird es möglich sein, dein Laster nachzuahmen.

* *Barbados* ist eine von den carabischen Inseln, welche den Engländern zugehöret. Es wird ein großer Sklavenhandel daselbst getrieben.

Der Kuckuck

Der Kuckuck sprach mit einem Star,
Der aus der Stadt entflohen war.
Was spricht man, fing er an zu schreien,
Was spricht man in der Stadt von unsern Melodeien?
Was spricht man von der Nachtigall?
»Die ganze Stadt lobt ihre Lieder.«
Und von der Lerche? rief er wieder.
»Die halbe Stadt lobt ihrer Stimme Schall.«
Und von der Amsel? fuhr er fort.
»Auch diese lobt man hier und dort.«
Ich muß dich doch noch etwas fragen:
Was, rief er, spricht man denn von mir?
Das, sprach der Star, das weiß ich nicht zu sagen;
Denn keine Seele redt von dir.
So will ich, fuhr er fort, mich an dem Undank rächen,
Und ewig von mir selber sprechen.

Das Gespenst

Ein Hauswirt, wie man mir erzählt,
Ward lange Zeit durch ein Gespenst gequält.
Er ließ, des Geists sich zu erwehren,
Sich heimlich das Verbannen lehren;
Doch kraftlos blieb der Zauberspruch.
Der Geist entsetzte sich vor keinen Charakteren,
Und gab, in einem weißen Tuch,
Ihm alle Nächte den Besuch.

Ein Dichter zog in dieses Haus.
Der Wirt, der bei der Nacht nicht gern allein gewesen,
Bat sich des Dichters Zuspruch aus,
Und ließ sich seine Verse lesen.

Charakteren: magischen Zeichen.

Der Dichter las ein frostig Trauerspiel,
Das, wo nicht seinem Wirt, doch ihm sehr wohlgefiel.

Der Geist, den nur der Wirt, doch nicht der Dichter sah,
Erschien, und hörte zu; es fing ihn an zu schauern;
Er konnt es länger nicht als einen Auftritt dauern:
Denn, eh der andre kam, so war er nicht mehr da.

Der Wirt, von Hoffnung eingenommen,
Ließ gleich die andre Nacht den Dichter wieder kommen.
Der Dichter las, der Geist erschien;
Doch ohne lange zu verziehn.
Gut! sprach der Wirt bei sich, dich will ich bald verjagen;
Kannst du die Verse nicht vertragen?

Die dritte Nacht blieb unser Wirt allein.
Sobald es zwölfe schlug, ließ das Gespenst sich blicken;
Johann! fing drauf der Wirt gewaltig an zu schrein,
Der Dichter (lauft geschwind!) soll von der Güte sein,
Und mir sein Trauerspiel auf eine Stunde schicken.
Der Geist erschrak, und winkte mit der Hand,
Der Diener sollte ja nicht gehen.
Und kurz, der weiße Geist verschwand,
Und ließ sich niemals wieder sehen.

* * *

Ein jeder, der dies Wunder liest,
Zieh sich daraus die gute Lehre,
Daß kein Gedicht so elend ist,
Das nicht zu etwas nützlich wäre.
Und wenn sich ein Gespenst vor schlechten Versen scheut:
So kann uns dies zum großen Troste dienen.
Gesetzt, daß sie zu unsrer Zeit
Auch legionenweis erschienen:
So wird, um sich von allen zu befrein,
An Versen doch kein Mangel sein.

dauern: aushalten, ertragen.
verziehn: warten.

Der Selbstmord

O Jüngling, lern aus der Geschichte,
Die dich vielleicht zu Tränen zwingt,
Was für bejammernswerte Früchte
Die Liebe zu den Schönen bringt!

Ein Beispiel wohlgezogner Jugend,
Des alten Vaters Trost und Stab,
Ein Jüngling, der durch frühe Tugend
Zur größten Hoffnung Anlaß gab;

Den zwang die Macht der schönen Triebe,
Climenen zärtlich nachzugehn;
Er seufzt, er bat um Gegenliebe;
Allein vergebens war sein Flehn.

Fußfällig klagt er ihr sein Leiden.
Umsonst! Climene heißt ihn fliehn.
Ja, schreit er, ja ich will dich meiden,
Ich will mich ewig dir entziehn.

Er reißt den Degen aus der Scheide,
Und – – o was kann verwegner sein!
Kurz, er besieht die Spitz und Schneide,
Und steckt ihn langsam wieder ein.

Die Betschwester

Die frömmste Frau in unsrer Stadt,
In Kleidern fromm, und fromm in Mienen,
Die stets den Mund voll Andacht hat,
Wird diese nicht ein Lied verdienen?

Wie lehrreich ist ihr Lebenslauf!
Kaum steht die fromme Frau von ihrem Lager auf;

Kaum tönt der Klang vom achten Stundenschlage:
So sucht sie das Gebet zu dem vorhandnen Tage.
Und ob sie gleich den Schritt in sechzig schon getan:
So ruft sie doch den HErrn noch heut um Keuschheit an.
Und ob sie gleich noch nie sich satt gegessen:
So fleht sie doch um Mäßigkeit im Essen.
Und ob sie gleich auf alle Pfänder leiht:
So seufzt sie doch um Trost bei ihrer Dürftigkeit.

Welch redlich Herz! Welch heiliges Vertrauen!
Sie liest das Jahr hindurch die Bibel zweimal aus,
Und reißt dadurch ihr ganzes Haus
Auf ewig aus des Teufels Klauen.

Zwölf Lieder stimmt sie täglich an.
Wer kömmt? Ists nicht ein armer Mann?
Geh, Frecher! willst du sie vielleicht im Singen stören?
Nein, wenn sie singt, kann sie nicht hören.
Geh nur und hungre wie zuvor.
Sie hebt ihr Herz zu Gott empor,
Soll sie dies Herz vom Himmel lenken,
Und itzt an einen Armen denken?

Sie singt, und trägt das Essen singend auf.
Sie ißt, und schmält auf böser Zeiten Lauf;
Allein wer klopft schon wieder an die Türe?
Ein armes Weib, die keinen Bissen Brot – –
»Geht, quält mich nicht mit Eurer Not,
Wenn ich die Hand zum Munde führe.
Nicht wahr, Ihr singt und betet nicht?
Seid fromm, und denkt an Eure Pflicht:
Der HErr vergißt die Seinen nicht.
Wenn seht Ihr mich denn betteln gehen?
Allein man muß zu Gott auch brünstig schrein und flehen.«

schmält: äußert ihren Unwillen.

Doch ist die liebe fromme Frau
Nicht gar zu hart, nicht zu genau?
Wohnt nicht in ihr mehr Kaltsinn als Erbarmen?
Nein, nein! Sie dient und hilft den Armen;
Sie bessert sie durch Vorwurf und Verweis,
Und weist sie zu Gebet und Fleiß,
Ist dieses nicht der Schrift Geheiß?
Sie dient ja gern mit ihren Gütern,
Allein nur redlichen Gemütern.
Ist wohl ein frommes Weib in unsrer ganzen Stadt,
Das, in der Not, bei ihr nicht Zuflucht hat?
Sie mag ihr auch die kleinste Zeitung bringen:
So eilt sie doch, dem Weibe beizuspringen.

Ach ja! Beatens Herz ist willig und bereit,
Die Welt mag noch so viel an ihr zu tadeln finden.
Nicht nur den Lebenden nützt ihre Mildigkeit;
O nein! Sie weiß sich auch die Toten zu verbinden.
Wenn wird ein Kind zur Gruft gebracht,
Um dessen Sarg ihr Kranz sich nicht verdient gemacht?
Wenn sprechen nicht die Leichengäste:
Beatens Kranz war doch der beste!
Welch schönes Kruzifix! von wem wird dieses sein?
Beate schickts und wills dem Leichnam weihn.
Das fromme Weib! Erlebt sie mein Erblassen:
So wird sie meinen Sarg gewiß versilbern lassen.

Sie kleidet Kanzel und Altar,
Und wird sie künftigs neue Jahr,
So sehr die andern sie beneiden,
Zum drittenmale doch bekleiden.
Man wirft ihr vor, sie solls aus Ehrsucht tun,
Noch kann ihr mildes Herz nicht ruhn.
Wer wars, der itzt in die Kollekte
Mit langsam schlauer Hand ein volles Briefchen steckte?

Zeitung: Nachricht.

Beate wars, sie leiht dem HErrn,
Und was sie gibt, das gibt sie gern.
Was kann denn sie dafür, daß es die Leute sehen?

Beate! laß die Lästrer schmähen,
Und laß sie aus Verleumdung sprechen,
Du wollst die Allmacht nur bestechen,
Daß für den Wucher, den du treibst,
Du einstens ungestrafet bleibst.
Laß dich von andern spöttisch richten,
Als pflegtest du der Welt gern Laster anzudichten;
Als wäre dies für dich die liebste Neuigkeit,
Wenn andern Not und Unglück dräut;
Als hättest du nichts als der Tugend Schein.
Schweigt, Spötter, schweigt! Dies kann nicht sein;
Denn betend steht sie auf, und singend schläft sie ein.

Der Blinde und der Lahme

Von ungefähr muß einen Blinden
Ein Lahmer auf der Straße finden,
Und jener hofft schon freudenvoll,
Daß ihn der andre leiten soll.

Dir, spricht der Lahme, beizustehen?
Ich armer Mann kann selbst nicht gehen;
Doch scheints, daß du zu einer Last
Noch sehr gesunde Schultern hast.

Entschließe dich, mich fortzutragen:
So will ich dir die Stege sagen:
So wird dein starker Fuß mein Bein,
Mein helles Auge deines sein.

Der Lahme hängt, mit seinen Krücken,
Sich auf des Blinden breiten Rücken.

Vereint wirkt also dieses Paar,
Was einzeln keinem möglich war.

* * *

Du hast das nicht, was andre haben,
Und andern mangeln deine Gaben;
Aus dieser Unvollkommenheit
Entspringet die Geselligkeit.

Wenn jenem nicht die Gabe fehlte,
Die die Natur für mich erwählte:
So würd er nur für sich allein,
Und nicht für mich bekümmert sein.

Beschwer die Götter nicht mit Klagen!
Der Vorteil, den sie dir versagen,
Und jenem schenken, wird gemein,
Wir dürfen nur gesellig sein.

Der Hund

Phylax, der so manche Nacht
Haus und Hof getreu bewacht,
Und oft ganzen Diebesbanden
Durch sein Bellen widerstanden;
Phylax, dem Lips Tullian,
Der doch gut zu stehlen wußte,
Selber zweimal weichen mußte;
Diesen fiel ein Fieber an.

Alle Nachbarn gaben Rat.
Krummholzöl und Mithridat

Tullian: »Name eines bekannten Spitzbuben und danach als Gattungsname« (Grimm).
Krummholzöl: Öl des Krummholzbaumes, der Kiefer.
Mithridat: »eine sehr alte aus vielen Kräutern und anderen Mitteln zusammengesetzte Arznei wider das Gift« (Adelung).

Mußte sich der Hund bequemen,
Wider Willen einzunehmen.
Selbst des Nachbar Gastwirts Müh,
Der vordem in fremden Landen
Als ein Doktor ausgestanden,
War vergebens bei dem Vieh.

Kaum erscholl die schlimme Post,
Als von ihrer Mittagskost
Alle Brüder und Bekannten,
Phylax zu besuchen, rannten.
Pantelon, sein bester Freund,
Leckt ihm an dem heißen Munde.
O, erseufzt er, bittre Stunde!
O! Wer hätte das gemeint?

Ach! rief Phylax, Pantelon!
Ists nicht wahr, ich sterbe schon?
Hätt ich nur nichts eingenommen,
Wär ich wohl davongekommen.
Sterb ich Ärmster so geschwind:
O! so kannst du sicher schreien,
Daß die vielen Arzeneien
Meines Todes Quelle sind.

Wie zufrieden schlief ich ein!
Sollt ich nur so manches Bein,
Das ich mir verscharren müssen,
Vor dem Tode noch genießen.
Dieses macht mich kummervoll,
Daß ich diesen Schatz vergessen,
Nicht vor meinem Ende fressen,
Auch nicht mit mir nehmen soll.

Liebst du mich, und bist du treu:
O! so hole sie herbei;

ausgestanden: seine Dienste zur Verfügung gestellt hatte.
Post: Nachricht.

Eines wirst du bei den Linden,
An dem Gartentore finden;
Eines, lieber Pantelon,
Hab ich nur noch gestern morgen
In dem Winterreis verborgen;
Aber friß mir nichts davon.

Pantelon war fortgerannt,
Brachte treulich, was er fand;
Phylax roch, bei schwachem Mute,
Noch den Dunst von seinem Gute.
Endlich, da sein Auge bricht,
Spricht er: Laß mir alles liegen!
Sterb ich, so sollst du es kriegen;
Aber, Bruder, eher nicht.

Sollt ich nur so glücklich sein,
Und das schöne Schinkenbein,
Das ich – – doch ich mags nicht sagen,
Wo ich dieses hingetragen.
Werd ich wiederum gesund:
Will ich dir bei meinem Leben
Auch die beste Hälfte geben;
Ja du sollst – – – Hier starb der Hund.

* * *

Der Geizhals bleibt im Tode karg,
Zween Blicke wirft er auf den Sarg,
Und tausend wirft er mit Entsetzen
Nach den mit Angst verwahrten Schätzen.
O schwere Last der Eitelkeit!
Um schlecht zu leben, schwer zu sterben,
Sucht man sich Güter zu erwerben;
Verdient ein solches Glück wohl Neid?

Winterreis: Reisig für die Feuerung.

Der Prozeß

Ja, ja Prozesse müssen sein!
Gesetzt, sie wären nicht auf Erden,
Wie könnt alsdann das Mein und Dein
Bestimmet und entschieden werden?
Das Streiten lehrt uns die Natur.
Drum, Bruder, recht und streite nur;
Du siehst, man will dich übertäuben;
Doch gib nicht nach, setz alles auf,
Und laß dem Handel seinen Lauf.
Denn Recht muß doch Recht bleiben.

* * *

Was sprecht Ihr, Nachbar? Dieser Rain,
Der sollte, meint Ihr, Euer sein?
Nein, er gehört zu meinen Hufen.

»Nicht doch, Gevatter, nicht, Ihr irrt;
Ich will Euch zwanzig Zeugen rufen,
Von denen jeder sagen wird,
Daß lange vor der Schwedenzeit – – –«

Gevatter, Ihr seid nicht gescheit!
Versteht Ihr mich? Ich will Euchs lehren,
Daß Rain und Gras mir zugehören.
Ich will nicht eher sanfte ruhn;
Das Recht, das soll den Ausspruch tun.
So saget Kunz, schlägt in die Hand,
Und rückt den spitzen Hut die Quere.
»Ja, eh ich diesen Rain entbehre,
So meid ich lieber Gut und Land.«
Der Zorn bringt ihn zu schnellen Schritten,
Er eilet nach der nahen Stadt.
Allein, Herr Glimpf, sein Advokat,

übertäuben: übertönen, durch Schreien überwinden.
Hufen: Landbesitz.

War kurz zuvor ins Amt geritten.
Er läuft, und holt Herr Glimpfen ein.
Wie, sprecht Ihr, kann das möglich sein?
Kunz war zu Fuß, und Glimpf zu Pferde.
So glaubt Ihr, daß ich lügen werde?
Ich bitt Euch, stellt das Reden ein,
Sonst werd ich, diesen Schimpf zu rächen,
Gleich selber mit Herr Glimpfen sprechen.

Ich sag es noch einmal, Kunz holt Herr Glimpfen ein,
Greift in den Zaum, und grüßt Herr Glimpfen.
Herr! fängt er ganz erbittert an,
Mein Nachbar, der infame Mann,
Der Schelm, ich will ihn zwar nicht schimpfen;
Der, denkt nur, spricht, der schmale Rain,
Der zwischen unsern Feldern lieget,
Der, spricht der Narr, der wäre sein.
Allein den will ich sehn, der mich darum betrüget,
Herr, fuhr er fort, Herr, meine beste Kuh,
Sechs Scheffel Haber noch dazu!
(Hier wieherte das Pferd vor Freuden.)
O dient mir wider ihn, und helft die Sach entscheiden.

Kein Mensch, versetzt Herr Glimpf, dient freudiger als ich.
Der Nachbar hat nichts einzuwenden,
Ihr habt das größte Recht in Händen;
Aus Euren Reden zeigt es sich.
Genug, verklagt den Ungestümen!
Ich will mich zwar nicht selber rühmen,
Dies tut kein ehrlicher Jurist;
Doch dieses könnt Ihr leicht erfahren,
Ob ein Prozeß, seit zwanzig Jahren,
Von mir verloren worden ist?
Ich will Euch Eure Sache führen,
Ein Wort, ein Mann! Ihr sollt sie nicht verlieren.

Glimpf reutet fort! Herr! ruft ihm Kunz noch nach,
Ich halte, was ich Euch versprach.

Wie hitzig wird der Streit getrieben!
Manch Ries Papier wird voll geschrieben.
Das halbe Dorf muß in das Amt;
Man eilt, die Zeugen abzuhören,
Und fünfundzwanzig müssen schwören,
Und diese schwören insgesamt,
Daß, wie die alte Nachricht lehrte,
Der Rain ihm gar nicht zugehörte.

Ei, Kunz, das Ding geht ziemlich schlecht!
Ich weiß zwar wenig von dem Rechte;
Doch im Vertraun geredt, ich dächte,
Du hättest nicht das größte Recht.

Manch widrig Urteil kömmt; doch laßt es widrig klingen!
Glimpf muntert den Klienten auf:
»Laßt dem Prozesse seinen Lauf,
Ich schwör Euch, endlich durchzudringen,
Doch – –«
»Herr, ich hör es schon; ich will das Geld gleich bringen.«
Kunz borgt manch Kapital. Fünf Jahre währt der Streit;
Allein, warum so lange Zeit?
Dies, Leser, kann ich dir nicht sagen,
Du mußt die Rechtsgelehrten fragen.

Ein letztes Urteil kömmt. O seht doch, Kunz gewinnt!
Er hat zwar viel dabei gelitten;
Allein was tuts, daß Haus und Hof verstritten,
Und Haus und Hof schon angeschlagen sind?
Genug, daß er den Rain gewinnt.
O, ruft er, lernt von mir, den Streit aufs höchste treiben,
Ihr seht ja, Recht muß doch Recht bleiben!

Der Bettler

Ein Bettler kam mit bloßem Degen
In eines reichen Mannes Haus,
Und bat sich, wie die Bettler pflegen,
Nur eine kleine Wohltat aus.
Ich, sprach er, kenn Ihr christlich Herze;
Sie sorgen gern für andrer Heil,
Und nehmen mit gerechtem Schmerze
An Ihres Nächsten Elend Teil.
Ich weiß, mein Flehn wird Sie bewegen;
Sie sehn, ich fordre nichts mit Unbescheidenheit;
Nein, ich verlasse mich (hier wies er ihm den Degen)
Allein auf Ihre Gütigkeit.

* * *

Dies ist die Art lobgieriger Skribenten,
Wenn sie um unsern Beifall flehn;
Sie geben uns mit vielen Komplimenten
Die harte Fordrung zu verstehn.
Der Autor will den Beifall nicht erpressen;
Nein, er verläßt sich bloß auf unsre Billigkeit;
Doch daß wir diese nicht vergessen:
So zeigt er uns zu gleicher Zeit
In beiden Händen Krieg und Streit.

Das Pferd und die Bremse

Ein Gaul, der Schmuck von weißen Pferden,
Von Schenkeln leicht, schön von Gestalt,
Und, wie ein Mensch, stolz in Gebärden,
Trug seinen Herrn durch einen Wald;
Als mitten in dem stolzen Gange
Ihm eine Brems entgegenzog,
Und durstig auf die nasse Stange
An seinem blanken Zaume flog.

Sie leckte von dem weißen Schaume,
Der heficht am Gebisse floß;
Geschmeiße! sprach das wilde Roß,
Du scheust dich nicht vor meinem Zaume!
Wo bleibt die Ehrfurcht gegen mich?
Wie? darfst du wohl ein Pferd erbittern?
Ich schüttle nur: so mußt du zittern.
Es schüttelte; die Bremse wich.

Allein sie suchte sich zu rächen;
Sie flog ihm nach, um ihn zu stechen,
Und stach den Schimmel in das Maul;
Das Pferd erschrak, und blieb vor Schrecken
In Wurzeln mit dem Eisen stecken,
Und brach ein Bein; hier lag der stolze Gaul.

* * *

Auf sich den Haß der Niedern laden,
Dies stürzet oft den größten Mann.
Wer dir als Freund nicht nützen kann,
Kann allemal als Feind dir schaden.

Die Reise

Einst machte durch sein ganzes Land
Ein König den Befehl bekannt,
Daß jeder, der ein Amt erhalten wollte,
Gewisse Zeit auf Reisen gehen sollte,
Um sich in Künsten umzusehn.
Er ließ genaue Karten stechen,
Und gab dazu noch jedem das Versprechen,
Ihm, würd er nur, so weit er könnte, gehn,
Mit dem Vermögen seiner Schätze
Alsdann auf Reisen beizustehn.
Es war das deutlichste Gesetze,
Das jemals noch die Welt gesehn;

Doch weil die meisten sich vor dieser Reise scheuten:
So sah man viele Dunkelheit.
Die Liebe zu sich selbst und zur Bequemlichkeit
Half das Gesetz sehr sinnreich deuten;
Und jeder gab ihm den Verstand,
Den er bequem für seine Neigung fand;
Doch alle waren eins, daß man gehorchen müßte.

Man machte sich die Karten bald bekannt,
Damit man doch der Länder Gegend wüßte.
Sehr viele reisten nur im Geist,
Und überredten sich, als hätten sie gereist.
Noch andre schafften das Geräte
Zu ihrer Reise fleißig an,
Und glaubten, wenn man nur stets reisefertig täte:
So hätte man die Reise schon getan.
Sehr viele fingen an zu eilen,
Als wollten sie die ganze Welt durchgehn;
Sie reisten; aber wenig Meilen,
Und meinten, dem Befehl sei nun genug geschehn.
Noch andre suchten auf den Reisen
Noch mehr Gehorsam zu beweisen,
Als den, den das Gesetz befahl;
Sie reisten nicht durch grüne Felder,
O nein, sie suchten finstre Wälder,
Und reisten unter Furcht und Qual;
Behängten sich mit schweren Bürden,
Und glaubten, wenn sie ausgezehrt,
Und siech und krank zurücke kommen würden:
So wären sie des besten Amtes wert;
Sie reisten nie auf Kosten des Regenten;
Doch jene, die zur Zeit noch keinen Schritt getan,
Die hielten Tag für Tag um Reisekosten an,
Damit sie weiterkommen könnten.

* * *

Wie elend, hör ich manchen klagen,
Ist nicht dies Märchen ausgedacht!

Schämt sich der Dichter nicht, uns Dinge vorzusagen,
Die man kaum Kindern glaublich macht?
Wo gibt es wohl so stumpfe Köpfe,
Als uns der Dichter vorgestellt?
Dies sind unsinnige Geschöpfe,
Und nicht Bewohner unsrer Welt.
O Freund! was zankst du mit dem Dichter?
Sieh doch die meisten Christen an;
Betrachte sie, und dann sei Richter,
Ob dieses Bild unglaublich heißen kann?

Das Testament

Philemon, der bei großen Schätzen
Ein edelmütig Herz besaß,
Und, andrer Mangel zu ersetzen,
Den eignen Vorteil gern vergaß;
Philemon konnte doch dem Neide nicht entgehen,
So willig er auch war, den Neidern beizustehen.
Zween Nachbarn haßten ihn, zween Nachbarn ruhten nie,
Aufs schimpflichste von ihm zu sprechen.
Warum? Er war beglückt, und glücklicher als sie.
Ist dies nicht schon ein groß Verbrechen?
Die Freunde rieten ihm, sich für den Schimpf zu rächen.
Nein, sprach er, laßt sie neidisch schmähn,
Sie werden schon nach meinem Tode sehn,
Wie viel sie Recht gehabt, ein Glück mir nicht zu gönnen,
Das wenig Menschen nützen können.

Er stirbt. Man findt sein Testament,
Und liest: Ich will, daß einst, nach meinem Sterben,
Mein hinterlaßnes Gut die beiden Nachbarn erben,
Weil sie dies Gut mir nicht gegönnt.
So mancher Freund verwünscht dies Testament.
»Wie? konnt ich ihn nicht auch beneiden?
Mir gibt er nichts, und alles diesen beiden?«

Die beiden Nachbarn sehn vergnügt
Den Sinn des Testaments vollführen.
Denn damals wußte man nicht recht zu prozessieren,
Sonst hätten beide nichts gekriegt.
So aber kriegten sie das völlige Vermögen.
Wie rühmten sie den Sel'gen nicht!
Er war die Großmut selbst, er war der Zeiten Licht,
Und alles dies des Testamentes wegen,
Denn eh er starb, war ers noch nicht.

Sind unsre Nachbarn nun beglückt?
Vielleicht. Wir wollen Achtung geben.
Der eine Nachbar weiht entzückt
Dem reichen Kasten Ruh und Leben.
Er hütet ihn mit karger Hand,
Und wacht, wenn andre schnarchend liegen,
Und wünscht mit Tränen sich Verstand,
Die schlauen Diebe zu betrügen;
Springt oft, durch böse Träum erschreckt,
Als ob man ihn bestohlen hätte,
Mit schnellen Füßen aus dem Bette,
Und sucht den Ort, wo er den Schatz versteckt.
Er martert sich mit tausend Sorgen,
Sein vieles Geld vermehrt zu sehn,
Und nimmt aus Geiz sich vor, die Hälfte zu verborgen,
Und läßt den, den er rief, doch leer zurücke gehn.
Arm hatt er sich noch satt gegessen;
Reich hungert er, bei halbem Essen,
Und schnitt das Brot, das er den Seinen gab,
Mit Klagen über Gott, und über Teurung, ab,
Und ward, mit jedem neuen Tage,
Der Seinen Last und seine Plage.

Der andre Nachbar lachte sein.
Der Torheit, sprach er, will ich wehren;
Was ich geerbt, will ich verzehren,
Und mich des Segens recht erfreun.

Er hielt sein Wort und sah, in wenig Jahren,
Sein vieles Geld in fremder Hand;
Durch Gassen, wo er sonst stolz auf und ab gefahren,
Schlich itzt sein Fuß ganz unbekannt.
Ach! sprach er zu dem andern Erben,
Philemon hat es wohl gedacht,
Daß uns der Reichtum wird verderben,
Drum hat er uns sein Gut vermacht.
Du hungerst karg, ich hab es durchgebracht.
Wir waren wert, den Reichtum zu besitzen,
Denn keiner wußt ihn recht zu nützen.

Damoetas und Phyllis

Damoetas war schon lange Zeit
Der jungen Phyllis nachgegangen;
Noch konnte seine Zärtlichkeit
Nicht einen Kuß von ihr erlangen.
Er bat, er gab sich alle Müh;
Doch seine Spröde hört ihn nie.

Er sprach: Zwei Bänder geb ich dir.
Auch soll kein Warten mich verdrießen.
Versprich nur, schöne Phyllis, mir,
Mich diesen Sommer noch zu küssen.
Sie sieht sie an, er hofft sein Glück,
Sie lobt sie, und gibt sie zurück.

Er bot ein Lamm, noch zwei darauf,
Dann zehn, dann alle seine Herden.
So viel? Dies ist ein teurer Kauf.
Nun wird sie doch gewonnen werden.
Doch nichts nahm unsre Phyllis ein;
Mit finstrer Stirne sprach sie: Nein!

Wie? rief Damoetas ganz erhitzt,
So willst du ewig widerstreben?
Gut, ich verbiete dir anitzt,
Mir jemals einen Kuß zu geben.
O! rief sie, fürchte nichts von mir,
Ich bin dir ewig gut dafür.

Die Spröde lacht; der Schäfer geht,
Schleicht ungeküßt zu seinen Schafen.
Am andern Morgen war Damoet
Bei seinen Herden eingeschlafen;
Er schlief, und im Vorübergehn
Blieb Phyllis bei dem Schäfer stehn.

Wie rot, spricht Phyllis, ist sein Mund!
Bald dürft ich mich zu was entschließen.
O täte nicht sein böser Hund,
Ich müßte diesen Schäfer küssen.
Sie geht, doch da sie gehen will,
So steht sie vor Verlangen still.

Sie sieht sich dreimal schüchtern um,
Und sucht die Zeugen, die sie scheute;
Sie macht den Hund mit Streicheln stumm,
Und lockt ihn freundlich auf die Seite;
Sie sinnt, bis daß sie ganz verzagt
Sich noch zween Schritte näher wagt.

Hier steht nunmehr das gute Kind;
Allein sie kann sich nicht entschließen;
Doch nein, itzt bückt sie sich geschwind,
Und wagts, Damoeten sanft zu küssen.
Sie gibt ihm drauf noch einen Blick,
Und kehrt nach ihrer Flur zurück.

Wie süße muß ein Kuß nicht sein!
Denn Phyllis kömmt noch einmal wieder,

Scheint minder sich als erst zu scheun,
Und läßt sich bei dem Schäfer nieder;
Sie küßt und nimmt sich nicht in acht;
Sie küßt ihn, und Damoet erwacht.

O! fing Damoet halb schlafend an,
Mißgönnst du mir die sanfte Stunde?
Dir, sprach sie, hab ich nichts getan,
Ich spielte nur mit deinem Hunde;
Und überhaupt, es steht nicht fein,
Ein Schäfer und stets schläfrig sein.

Jedoch was gibst du mir, Damoet?
So sollst du mich zum Scherze küssen.
Nun, sprach der Schäfer, ists zu spät,
Du wirst an mich bezahlen müssen.
Drauf gab die gute Schäferin
Um einen Kuß zehn Küsse hin.

Die Widersprecherin

Ismene hatte noch, bei vielen andern Gaben,
Auch diese, daß sie widersprach.
Man sagt es überhaupt den guten Weibern nach,
Daß alle diese Tugend haben;
Doch wenns auch tausendmal der ganze Weltkreis spricht:
So halt ichs doch für ein Gedicht,
Und sag es öffentlich, ich glaub es ewig nicht.
Ich bin ja auch mit mancher Frau bekannt,
Ich hab es oft versucht und manche schön genannt,
So häßlich sie auch war, bloß weil ich haben wollte,
Daß sie mir widersprechen sollte;
Allein sie widersprach mir nicht.
Und also ist es falsch, daß jede widerspricht.
So kränkt man euch, ihr guten Schönen!

Gedicht: Erfindung.

Itzt komm ich wieder zu Ismenen.
Ismenen sagte mans nicht aus Verleumdung nach,
Es war gewiß, sie widersprach:

Einst saß sie mit dem Mann bei Tische,
Sie aßen unter andern Fische,
Mich deucht, es war ein grüner Hecht.
Mein Engel, sprach der Mann, mein Engel, ist mir recht:
So ist der Fisch nicht gar zu blau gesotten.
Das, rief sie, hab ich wohl gedacht,
So gut man auch die Anstalt macht:
So finden Sie doch Grund, der armen Frau zu spotten.
Ich sag es Ihnen kurz, der Hecht ist gar zu blau.
Gut, sprach er, meine liebe Frau,
Wir wollen nicht darüber streiten,
Was hat die Sache zu bedeuten?

So wie dem welschen Hahn, dem man was Rotes zeigt,
Der Zorn den Augenblick in Nas und Lefzen steigt,
Sie rot und blau durchströmt, lang auseinander treibet,
In beiden Augen blitzt, sich in den Flügeln streibet,
In alle Federn dringt, und sie gen Himmel kehrt,
Und zitternd, mit Geschrei und Poltern, aus ihm fährt:
So schießt Ismenen auch, da dies ihr Liebster spricht,
Das Blut den Augenblick in ihr sonst blaß Gesicht;
Die Adern liefen auf, die Augen wurden enger,
Die Lippen dick und blau, und Kinn und Nase länger,
Ihr Haar bewegte sich, stieg voller Zorn empor,
Und stieß, indem es stieg, das Nachtzeug von dem Ohr.
Drauf fing sie zitternd an: Ich, Mann! ich, deine Frau,
Ich sag es noch einmal, der Hecht war gar zu blau.
Sie nimmt das Glas und trinkt. O laßt sie doch nicht trinken!

Ihr Liebster geht, und sagt kein Wort,
Kaum aber ist ihr Liebster fort:
So sieht man sie in Ohnmacht sinken.
Wie konnt es anders sein. Gleich auf den Zorn zu trinken!

Ein plötzliches Geschrei bewegt das ganze Haus,
Man bricht der Frau die Daumen aus;
Man streicht sie kräftig an; kein Balsam will sie stärken.
Man reibt ihr Schlaf und Puls; kein Leben ist zu merken.
Man nimmt versengtes Haar, und hälts ihr vors Gesicht.
Umsonst! Umsonst! Sie riecht es nicht;
Nichts kann den Geist ihr wiedergeben.
Man ruft den Mann, er kömmt, und schreit: Du stirbst, mein Leben!
Du stirbst? Ich armer Mann! Ach, meine liebe Frau,
Wer hieß mich dir doch widerstreben!
Ach, der verdammte Fisch! Gott weiß, er war nicht blau.
Den Augenblick bekam sie wieder Leben,
Blau war er, rief sie aus, willst du dich noch nicht geben?

So tat der Geist des Widerspruchs
Mehr Wirkung als die Kraft des heftigsten Geruchs.

Das Heupferd, oder der Grashüpfer

Ein Wagen Heu, den Veltens Hand
Zu hoch gebäumt, und schlecht bespannt,
Konnt endlich von den matten Pferden
Nicht weiter fortgezogen werden.

Des Fuhrmanns Macht- und Sittenspruch,
Ein zehnmal wiederholter Fluch,
War eben, wie der Peitsche Schlagen,
Zu schwach bei diesem schweren Wagen.

Ein Heupferd, das bei der Gefahr
Zuoberst auf dem Wiesbaum war,

bricht der Frau die Daumen aus: löst ihr die verkrampften Daumen.
streicht sie kräftig an: gibt ihr Backenstreiche.
Schlaf: Schläfe.
Wiesbaum: Heubaum: »eine lange Stange, welche der Länge nach über ein Fuder Heu oder Garben befestigt wird, damit nichts herunterfalle« (Adelung).

Sprang drauf herab, und sprach mit Lachen:
Ich wills dem Viehe leichter machen.

Drauf ward der Wagen fortgerückt.
Ei, rief das Heupferd ganz entzückt,
Du Fuhrmann, wirst an mich gedenken;
Fahr fort! den Dank will ich dir schenken.

Semnon und das Orakel

Sein künftig Schicksal zu erfahren,
Eilt Semnon voll Begier zum delphischen Altar.
Die Gottheit weigert sich, ihm das zu offenbaren,
Was über ihn verhänget war.
Sie spricht: Du wirst ein großes Glück genießen;
Doch wirds dein Unglück sein, sobald du es wirst wissen.

Ist Semnons Neugier nun vergnügt?
Nichts weniger! Nur mehr wächst sein Verlangen;
O Gottheit, fährt er fort, wenn Bitten dich besiegt:
So laß mich größres Licht von meinem Glück empfangen.
So traut der Mensch, und traut zugleich auch nicht.
Ein Semnon glaubt sein Glück, nicht, weils die Gottheit saget,
Nein, weil ers schon gewünscht, eh er sie noch gefraget;
Doch glaubt er auch, wenn sie vom Unglück spricht?
O nein! denn dieses wünscht er nicht.
Durch Klugheit denkt er schon das Unglück abzuwehren.
Kurz: Semnon läßt nicht nach, er will sein Schicksal hören.

Du wirst, hub das Orakel an,
Durch deines Weibes Gunst den Zepter künftig führen,
Und Völker, die dich dienen sahn,
Dereinst durch einen Wink regieren.

vergnügt: befriedigt.

Gestärkt durch dieses Götterwort,
Eilt, der als Pilgrim kam, als Prinz, in Hoffnung, fort;
Mißt, ohne Land, im Geist schon seines Reiches Größen;
Und läßt schon, ohne Volk, sein Heer das Schwert
entblößen.

Allein so froh er war: so war ers nicht genug;
Er weiß noch nicht, was er doch wissen wollte,
Die Zeit, in der sein Fuß den Thron besteigen sollte;
Die Ungewißheit wars, die ihn noch niederschlug.
Und, sprach er, wenn ich auch nun bald den Thron bestiegen,
Wie lange währt alsdann mein königlich Vergnügen?

Der kühne Zweifel treibt ihn an,
Zum delphischen Apoll sich noch einmal zu nahn.

O Tor, versetzt Apoll, euch Sterblichen zum Glücke
Verbarg der Götter Schluß die Zukunft eurem Blicke.
So wisse denn: In kurzer Zeit
Schmückt dich des Purpurs Herrlichkeit;
Doch raubt die Hand, die dir den Thron gegeben,
Dir mit dem Throne bald das Leben.

Er tat darauf im Kriege sich hervor,
Und stieg, aus einem niedern Stande,
Zur höchsten Würd im Vaterlande
Durch seine Tapferkeit empor.
Das ihm so günstige Geschicke
Erfüllte des Orakels Sinn;
Und Semnon ward bei immer größerm Glücke
Der Liebling seiner Königin.
Sie schenkt ihm Herz und Thron; doch ein verborgnes
Schrecken
Läßt ihn das Glück der Hoheit wenig schmecken.
Sein reizendes Gemahl, das er halb liebt, halb scheut,

Hoheit: hohen Stellung.

Erfüllt ihn halb mit Frost, und halb mit Zärtlichkeit.
Itzt wünscht er tausendmal sein Schicksal nicht zu kennen,
Um so für sie, wie sie für ihn, zu brennen.
Sie merkt des Königs spröden Sinn,
Sie zieht ihn in Verdacht mit einer Buhlerin,
Sie gibt ihm heimlich Gift; er stirbt vor ihren Füßen.

Sagt, Menschen, ists kein Glück, sein Schicksal nicht
zu wissen?

Das Kartenhaus

Das Kind greift nach den bunten Karten,
Ein Haus zu bauen, fällt ihm ein.
Es baut, und kann es kaum erwarten,
Bis dieses Haus wird fertig sein.

Nun steht der Bau. O welche Freude!
Doch ach! ein ungefährer Stoß
Erschüttert plötzlich das Gebäude,
Und alle Bänder reißen los.

Die Mutter kann im Lomberspielen,
Wenn sie den letzten Satz verspielt,
Kaum so viel banges Schrecken fühlen,
Als ihr bestürztes Kind itzt fühlt.

Doch wer wird gleich den Mut verlieren?
Das Kind entschließt sich sehnsuchtsvoll,
Ein neues Lustschloß aufzuführen,
Das dem zerstörten gleichen soll.

Die Sehnsucht muß den Schmerz besiegen,
Das erste Haus steht wieder da.

Lomberspielen: L'hombre (ein Kartenspiel).

Wie lebhaft war des Kinds Vergnügen,
Als es sein Haus von neuem sah!

Nun will ich mich wohl besser hüten,
Damit mein Haus nicht mehr zerbricht.
Tisch! ruft das Kind, laß dir gebieten,
Und stehe fest, und wackle nicht!

Das Haus bleibt unerschüttert stehen,
Das Kind hört auf, sich zu erfreun;
Es wünscht, es wieder neu zu sehen,
Und reißt es bald mit Willen ein.

* * *

Schilt nicht den Unbestand der Güter,
Du siehst dein eigen Herz nicht ein;
Veränderlich sind die Gemüter,
So mußten auch die Dinge sein.

Bei Gütern, die wir stets genießen,
Wird das Vergnügen endlich matt;
Und würden sie uns nicht entrissen,
Wo fänd ein neu Vergnügen statt?

Die zärtliche Frau

Wie alt ist nicht der Wahn, wie alt und ungerecht,
Als ob dir, weibliches Geschlecht!
Die Liebe nicht von Herzen ginge?
Das Alter sang in diesem Ton,
Von seinem Vater hörts der Sohn,
Und glaubt die ungereimten Dinge.
Verlaßt, o Männer, diesen Wahn,
Und daß ihr ihn verlaßt, so hört ein Beispiel an,
Das ich für alle Männer singe.
Du aber, die mich dichten heißt,

Du, Liebe, stärke mich, daß mir ein Lied voll Geist,
Ein überzeugend Lied gelinge,
Und gib mir, zu gesetzter Zeit,
Ein Weib von so viel Zärtlichkeit,
Als diese war, die ich besinge.

* * *

Clarine liebt den treusten Mann,
Den sie nicht besser wünschen kann,
Sie liebt ihn recht von Herzensgrunde.
Und wenn dir dies unglaublich scheint:
So wisse nur, seit der beglückten Stunde,
Die sie mit ihrem Mann vereint,
War noch kein Jahr vorbei; nun glaubst dus doch, mein Freund?

Clarine kannte keine Freude,
Kein größer Glück, als ihren Mann;
Sie liebte, was er liebgewann,
Was eines wollte, wollten beide;
Was ihm mißfiel, mißfiel auch ihr.
O, sprichst du, so ein Weib, so eines wünscht ich mir!
Ja wohl! ich wünsch es auch mit dir.
Sei nur recht zärtlich eingenommen.
Ihr Mann wird krank; vielleicht kannst du sie noch bekommen.
Krank, sag ich, wird ihr Mann, und recht gefährlich krank;
Er quält sich viele Tage lang,
Von ganzen Strömen Schweiß war sein Gesicht umflossen;
Doch noch von Tränen mehr, die sie um ihn vergossen.
Tod! fängt sie ganz erbärmlich an,
Tod! wenn ich dich erbitten kann,
Nimm lieber mich, als meinen Mann.
Wenns nun der Tod gehöret hätte?
Ja wohl! Er hört es auch; er hört Clarinens Not,
Er kömmt, und fragt: wer rief? Hier! schreit sie, lieber Tod,
Hier liegt er, hier in diesem Bette!

Der zärtliche Mann

Die ihr so eifersüchtig seid,
Und nichts als Unbeständigkeit
Den Männern vorzurücken pfleget!
O Weiber, überwindet euch,
Lest dies Gedicht, und seid zugleich
Beschämt, und ewig widerleget.
Wir Männer sind es ganz allein,
Die einmal nur, doch ewig lieben;
Uns ist die Treu ins Blut geschrieben.
Beweist es! hör ich alle schrein.
Recht gut! Es soll bewiesen sein.

* * *

Ein liebes Weib ward krank, wovon? von vieler Galle?
Die alte Spötterei! Kein Kluger glaubt sie mehr.
Nein, nein, die Weiber siechten alle,
Wenn dieses Übel schädlich wär.
Genug, sie ward sehr krank. Der Mann wendt alles an,
Was man von Männern fordern kann;
Eilt, ihr zu rechter Zeit die Pulver einzuschütten;
Er läßt für seine Frau in allen Kirchen bitten,
Und gibt noch mehr dafür, als sonst gebräuchlich war:
Und doch vermehrt sich die Gefahr.
Er ächzt, er weint und schreit, er will mit ihr verderben.
Ach Engel, spricht die Frau, stell deine Klagen ein!
Ich werde mit Vergnügen sterben,
Versprich mir nur, nicht noch einmal zu frein.

Er schwört, sich keine mehr zu wählen.
Dein Schatten, ruft er, soll mich quälen,
Wenn mich ein zweites Weib besiegt.
Er schwört. Nun stirbt sein Weib vergnügt.

vorzurücken: vorzuwerfen.
vergnügt: zufrieden.

Wer kann den Kummer wohl beschreiben,
Der unsern Witwer überfällt?
Er weiß vor Jammer kaum zu bleiben;
Zu eng ist ihm sein Haus, zu klein ist ihm die Welt.
Er opfert seiner Frau die allertreusten Klagen,
Bleibt ohne Speis und Trank, sucht keine Lagerstatt;
Er klagt, und ist des Lebens satt.
Indes befiehlt die Zeit, sie in das Grab zu tragen.
Man legt der Seligen ihr schwarzes Brautkleid an;
Der Witwer tritt betränt an ihren Sarg hinan.
Was? fängt er plötzlich an zu fluchen,
Was, Henker, was soll dieses sein?
Für eine tote Frau ein Brautkleid auszusuchen?
Gesetzt, ich wollte wieder frein:
So müßt ich ja ein neues machen lassen.

Ihr Leute kränkt ihn nicht, geht, holt ein ander Kleid,
Und laßt dem armen Witwer Zeit;
Er wird sich mit der Zeit schon fassen.

Die Spinne

Hochmütig über ihre Künste
Warf vom durchsichtigen Gespinste
Die Spinne manchen finstern Blick
Auf einen Seidenwurm zurück;
So aufgebläht wie ein Pedant,
Der itzt, von seinem Wert erhitzet,
In Werken seiner eignen Hand
Bis an den Bart vergraben sitzet,
Und auf den Schüler, der ihn grüßt,
Den Blick mit halben Augen schießt.

Der Seidenwurm, den erst vor wenig Tagen
Der Herr zur Lust mit sich ins Haus getragen,
Sieht dieser Spinne lange zu,

Und fragt zuletzt: Was webst denn du?
Unwissender! läßt sich die Spinn erbittert hören,
Du kannst mich noch durch solche Fragen stören?
Ich webe für die Ewigkeit!

Doch kaum erteilet sie den trotzigen Bescheid:
So reißt die Magd, mit Borsten in den Händen,
Von den noch nicht geputzten Wänden
Die Spinne nebst der Ewigkeit.

* * *

Die Kunst sei noch so groß, die dein Verstand besitzet,
Sie bleibt doch lächerlich, wenn sie der Welt nicht nützet.
Verdient, ruft ein Pedant, mein Fleiß denn keinen Dank?
Nein! denn er hilft nichts mehr als andrer Müßiggang.

Die Biene und die Henne

Nun Biene, sprach die träge Henne,
Dies muß ich in der Tat gestehn,
So lange Zeit, als ich dich kenne:
So seh ich dich auch müßig gehn.
Du sinnst auf nichts als dein Vergnügen;
Im Garten auf die Blumen fliegen,
Und ihren Blüten Saft entziehn,
Mag eben nicht so sehr bemühn.
Bleib immer auf der Nelke sitzen,
Dann fliege zu dem Rosenstrauch,
Wär ich wie du, ich tät es auch,
Was brauchst du andern viel zu nützen?
Genug, daß wir so manchen Morgen
Mit Eiern unser Haus versorgen.

O! rief die Biene, spotte nicht!
Du denkst, weil ich bei meiner Pflicht
Nicht so, wie du bei einem Eie,

Aus vollem Halse zehnmal schreie:
So, denkst du, wär ich ohne Fleiß.
Der Bienenstock sei mein Beweis,
Wer Kunst und Arbeit besser kenne,
Ich, oder eine träge Henne?
Denn, wenn wir auf den Blumen liegen:
So sind wir nicht auf uns bedacht;
Wir sammeln Saft, der Honig macht,
Um fremde Zungen zu vergnügen.
Macht unser Fleiß kein groß Geräusch,
Und schreien wir bei warmen Tagen,
Wenn wir den Saft in Zellen tragen,
Uns nicht, wie du im Neste, heisch:
So präge dir es itzund ein:
Wir hassen allen stolzen Schein;
Und wer uns kennen will, der muß in Rost und Kuchen
Fleiß, Kunst und Ordnung untersuchen.

Auch hat uns die Natur beschenkt,
Und einen Stachel eingesenkt,
Damit wir die bestrafen sollen,
Die, was sie selber nicht verstehn,
Doch meistern und verachten wollen;
Drum, Henne! rat ich dir, zu gehn.

* * *

O Spötter, der mit stolzer Miene,
In sich verliebt, die Dichtkunst schilt;
Dich unterrichtet dieses Bild.
Die Dichtkunst ist die stille Biene;
Und willst du selbst die Henne sein:
So trifft die Fabel völlig ein.
Du fragst, was nützt die Poesie?
Sie lehrt und unterrichtet nie.

heisch: heiser
Rost und Kuchen: Waben.

Allein wie kannst du doch so fragen?
Du siehst an dir, wozu sie nützt:
Dem, der nicht viel Verstand besitzt,
Die Wahrheit durch ein Bild zu sagen.

Der süße Traum

Mit Träumen, die uns schön betrügen,
Erfreut den Timon einst die Nacht;
Im Schlaf erlebt er das Vergnügen,
An das er wachend kaum gedacht.
Er sieht, aus seines Bettes Mitte
Steigt schnell ein großer Schatz herauf.
Und schnell baut er aus seiner Hütte
Im Schlafe schon ein Lustschloß auf.
Sein Vorsaal wimmelt von Klienten,
Und, unbekleidet am Kamin,
Läßt er, die ihn vordem kaum nennten,
In Ehrfurcht itzt auf sich verziehn.
Die Schöne, die ihn oft im Wachen
Durch ihre Sprödigkeit betrübt,
Muß Timons Glück vollkommen machen;
Denn träumend sieht er sich geliebt.
Er sieht von Doris sich umfangen,
Und ruft, als dies ihm träumt, vergnügt;
Er lallt: O Doris, mein Verlangen!
Hat Timon endlich dich besiegt?

Sein Schlafgeselle hört ihn lallen;
Er hört, daß ihn ein Traum verführt,
Und tut ihm liebreich den Gefallen,
Und macht, daß sich sein Traum verliert.
Freund, ruft er, laß dich nicht betrügen,
Es ist ein Traum, ermuntre dich!

verziehn: warten.

O böser Freund, um welch Vergnügen,
Klagt Timon ängstlich, bringst du mich!
Du machest, daß mein Traum verschwindet;
Warum entziehst du mir die Lust?
Genug, ich hielt sie für gegründet,
Weil ich den Irrtum nicht gewußt.

* * *

Oft quält ihr uns, ihr Wahrheitsfreunde,
Mit eurer Dienstbeflissenheit;
Oft seid ihr unsrer Ruhe Feinde,
Indem ihr unsre Lehrer seid.
Wer heißt euch uns den Irrtum rauben,
Den unser Herz mit Lust besitzt?
Und der, so heftig wir ihn glauben,
Uns dennoch minder schadt als nützt.
Der wird die halbe Welt bekriegen,
Wer allen Wahn der Welt entzieht.
Die meisten Arten von Vergnügen
Entstehen, weil man dunkel sieht.
Was denkt der Held bei seinen Schlachten?
Er denkt, er sei der größte Held.
Gönnt ihm die Lust, sich hochzuachten,
Damit ihm nicht der Mut entfällt.
Geht, fragt: Was denkt wohl Adelheide?
Sie denkt, mein Mann liebt mich getreu.
Sie irrt; doch gönnt ihr ihre Freude,
Und laßt das arme Weib dabei.
Was glaubt der Ehmann von Lisetten?
Er glaubt, daß sie die Keuschheit ist.
Er irrt; ich wollte selber wetten;
Doch schweigt, wenn ihr es besser wißt.
Was denkt der Philosoph im Schreiben?
Mich liest der Hof, mich ehrt die Stadt!
Er irrt; doch laßt ihn irrig bleiben,
Damit er Lust zum Denken hat.
Durchsucht der Menschen ganzes Leben,

Was treibt zu großen Taten an?
Was pflegt uns Ruh und Trost zu geben?
Sehr oft ein Traum, ein süßer Wahn.
Genug, daß wir dabei empfinden!
Es sei auch tausendmal ein Schein!
Sollt aller Irrtum ganz verschwinden:
So wär es schlimm, ein Mensch zu sein.

Der Reisende

Ein Wandrer bat den Gott der Götter,
Den Zeus, bei ungestümem Wetter,
Um stille Luft und Sonnenschein.
Umsonst! Zeus läßt sich nicht bewegen;
Der Himmel stürmt mit Wind und Regen,
Denn stürmisch sollt es heute sein.

Der Wandrer setzt, mit bittrer Klage,
Daß Zeus mit Fleiß die Menschen plage,
Die saure Reise mühsam fort.
So oft ein neuer Sturmwind wütet,
Und schnell ihm still zu stehn gebietet:
So oft ertönt ein Lästerwort.

Ein naher Wald soll ihn beschirmen;
Er eilt, dem Regen und den Stürmen
In diesem Holze zu entgehn;
Doch eh der Wald ihn aufgenommen:
So sieht er einen Räuber kommen,
Und bleibt vor Furcht im Regen stehn.

Der Räuber greift nach seinem Bogen,
Den schon die Nässe schlaff gezogen;
Er zielt, und faßt den Pilger wohl;

mit Fleiß: absichtlich.

Doch Wind und Regen sind zuwider;
Der Pfeil fällt matt vor dem danieder,
Dem er das Herz durchbohren soll.

O Tor! läßt Zeus sich zornig hören,
Wird dich der nahe Pfeil nun lehren,
Ob ich dem Sturm zu viel erlaubt?
Hätt ich dir Sonnenschein gegeben:
So hätte dir der Pfeil das Leben,
Das dir der Sturm erhielt, geraubt.

Der erhörte Liebhaber

Der größte Fehler in der Liebe,
O Jüngling, ist die Furchtsamkeit.
Was helfen dir die süßen Triebe
Bei einer stummen Schüchternheit?
Du liebst, und willst es doch nicht wagen,
Es deiner Schönen zu gestehn;
Was deine Lippen ihr nicht sagen,
Soll sie in deinen Augen sehn.
Im Stillen trägst du deinem Kinde
Das Herz mit Ehrerbietung an,
Und wünschest, daß sie das empfinde,
Was doch dein Mund nicht sagen kann.
Du hörst nicht auf, sie hoch zu achten,
Und ehrst sie durch Bescheidenheit;
Sie fühlt, und läßt dich dennoch schmachten,
Und wartet auf Beständigkeit.
Sie läßt dich in den Augen lesen,
Wie viel dir dieser Vorzug nützt;
Erst liebt sie dein bescheidnes Wesen,
Und endlich den, der es besitzt.
Ein Jahr verfliegt; o lacht des Blöden,
Was hat er denn für seine Müh?
Er darf mit ihr von Liebe reden,

Und wagt den ersten Kuß auf sie.
Ein Jahr! Und noch kein größres Glücke?
In Wahrheit! Das ist lächerlich.
Warum rief er, beim ersten Blicke,
Nicht gleich: Mein Kind, ich liebe dich!
Da lob ich euch, ihr jungen Helden,
Ihr wißt von keiner langen Pein;
Ihr laßt euch bei der Schönen melden,
Ihr kommt, und seht, und nehmt sie ein.
Und euren Mut recht zu beseelen,
Den ihr bei eurer Liebe fühlt:
So will ich euch den Sieg erzählen,
Den einst Jesmin sehr schnell erhielt.

* * *

Ein junger Mensch, der gütigst wollte,
Daß jedes schöne Kind die Ehre haben sollte,
Von ihm geliebt, von ihm geküßt zu sein;
Jesmin, sah Sylvien, das heißt, sie nahm ihn ein.
Er sah sie in dem Fenster liegen,
Ward schnell besiegt, und schwur, sie wieder zu besiegen.
Die halbe Nacht verstrich, daß mein Jesmin nicht schlief;
Er sann auf einen Liebesbrief,
Schlug die Romane nach, und trug die hellsten Flammen
In einen Brief aus zwanzigen zusammen.
Der Brief ward fortgeschickt, und für sein bares Geld
Ward auch der Brief getreu bestellt.
Allein die Antwort will nicht kommen.
Jesmin, vom Kummer eingenommen,
Ergreift das Briefpapier, und schreibet noch einmal.
Er klagt der Schönen seine Qual,
Er redt von strengen Liebeskerzen,
Von Augensonnen, heiß an Pein,
Von Tigermilch, von diamantnen Herzen,
Und von der Hoffnung Nordlichtschein,
Und schwört, weil Sylvia durch nichts erweicht geworden,
Sich, bei Gelegenheit, aus Liebe zu ermorden.

Getrost Jesmin! versiegle deinen Brief.
So wie das Siegelwachs am Lichte niederlief:
So wird der Schönen Herz, eh Nacht und Tag verfließen,
Von deines Briefes Glut erweicht zerschmelzen müssen.
Der Brief wird fortgeschickt, und richtig überbracht.
Jesmin tut manch Gebet an Venus' kleinen Knaben;
Doch folgt die Antwort nicht. Wer hätte das gedacht!
Das Mädchen muß ein Herz von Stahl und Eisen haben;
Doch welcher Baum fällt auf den ersten Hieb?
Ich zweifle nicht, die Schöne hat ihn lieb,
Und ihre Sprödigkeit ist ein verstelltes Wesen,
Um nur von ihm mehr Briefe noch zu lesen.
Wie könnte sie dem heißen Flehn,
Und, da sie ihn unlängst geputzt gesehn,
Der reichen Weste widerstehn?

Ich weiß noch einen Rat, und dieser Rat wird glücken.
Durch Verse kann man sehr entzücken,
In Versen, mein Jesmin, in Versen schreib an sie,
Siegst du durch Verse nicht, Jesmin! so siegst du nie.
Er folgt. O wünscht mit mir, daß ihm die Reime fließen!
Seht, welch ein feurig Lied Jesmin zur Welt gebar!
Was konnte man auch anders schließen,
Da seine Prosa schon so hoch und feurig war?

Kaum hatte Sylvia das Heldenlied gelesen:
So kam auch schon ein Gegenbrief.
Man stelle sich nur vor, wie froh Jesmin gewesen,
Wie froh Jesmin der Magd entgegenlief!
Die schlaue Magd grüßt ihn galant.
Er steht und hält den Brief entzückt in seiner Hand,
Und brennet vor Begier, den Inhalt bald zu wissen.
Und kann vor Zärtlichkeit sich dennoch nicht entschließen,
Das kleine Siegel abzuziehn;
Er drückt den Brief an sich, er drückt, und küsset ihn.

Venus' kleinen Knaben: Amor.

Die Magd kriegt ein Pistol, und schwört ihm treu zu bleiben;
Allein was stund in diesem Schreiben,
Als es Jesmin froh auseinanderschlug?
Kein Wörtchen mehr als dies: Mein Herr, Sie sind nicht klug!

Der glücklich gewordene Ehemann

Frontin liebt Hannchen bis zum Sterben;
Denn Hannchen war ein schönes Kind.
Allein je reizender die losen Mädchen sind,
Um desto weniger kann man ihr Herz erwerben.
Frontin erfuhr es wohl. Drei Jahre liebt er sie;
Allein umsonst war alle Müh.
Was tat er endlich? Er verreiste,
Und ging (was kann wohl ärgers sein!),
Ging, sag ich, mit dem bösen Geiste
Ein Bündnis an dem Blocksberg ein;
Ein Bündnis, daß er ihm zwei Jahre dienen wollte,
Wofern er Hannchen noch zur Frau bekommen sollte.
Sie werden hurtig eins, und schließen ihren Kauf;
Der böse Geist gibt ihm die Hand darauf.
Und ob er gleich die Welt sehr oft belogen,
Und Doktor Fausten selbst betrogen:
So hielt er doch sein Wort genau.
Frontin ward Hannchens Mann, und sie ward seine Frau.

Doch eh vier Wochen sich verlieren:
So fängt Frontin schon an, den Schwarzen zu zitieren.
Ach, spricht er, da der Geist erscheint,
Ach, darf ich, lieber böse Feind,
Noch einer Bitte mich erkühnen?
Ich habe dir gelobt, für Hannchen, meine Frau,
Zwei Jahre, wie du weißt, zu dienen,
Und dies erfüll ich auch genau;
Doch willst du mir mein Hannchen wieder nehmen:

Pistol: Goldmünze.

So soll mein Dienst ein Jahr verlängert sein.
Der Böse will sich nicht bequemen,
Drauf geht Frontin die Frist noch zweimal ein;
Denn, sprach er bei sich selbst, so arg du immer bist:
So weiß ich doch, daß Hannchen ärger ist.

Der gütige Besuch

Ein offner Kopf, ein muntrer Geist,
Kurz, einer von den feinen Leuten,
Die ihr Beruf zu Neuigkeiten
Nie denken, ewig reden heißt;
Die mit Gewalt es haben wollen,
Daß Kluge närrisch werden sollen;
Ein solcher Schwätzer trat herein,
Dem Dichter den Besuch zu geben.
O, rief er, welch ein traurig Leben!
Wie? Schlafen Sie denn nicht bei ihren Büchern ein?
So sind Sie denn so ganz allein,
Und müssen gar vor langer Weile lesen?
Ich dacht es wohl, drum kam ich so geschwind.

Ich bin, sprach der Poet, noch nie allein gewesen
Als seit der Zeit, da Sie zugegen sind.

Der Arme und Reiche

Aret, ein tugendhafter Mann,
Dem nichts als Geld und Güter fehlten,
Rief, als ihn einst die Schulden quälten,
Das Glück um seinen Beistand an.
Das Glück, das seine liebsten Gaben
Sonst immer für die Leute spart,
Die von den Gütern beßrer Art

Aret: sprechender Name: von griech. *aretē* ›Tüchtigkeit, Tugend‹.

Nicht gar zu viel bekommen haben,
Entschloß sich dennoch auf sein Flehn,
Dem wackern Manne beizustehn,
Und ließ ihn in verborgnen Gründen
Aus Geiz verscharrte Schätze finden.
Er sieht darauf in kurzer Zeit
Von seinen Schuldnern sich befreit;
Doch ist ihm wohl die Not benommen,
Da, statt der Schuldner, Schmeichler kommen?
So oft er trinkt, so oft er ißt,
Kömmt einer, der ihn durstig küßt,
Nach seinem Wohlsein ängstlich fraget,
Und ihn mit Höflichkeit und List,
Mit Loben und Bewundern plaget,
Und doch durch alles nichts, als daß ihn hungert, saget.

O Glücke! rief Aret, soll eins von beiden sein;
Kann alle Klugheit nicht von Schmeichlern mich befrein:
So will ich mich von Schuldnern lieber hassen,
Als mich von Schmeichlern lieben lassen.
Vor jenen kann man doch zuweilen sicher sein;
Doch diese Brut schleicht sich zu allen Zeiten ein.

Damokles

Glaubt nicht, daß bei dem größten Glücke
Ein Wütrich jemals glücklich ist.
Er zittert in dem Augenblicke,
Da er der Hoheit Frucht genießt.
Bei aller Herrlichkeit stört ihn des Todes Schrecken,
Und läßt ihn nichts als teures Elend schmecken.

* * *

Als den Tyrannen Dionys
Ein Schmeichler einstens glücklich pries,

Wütrich: Tyrann.
Hoheit: hohen Stellung.

Und aus dem Glanz der äußerlichen Ehre,
Aus reichem Überfluß an Volk und Gold erwies,
Daß sein Tyrann unendlich glücklich wäre;
Als dies Damokles einst getan;
Fing Dionys zu diesem Schmeichler an:
So sehr mein Glück dich eingenommen,
So kennst du es doch unvollkommen;
Doch schmecktest du es selbst, wie würde dichs erfreun!
Willst du einmal an meiner Stelle sein?
Von Herzen gern! fällt ihm Damokles ein.

Ein goldner Stuhl wird schnell für ihn herbeigebracht.
Er sitzt, und sieht auf beiden Seiten
Der Hohen größte Herrlichkeiten,
Die Stolz und Wollust ausgedacht.
Von Purpur prangen alle Wände,
Gold schmückt die Tafel aus, im Golde perlt der Wein.
Ein Wink! so eilen zwanzig Hände,
Des hohen Winkes wert zu sein.
Ein Wort! so fliegt die Menge schöner Knaben,
Und sucht den Ruhm, dies Wort vollstreckt zu haben.

Von Wollust süß berauscht, von Herrlichkeit entzückt,
Schätzt sich Damokles für beglückt.
O Hoheit! ruft er aus, könnt ich dich ewig schmecken!
Doch ach! was nimmt er plötzlich wahr?
Ein scharfes Schwert an einem Pferdehaar,
Das an der Decke hängt, erfüllt sein Herz mit Schrecken;
Er sieht die drohende Gefahr
Nah über seinem Haupte schweben.
Der Glückliche fängt an zu beben;
Er sieht nicht mehr auf seines Zimmers Pracht,
Nicht auf den Wein, der aus dem Golde lacht;
Er langt nicht mehr nach den schmackhaften Speisen,
Er hört nicht mehr der Sänger sanfte Weisen.
Ach! fängt er zitternd an zu schrein:
Laß mich, o Dionys, nicht länger glücklich sein!

Daß oft die allerbesten Gaben
Die wenigsten Bewundrer haben,
Und daß der größte Teil der Welt
Das Schlechte für das Gute hält;
Dies Übel sieht man alle Tage;
Allein wie wehrt man dieser Pest?
Ich zweifle, daß sich diese Plage
Aus unsrer Welt verdringen läßt.
Ein einzig Mittel ist auf Erden;
Allein es ist unendlich schwer.
Die Narren müßten weise werden,
Und seht, sie werdens nimmermehr.
Nie kennen sie den Wert der Dinge.
Ihr Auge schließt, nicht ihr Verstand;
Sie loben ewig das Geringe,
Weil sie das Gute nie gekannt.

* * *

Zween Hunde dienten einem Herrn,
Der eine von den beiden Tieren,
Joli, verstund die Kunst, sich lustig aufzuführen,
Und wer ihn sah, vertrug ihn gern.
Er holte die verlornen Dinge,
Und spielte voller Ungestüm.
Man lobte seinen Scherz, belachte seine Sprünge;
Seht, hieß es, alles lebt an ihm!
Oft biß er mitten in dem Streicheln:
So falsch und boshaft war sein Herz;
Gleich fing er wieder an zu schmeicheln:
Dann hieß sein Biß ein feiner Scherz.
Er war verzagt und ungezogen;
Doch ob er gleich zur Unzeit bellt' und schrie:
So blieb ihm doch das ganze Haus gewogen:

Joli: sprechender Name: von frz. *joli* ›hübsch, nett‹.

Er hieß der lustige Joli.
Mit ihm vergnügte sich Lisette,
Er sprang mit ihr zu Tisch und Bette;
Und beide teilten ihre Zeit
In Schlaf, in Scherz und Lustbarkeit;
Sie aber übertraf ihn weit.

Fidel, der andre Hund, war von ganz anderm Wesen,
Zum Witze nicht ersehn, zum Scherze nicht erlesen,
Sehr ernsthaft von Natur; doch wachsam um das Haus,
Ging öfters auf die Jagd mit aus;
War treu und herzhaft in Gefahr,
Und bellte nicht, als wenn es nötig war.
Er stirbt. Man hört ihn kaum erwähnen;
Man trägt ihn ungerühmt hinaus.
Joli stirbt auch. Da fließen Tränen!
Seht, ihn beklagt das ganze Haus.
Die ganze Nachbarschaft bezeiget ihren Schmerz.

* * *

So gilt ein bißchen Witz mehr als ein gutes Herz.

Selinde

Das schönste Kind zu ihren Zeiten,
Selinde, reich an Lieblichkeiten,
Schön, wenn ich also sagen mag,
Schön wie das Morgenrot, und heiter wie der Tag;
Selinde soll sich malen lassen.
Sie weigert sich; der Maler ließ nicht nach;
Er bat, bis sie es ihm versprach,
Und schwur, sie recht getreu zu fassen.
Sie fragt, wie viel man ihm bezahlt?
Ich hätte sie umsonst gemalt,

Fidel: sprechender Name: von lat. *fidelis* ›treu‹.

Und hätt ich ja was fordern sollen:
So hätt ich Küsse fordern wollen.

So schön Selinde wirklich war,
So schön, und schöner nicht, stellt sie der Maler dar;
Die kleinste Miene muß ihm glücken,
Das Bild war treu, und schön bis zum Entzücken;
So reizend, daß es selbst der Maler hurtig küßt,
Sobald sein Weib nicht um ihn ist.

Der Maler bringt sein göttliches Gesicht.
Selinde sieht es an, erschrickt, und legt es nieder.
»Hier nehm Er sein Gemälde wieder,
Er irrt, mein Freund, das bin ich nicht;
Wer hieß Ihn so viel Schmeicheleien
Und so viel Reiz auf meine Bildung streuen?
Erdichtet ist der Mund, verschönert ist das Kinn.
Kurz, nehm Er nur sein Bildnis hin;
Ich mag nicht schöner sein, als ich in Wahrheit bin.
Vielleicht wollt Er die Venus malen:
Von dieser laß Er sich bezahlen.«

So ist sie denn allein das Kind,
Das schön ist, ohn es sein zu wollen?
Wie viele kenn ich nicht, die wirklich häßlich sind,
Und die wir mit Gewalt für englisch halten sollen.

Der Maler nimmt sein Bild, und sagt kein einzig Wort,
Geht trotzig, wie ein Künstler, fort.
Was wird er tun? Er wird es doch nicht wagen,
Und so ein schönes Kind verklagen?

Er klagt. Selinde muß sich stellen.
Die Väter werden doch ein gütig Urteil fällen!

Bildung: äußere Gestalt.
englisch: engelhaft.

O fahrt sie nicht gebietrisch an;
So sehr sie Unrecht hat, so edel ist ihr Wahn.

Hier kömmt sie schon, hier kömmt Selinde!
Wer hat mehr Anmut noch gesehn?
Der ganze Rat erstaunt vor diesem schönen Kinde,
Und sein Erstaunen preist sie schön.
Und jeder Greis in dem Gerichte
Verliert die Runzeln vom Gesichte;
Man sah aufs Bild; doch jedesmal
Noch längre Zeit auf das Original;
Und jeder rief, sie ist getroffen.
O! sprach sie ganz beschämt, wie könnt ich dieses hoffen!
Er hat mich viel zu schön gemalt,
Und Schmeichler werden nicht bezahlt.

Selinde, hub der Richter an,
Kein Maler konnt Euch treuer malen.
Er hat nach seiner Pflicht getan,
Abbittend sollt Ihr ihn bezahlen;
Doch weil Ihr von Euch selbst nicht eingenommen seid:
So geht nicht unbelohnt von diesem Richterplatze;
Empfangt ein Heiratsgut aus dem gemeinen Schatze,
Zum Lohne der Bescheidenheit.

O weiser Mann, der dieses spricht!
Gerechter ist kein Spruch zu finden.
Du, du verdienst ein ewig Lobgedicht,
Und wärst du jung, verdientest du Selinden.
Selinde geht. Der Beifall folgt ihr nach;
Man sprach von ihr gewiß, wenn man von Schönen sprach;
Je mehr sie zweifelte, ob sie so reizend wäre,
Um desto mehr erhielt sie Ehre.

* * *

Je minder sich der Kluge selbst gefällt:
Um desto mehr schätzt ihn die Welt.

Der Schatz

Ein kranker Vater rief den Sohn.
Sohn! sprach er, um dich zu versorgen,
Hab ich vor langer Zeit einst einen Schatz verborgen;
Er liegt – – – Hier starb der Vater schon.
Wer war bestürzter als der Sohn?
Ein Schatz! (so waren seine Worte),
Ein Schatz! Allein an welchem Orte?
Wo find ich ihn? Er schickt nach Leuten aus,
Die Schätze sollen graben können,
Durchbricht der Scheuern harte Tennen,
Durchgräbt den Garten und das Haus,
Und gräbt doch keinen Schatz heraus.

Nach viel vergeblichem Bemühen
Heißt er die Fremden wieder ziehen,
Sucht selber in dem Hause nach,
Durchsucht des Vaters Schlafgemach,
Und findt mit leichter Müh (wie groß war sein Vergnügen!)
Ihn unter einer Diele liegen.

* * *

Vielleicht, daß mancher eh die Wahrheit finden sollte,
Wenn er mit mindrer Müh die Wahrheit suchen wollte.
Und mancher hätte sie wohl zeitiger entdeckt,
Wofern er nicht geglaubt, sie wäre tief versteckt.
Verborgen ist sie wohl; allein nicht so verborgen,
Daß du der finstern Schriften Wust,
Um sie zu sehn, mit tausend Sorgen,
Bis auf den Grund durchwühlen mußt.
Verlaß dich nicht auf fremde Müh,
Such selbst, such aufmerksam, such oft; du findest sie.
Die Wahrheit, lieber Freund, die alle nötig haben,
Die uns, als Menschen, glücklich macht,
Ward von der weisen Hand, die sie uns zugedacht,
Nur leicht verdeckt; nicht tief vergraben.

Monime

Durch schöner Glieder Reiz, durch Schönheit des Verstands
Erwarb Monime sich den Beifall Griechenlands;
So manches Buhlers Herz besiegten ihre Blicke,
Mit Wollust sah er sie, beschämt wich er zurücke.
Denn war Monime schön: so war ihr Herz zugleich
An Unschuld, wie ihr Blick an Geist und Feuer, reich.
Die Tugend, die dem Wunsch erhitzter Buhler wehrte,
Trieb selbst den Buhler an, daß er sie mehr verehrte.
Arm war sie von Geburt, und zart von Leidenschaft,
Mit Schmeichlern stets umringt; und blieb doch tugendhaft?
Doch bringt Geschenke her! Der Diamanten Flehen,
Des Golds Beredsamkeit wird sie nicht widerstehen.

Ein Prinz aus Pontus ists, der große Mithridat,
Der mit entbrannter Brust sich zu Monimen naht;
Ein König seufzt und fleht. Zu schmeichelnde Gedanken!
Wird nicht bei diesem Glück Monimens Tugend wanken?

Prinz, fing sie herzhaft an, du scheinst durch mich gerührt,
Und rühmst den kleinen Reiz, der meine Bildung ziert;
Ich danke der Natur für diesen Schmuck der Jugend,
Die Schönheit gab sie mir, und ich gab mir die Tugend.
Nicht jene macht mich stolz, nein, diese macht mich kühn;
Sei tausendmal ein Prinz: umsonst ist dein Bemühn!
Ich mehre nie die Zahl erkaufter Buhlerinnen,
Nur als Gemahl wirst du Monimens Herz gewinnen.

So unbeweglich blieb ihr tugendhafter Sinn.
Der Prinz, des Prinzen Flehn, der prächtigste Gewinn,
Des Hofes Kunst und List, nichts konnte sie bezwingen.
Der Prinz muß für ihr Herz ihr selbst die Krone bringen.

O welch ein seltnes Glück, von niederm Blut entstehn,
Und aus dem Staube sich bis zu dem Thron erhöhn!
Wie lange, großes Glück! wirst du ihr Herz vergnügen?
Wie lange?

Mithridat hofft Rom noch zu besiegen;
Verläßt Monimens Arm, um in den Krieg zu ziehn.
Doch der, der siegen will, fängt an, besiegt zu fliehn;
Rom setzt ihm siegreich nach, sein Land wird eingenommen.
Doch soll das stolze Rom Monimen nicht bekommen,
Eh dies der Prinz erlaubt, befiehlt er ihren Tod.
Ein Sklav eröffnet ihr, was Mithridat gebot.

So, ruft sie, raubt mir auch die Hoheit noch das Leben?
Die für entrißne Ruh mir einen Thron gegeben,
Auf dem ich ungeliebt, durch Reue mich gequält,
Daß ich den Niedrigsten mir nicht zum Mann erwählt?
Sie reißt den Hauptschmuck ab, um stolz sich umzubringen,
Und eilt, ihr Diadem sich um den Hals zu schlingen;
Allein das schwache Band erfüllt ihr Wünschen nicht,
Es reißt, und weigert sich der so betrübten Pflicht.
O, ruft sie, Schmuck! den ich zu meiner Pein getragen,
Sogar den schlimmsten Dienst willst du mir noch versagen?
Sie wirft ihn vor sich hin, tritt voller Wut darauf,
Und gibt durch einen Dolch alsbald ihr Leben auf.

Der unsterbliche Autor

Ein Autor schrieb sehr viele Bände,
Und ward das Wunder seiner Zeit;
Der Journalisten gütge Hände
Verehrten ihm die Ewigkeit.
Er sah, vor seinem sanften Ende,
Fast alle Werke seiner Hände
Das sechstemal schon aufgelegt,
Und sich, mit tiefgelehrtem Blicke,
In einer spanischen Perücke
Vor jedes Titelblatt geprägt.
Er blieb vor Widersprechern sicher,
Und schrieb bis an den Tag, da ihn der Tod entseelt;
Und das Verzeichnis seiner Bücher,

Die kleinen Schriften mitgezählt,
Nahm an dem Lebenslauf allein
Drei Bogen und drei Seiten ein.

Man las nach dieses Mannes Tode
Die Schriften mit Bedachtsamkeit;
Und seht, das Wunder seiner Zeit
Kam in zehn Jahren aus der Mode,
Und seine göttliche Methode
Hieß eine bange Trockenheit.
Der Mann war bloß berühmt gewesen,
Weil Stümper ihn gelobt, eh Kenner ihn gelesen.

* * *

Berühmt zu werden, ist nicht schwer,
Man darf nur viel für kleine Geister schreiben;
Doch bei der Nachwelt groß zu bleiben,
Dazu gehört noch etwas mehr,
Als, seicht am Geist, in strenger Lehrart schreiben.

Der grüne Esel

Wie oft weiß nicht ein Narr durch töricht Unternehmen
Viel tausend Toren zu beschämen!

Neran, ein kluger Narr, färbt einen Esel grün,
Am Leibe grün, rot an den Beinen,
Fängt an, mit ihm die Gassen durchzuziehn;
Er zieht, und jung und alt erscheinen.
Welch Wunder! rief die ganze Stadt,
Ein Esel, zeisiggrün! der rote Füße hat!
Das muß die Chronik einst den Enkeln noch erzählen,
Was es zu unsrer Zeit für Wunderdinge gab!
Die Gassen wimmelten von Millionen Seelen;
Man hebt die Fenster aus, man deckt die Dächer ab;
Denn alles will den grünen Esel sehn,
Und alle konnten doch nicht mit dem Esel gehn.

Man lief die beiden ersten Tage
Dem Esel mit Bewundrung nach.
Der Kranke selbst vergaß der Krankheit Plage,
Wenn man vom grünen Esel sprach.
Die Kinder in den Schlaf zu bringen,
Sang keine Wärterin mehr von dem schwarzen Schaf;
Vom grünen Esel hört man singen,
Und so gerät das Kind in Schlaf.

Drei Tage waren kaum vergangen:
So war es um den Wert des armen Tiers geschehn.
Das Volk bezeigte kein Verlangen,
Den grünen Esel mehr zu sehn.
Und so bewundernswert er anfangs allen schien:
So dacht itzt doch kein Mensch mit einer Silb an ihn.

* * *

Ein Ding mag noch so närrisch sein,
Es sei nur neu: so nimmts den Pöbel ein.
Er sieht, und er erstaunt. Kein Kluger darf ihm wehren.
Drauf kömmt die Zeit, und denkt an ihre Pflicht,
Denn sie versteht die Kunst, die Narren zu bekehren,
Sie mögen wollen oder nicht.

Der baronisierte Bürger

Des kargen Vaters stolzer Sohn
Ward, nach des Vaters Tod, Herr einer Million,
Und für sein Geld in kurzer Zeit Baron.
Er nahm sich vor, ein großer Mann zu werden,
Und ahmte, wenn ihm gleich der innre Wert gebrach,
Doch die gebietrischen Gebärden
Der Großen zuversichtlich nach.
Bald wünscht er sich des Staatsmanns Ehre,
Vertraut mit Fürsten umzugehn;
Bald wünscht er sich das Glück, dereinst vor einem Heere

Mit Lorbern des Eugens zu stehn.
Kurz, er blieb ungewiß, wo er mehr Ansehn hätte,
Ob in dem Feld, ob in dem Kabinette?

Indessen war er doch Baron;
Und sein Verdienst, die Million,
Ließ sich, zu alles Volks Entzücken,
In Läufern und Heiducken blicken.
Er nahm die halbe Stadt in Sold,
Bedeckte sich und sein Gefolg mit Gold,
Und brüstete sich mehr in seiner Staatskarosse
Als die daran gespannten Rosse.

Er war der Schmeichler Mäzenat.
Ein Geck, der ihn gebückt um seine Gnade bat,
Und alles, was sein Stolz begonnte,
Recht unverschämt bewundern konnte,
Der kam sogleich in jener Freunde Zahl,
In der man mit ihm aß, ihn lobt', und ihn bestahl,
Und, wenn man ihn betrog, zugleich ihn überredte,
Daß er des Argus Augen hätte.

Was braucht es mehr als Stolz und Unverstand,
Um Millionen durchzubringen?
Unsichrer ist kein Schatz als in des Jünglings Hand,
Den Wollust, Pracht und Stolz zu ihren Diensten zwingen.
Der Herr Baron vergaß bei seinem großen Schatz
Den Staatsmann und den Held, ward sinnreich im Verschwenden,
Und sah in kurzer Zeit sein Gut in fremden Händen;
Starb arm und unberühmt. Kurz, er bewies den Satz,
Daß Eltern ihre Kinder hassen,
Wofern sie ihnen nichts als Reichtum hinterlassen.

Eugens: Prinz Eugen von Savoyen (1663–1736), österreichischer Feldherr.
Läufern und Heiducken: Bedienten.

Der arme Schiffer

Ein armer Schiffer stak in Schulden,
Und klagte dem Philet sein Leid.
Herr! sprach er, leiht mir hundert Gulden;
Allein zu eurer Sicherheit
Hab ich kein ander Pfand als meine Redlichkeit.
Indessen leiht mir aus Erbarmen
Die hundert Gulden auf ein Jahr.

Philet, ein Retter in Gefahr,
Ein Vater vieler hundert Armen,
Zählt ihm das Geld mit Freuden dar.
Hier, spricht er, nimm es hin, und brauch es ohne Sorgen;
Ich freue mich, daß ich dir dienen kann;
Du bist ein ordentlicher Mann,
Dem muß man ohne Handschrift borgen.

Ein Jahr und noch ein Jahr verstreicht;
Kein Schiffer läßt sich wieder sehen.
Wie? sollt er auch Phileten hintergehen,
Und ein Betrüger sein? Vielleicht.

Doch nein! Hier kömmt der Schiffer gleich.
Herr! fängt er an, erfreuet euch,
Ich bin aus allen meinen Schulden;
Und seht, hier sind zweihundert Gulden,
Die ich durch euer Geld gewann.
Ich bitt euch herzlich, nehmt sie an;
Ihr seid ein gar zu wackrer Mann.

O, spricht Philet, ich kann mich nicht besinnen,
Daß ich dir jemals Geld geliehn.
Hier ist mein Rechnungsbuch, ich wills zu Rate ziehn;
Allein ich weiß es schon, du stehest nicht darinnen.

Der Schiffer sieht ihn an, und schweigt betroffen still,
Und kränkt sich, daß Philet das Geld nicht nehmen will.

Er läuft, und kömmt mit voller Hand zurücke.
Hier, spricht er, ist der Rest von meinem ganzen Glücke,
Noch hundert Gulden! nehmt sie hin,
Und laßt mir nur das Lob, daß ich erkenntlich bin.
Ich bin vergnügt, ich habe keine Schulden;
Dies Glücke dank ich Euch allein;
Und wollt Ihr ja recht gütig sein:
So leiht mir wieder funfzig Gulden.

Hier, spricht Philet, hier ist dein Geld,
Behalte deinen ganzen Segen:
Ein Mann, der Treu und Glauben hält,
Verdient ihn seiner Treue wegen.
Sei du mein Freund. Das Geld ist dein;
Es sind nicht mehr als hundert Gulden mein,
Die sollen deinen Kindern sein.

* * *

Mensch! mache dich verdient um andrer Wohlergehen;
Denn was ist göttlicher, als wenn du liebreich bist!
Und mit Vergnügen eilst, dem Nächsten beizustehen,
Der, wenn er Großmut sieht, großmütig dankbar ist!

Das Schicksal

O Mensch! was strebst du doch den Ratschluß zu ergründen,
Nach welchem Gott die Welt regiert?
Mit endlicher Vernunft willst du die Absicht finden,
Die der Unendliche bei seiner Schickung führt?
Du siehst bei Dingen, die geschehen,
Nie das Vergangne recht, und auch die Folge nicht;
Und hoffest doch den Grund zu sehen,
Warum das, was geschah, geschicht?
Die Vorsicht ist gerecht in allen ihren Schlüssen.
Dies siehst du freilich nicht bei allen Fällen ein;
Doch wolltest du den Grund von jeder Schickung wissen:

So müßtest du, was Gott ist, sein.
Begnüge dich, die Absicht zu verehren,
Die du zu sehn zu blöd am Geiste bist;
Und laß dich hier ein jüdisch Beispiel lehren,
Daß das, was Gott verhängt, aus weisen Gründen fließt,
Und, wenn dirs grausam scheint, gerechtes Schicksal ist.

* * *

Als Moses einst vor Gott auf einem Berge trat,
Und ihn von jenem ewgen Rat,
Der unser Schicksal lenkt, um größre Kenntnis bat:
So ward ihm ein Befehl, er sollte von den Höhen,
Worauf er stund, hinab ins Ebne sehen.
Hier floß ein klarer Quell. Ein reisender Soldat
Stieg bei dem Quell von seinem Pferde,
Und trank. Kaum war der Reuter fort:
So lief ein Knabe von der Herde
Nach einem Trunk an diesen Ort.
Er fand den Geldsack bei der Quelle,
Der jenem hier entfiel, er nahm ihn, und entwich;
Worauf nach eben dieser Stelle
Ein Greis gebückt an seinem Stabe schlich.
Er trank, und setzte sich, um auszuruhen, nieder,
Sein schweres Haupt sank zitternd in das Gras,
Bis es im Schlaf des Alters Last vergaß.
Indessen kam der Reuter wieder,
Bedrohte diesen Greis mit wildem Ungestüm,
Und foderte sein Geld von ihm.

Der Alte schwört, er habe nichts gefunden,
Der Alte fleht und weint, der Reuter flucht und droht,
Und sticht zuletzt, mit vielen Wunden,
Den armen Alten wütend tot.

Als Moses dieses sah, fiel er betrübt zur Erden;
Doch eine Stimme rief: Hier kannst du innewerden,

Wie in der Welt sich alles billig fügt.
Denn wiß: es hat der Greis, der itzt im Blute liegt,
Des Knabens Vater einst erschlagen,
Der den verlornen Raub zuvor davon getragen.

Lisette

Ein junges Weib, sie hieß Lisette,
Dies Weibchen lag an Blattern blind.
Nun weiß man wohl, wie junge Weiber sind;
Drum durft ihr Mann nicht von dem Bette,
So gern er sie verlassen hätte:
Denn laßt ein Weib schön wie Cytheren sein,
Wenn sie die Blattern hat: so nimmt sie nicht mehr ein.
Hier sitzt der gute Mann, zu seiner größten Pein,
Und muß des kranken Weibes pflegen,
Ihr Kissen oft zurechte legen,
Und oft durch ein Gebet um ihre Beßrung flehn;
Und gleichwohl war sie nicht mehr schön.
Ich hätt ihn mögen beten sehn.

Der arme Mann! Ich weiß ihm nicht zu raten.
Vielleicht besinnt er sich, und tut, was andre taten.

Ein krankes Weib braucht eine Wärterin;
Und Lorchen ward dazu erlesen,
Weil ihr Lisettens Eigensinn
Vor andern längst bekannt gewesen.
Sie trat ihr Amt dienstfertig an,
Und wußte sich in allen Stücken
Gut in die kranke Frau zu schicken,
Und auch in den gesunden Mann.
Sie war besorgt, gefällig, jung und schön,
Und also ganz geschickt, mit beiden umzugehn.

Cytheren: Cythera: Beiname der Aphrodite.

Was tut man nicht, um sich von Gram und Pein,
Von langer Weile zu befrein?
Der Mann sieht Lorchen an, und redt mit ihr durch Blicke,
Weil er nicht anders reden darf;
Und jeder Blick, den er auf Lorchen warf,
Kam, wo nicht ganz, doch halb erhört zurücke.
Ach, arme kranke Frau! es ist dein großes Glücke,
Daß du nicht sehen kannst; dein Mann tut recht galant;
Dein Mann, ich wollte viel drauf wetten,
Hat Lorchen schon vorher gekannt,
Und sie mit Fleiß zur Wärterin ernannt.
Ja wenn sie bloß durch Blicke redten:
So möcht es endlich wohl noch gehn;
Allein bald wird man sie einander küssen sehn.
Er kömmt, und klopft sie in den Nacken,
Und kneipt sie in die vollen Backen;
Sie wehrt sich ganz bequem, bequem wie eine Braut,
Und findet bald für gut, sich weiter nicht zu wehren.
Sie küssen sich recht zärtlich und vertraut;
Allein sie küßten gar zu laut,
Wie konnt es anders sein? Lisette mußt es hören.
Sie hörts, und fragt: was schallt so hell?
Madam, Madam! ruft Lorchen schnell,
Es ist ihr Herr, er ächzt vor großem Schmerz,
Und will sich nicht zufrieden geben.
Ach, spricht sie, lieber Mann, wie redlich meints dein Herz!
O gräme dich doch nicht! Ich bin ja noch am Leben.

Die Verschwiegenheit

O Doris, wärst du nur verschwiegen:
So wollt ich dir etwas gestehn;
Ein Glück, ein ungemein Vergnügen – –
Doch nein, ich schweige, sprach Tiren.

mit Fleiß: absichtlich.

Wie? rief die schöne Schäferin,
Du zweifelst noch, ob ich verschwiegen bin?
Du kannst mirs sicher offenbaren;
Ich schwör, es solls kein Mensch erfahren.

Du kennst, versetzt Tiren, die spröde Sylvia,
Die schüchtern vor mir floh, so oft sie mich sonst sah.
Ich komme gleich von dieser kleinen Spröden;
Doch ach, ich darf nicht weiter reden.
Nein, Doris, nein, es geht nicht an;
Es wär um ihre Gunst und um mein Glück getan,
Wenn Sylvia dereinst erführe,
Daß – – – Dringe nicht in mich, ich halte meine Schwüre.

So liebt sie dich? fuhr Doris fort.
Ja wohl! Doch sage ja kein Wort.
Ich hab ihr Herz nun völlig eingenommen,
Und itzt von ihr den ersten Kuß bekommen.
Tiren, sprach sie zu mir, mein Herz sei ewig dein;
Doch eines bitt ich dich, du mußt verschwiegen sein.
Daß wir uns günstig sind, uns treu und zärtlich küssen,
Braucht niemand auf der Flur als ich und du zu wissen.
Drum bitt ich, Doris, schweige ja,
Sonst flieht und haßt mich Sylvia.

Die kleine Doris geht. Doch wird auch Doris schweigen?
Ja, die Verschwiegenheit ist allen Schönen eigen.
Gesetzt, daß Doris auch es dem Damoet vertraut;
Was ist es denn nun mehr? Sie sagt es ja nicht laut.

Ihr Schäfer, ihr Damoet, kömmt ihr verliebt entgegen,
Drückt ihre weiche Hand, und fragt,
Was ihr sein Freund, Tiren, gesagt?

Damoet! du weißt ja wohl, was wir zu reden pflegen,
Du kennst den ehrlichen Tiren;
Es war nichts Wichtiges, sonst würd ich dirs gestehn.

Er sagte mir – – – Verlang es nicht zu wissen;
Ich hab es ihm versprechen müssen,
Daß ich zeitlebens schweigen will.

Damoet wird traurig, schweiget still,
Umarmt sein Kind, doch nur mit halbem Feuer.
Die Schäferin erschrickt, daß sie Damoetens Kuß
So unvollkommen schmecken muß.
Du zürnest, ruft sie, mein Getreuer?
O zürne nicht, ich will es dir gestehn:
Die spröde Sylvia ergibt sich dem Tiren,
Und hat ihm itzt, in ihrem Leben,
Den allerersten Kuß gegeben;
Allein du mußt verschwiegen sein.

Damoet versprichts. Kaum ist Damoet allein:
So fühlt er schon die größte Pein,
Sein neu Geheimnis zu bewahren.
Ja! fängt Damoet zu singen an:
Ich will es keinem offenbaren,
Daß Sylvia Tirenen liebt,
Ihm Küsse nimmt, und Küsse gibt;
Du, stummer Busch, nur sollsts erfahren,
Wen Sylvia verstohlen liebt.

Doch ach! In diesem Busch war unsre Sylvia,
Die sich durch dieses Lied beschämt verraten sah;
Und eine Heimlichkeit so laut erfahren mußte,
Die, ihrer Meinung nach, nur ihr Geliebter wußte.
Sie läuft, und sucht den Schwätzer, den Tiren.
Ach Schäfer, ach, wie wird dirs gehn!
Mich, fängt sie an, so zu betrüben!
Dich, Plaudrer, sollt ich länger lieben?

Und kurz: Tiren verliert die schöne Schäferin,
Und kömmt, Damoeten anzuklagen.

Ja, spricht Damoet, ich muß es selber sagen,
Daß ich nicht wenig strafbar bin;
Allein, wie kannst du mich den größten Schwätzer nennen?
Du hast ja selbst nicht schweigen können!

Die junge Ente

Die Henne führt der Jungen Schar,
Worunter auch ein Entchen war,
Das sie zugleich mit ausgebrütet.
Der Zug soll in den Garten gehn;
Die Alte gibts der Brut durch Locken zu verstehn;
Und jedes folgt, sobald sie nur gebietet,
Denn sie gebot mit Zärtlichkeit.

Die Ente wackelt mit; allein nicht gar zu weit.
Sie sieht den Teich, den sie noch nicht gesehen,
Sie läuft hinein, sie badet sich.
Wie, kleines Tier! Du schwimmst? Wer lehrt' es dich?
Wer hieß dich in das Wasser gehen?
Wirst du so jung das Schwimmen schon verstehen?

Die Henne läuft mit strupfichtem Gefieder
Das Ufer zehnmal auf und nieder,
Und will ihr Kind aus der Gefahr befrein;
Setzt zehnmal an, und fliegt doch nicht hinein,
Denn die Natur heißt sie das Wasser scheun.
Doch nichts erschreckt den Mut der Ente;
Sie schwimmt beherzt in ihrem Elemente,
Und fragt die Henne ganz erfreut,
Warum sie denn so ängstlich schreit?

* * *

Was dir Entsetzen bringt, bringt jenem oft Vergnügen;
Der kann mit Lust zu Felde liegen,
Und dich erschreckt der bloße Name Held.

Der schwimmt beherzt auf offnen Meeren;
Du zitterst schon auf angebundnen Fähren,
Und siehst den Untergang der Welt.
Befürchte nichts vor dessen Leben,
Der kühne Taten unternimmt.
Wen die Natur zu der Gefahr bestimmt,
Dem hat sie auch den Mut zu der Gefahr gegeben.

Die kranke Frau

Wer kennt die Zahl von so viel bösen Dingen,
Die uns um die Gesundheit bringen!
Doch nötig ists, daß man sie kennen lernt.
Je mehr wir solcher Quellen wissen,
Woraus Gefahr und Unheil fließen;
Um desto leichter wird das Übel selbst entfernt.

* * *

Des Mannes teurer Zeitvertreib,
Sulpitia, ein junges schönes Weib,
Ging munter zum Besuch, krank aber kam sie wieder,
Und fiel halbtot aufs Ruhebette nieder.
Sie röchelt. Wie? Vergißt ihr Blut den Lauf?
Geschwind löst ihr die Schnürbrust auf!
Geschwind! doch läßt sich dies erzwingen?
Sechs Hände waren zwar bereit;
Doch eine Frau aus ihrem Staat zu bringen,
Wie viel erfordert dies nicht Zeit!

Der arme Mann schwimmt ganz in Tränen;
Mit Recht bestürzt ihn diese Not.
Zu früh ists, nach der Gattin Tod
Im ersten Jahre sich zu sehnen.
Er schickt nach einem Arzt. Ein junger Äskulap

vor: für.

Erscheint sogleich in vollem Trab,
Und setzt sich vor das Krankenbette,
Vor dem er sich so eine Miene gab,
Als ob er für den Tod ein sichres Mittel hätte.
Er fragt den Puls, und da er ihn gefragt,
Schlägt er im Geiste nach, was sein Rezeptbuch sagt,
Und läßt, die Krankheit zu verdringen,
Sich eilends Dint und Feder bringen.

Er schreibt. Der Diener läuft. Indessen ruft der Mann
Den so erfahrnen Arzt beiseite,
Und fragt, was doch der Zufall wohl bedeute?
Der Doktor sieht ihn lächelnd an:
»Sie fragen mich, was es bedeuten kann?
Das brauch ich Ihnen nicht zu sagen;
Sie wissen schon, es zeigt viel Gutes an,
Wenn sich die jungen Weiber klagen.«

Den Mann erfreut ein solcher Unterricht.
Die Nacht verstreicht, der Trank ist eingenommen;
Allein der teure Trank hilft nicht.
Drum muß der zweite Doktor kommen.

Er kömmt! Geduld! Nun werden wirs erfahren.
Was ists? was fehlt der schönen Frau?
Der Doktor sieht es ganz genau,
Daß sich die Blattern offenbaren.

Sulpitia! erst sollst du schwanger sein?
Nun sollst du gar die Blattern kriegen?
Ihr Ärzte schweigt, und gebt ihr gar nichts ein,
Denn einer muß sich doch betrügen.
Nein, überlaßt sie der Natur,
Und dem ihr so getreuen Bette;
Gesetzt, daß sie die schlimmste Krankheit hätte:
So ist sie nicht so schlimm als eure Kur.

Zufall: Vorfall.

Geduld! Vielleicht genest sie heute.
Der Mann kömmt nicht von ihrer Seite,
Und eh die Stunde halb verfließt,
Fragt er sie hundertmal, obs noch nicht besser ist?
Ach ungestümer Mann, du nötigst sie zum Sprechen.
Wie? wird sie nicht das Reden schwächen?
Sie spricht ja mit gebrochnem Ton,
Und an der Sprache hörst du schon,
Daß sich die Schmerzen stets vergrößern.
Bald wird es sich mit deiner Gattin bessern!
Der Tod, der Tod dringt schon herein,
Sie von der Marter zu befrein!

Wer pocht? Es wird der Doktor sein;
Doch nein, der Schneider kömmt, und bringt ein Kleid getragen.
Sulpitia fängt an, die Augen aufzuschlagen.
Er kömmt, so stammelt sie, Er kömmt zu rechter Zeit;
Ist dies vielleicht mein Sterbekleid?
Ja, wie Er sieht, so werd ich bald erblassen;
Doch hätte mich der Himmel leben lassen:
So hätt ich mir ein solches Kleid bestellt,
Von solchem Stoff, als Er, Er wirds schon wissen,
Für meine Freundin machen müssen;
Es ist nichts Schöners auf der Welt.
Als ich zuletzt Besuch gegeben:
So trug sie dieses neue Kleid;
Doch geh Er nur. O kurzes Leben!
Es ist doch alles Eitelkeit!

O fasse dich, betrübter Mann!
Du hörst ja, daß dein Weib noch ziemlich reden kann.
O laß die Hoffnung nicht verschwinden!
Der Atem wird sich wieder finden.

Der Schneider geht, der Mann begleitet ihn,
Sie reden heimlich vor der Türe.

Der Schneider tut die größten Schwüre,
Und eilt, die Sache zu vollziehn.

Noch vor dem Abend kömmt er wieder.
Sulpitia liegt noch danieder,
Und dankt ihm seufzend für den Gruß.
Allein wer sagt, was doch der Schneider bringen muß?
Er hat es in ein Tuch geschlagen,
Er wickelts aus. O welche Seltenheit!
Dies ist der Stoff, dies ist das reiche Kleid.
Allein was soll es ihr? Sie kann es ja nicht tragen.

Ach Engel, spricht der Mann, bei sanften Händedrücken,
Mein ganz Vermögen gäb ich hin,
Könnt ich dich nur gesund in diesem Schmuck erblicken.
O! fängt sie an, so krank ich bin:
So kann ich Ihnen doch, mein Liebster, nichts versagen.
Ich will mich aus dem Bette wagen;
So können Sie noch heute sehn,
Wie mir das neue Kleid wird stehn.

Man bringt den Schirm, und sie verläßt das Bette,
So schwach, als ob sie schon ein Jahr gelegen hätte.
Man putzt sie an, geputzt trinkt sie Kaffee.
Kein Finger tut ihr weiter weh.
Der Krankheit Grund war bloß ein Kleid gewesen,
Und durch das Kleid muß sie genesen.
So heilt des Schneiders kluge Hand
Ein Übel, das kein Arzt gekannt.

Der gute Rat

Ein junger Mensch, der sich vermählen wollte,
Und dem man manchen Vorschlag tat,
Bat einen Greis um einen guten Rat,
Was für ein Weib er nehmen sollte?

Freund, sprach der Greis, das weiß ich nicht.
So gut man wählt, kann man sich doch betrügen.
Sucht Ihr ein Weib bloß zum Vergnügen:
So wählet Euch ein schön Gesicht;
Doch liegt Euch mehr an Renten und am Staate
Als am verliebten Zeitvertreib:
So dien ich Euch mit einem andern Rate,
Bemüht Euch um ein reiches Weib;
Doch strebt Ihr durch die Frau nach einem hohen Range,
Nun so vergeßt, daß beßre Mädchen sind,
Wählt eines großen Mannes Kind,
Und untersucht die Wahl nicht lange;
Doch wollt Ihr mehr für Eure Seele wählen
Als für die Sinnen und den Leib:
So wagts, um Euch nach Wunsche zu vermählen,
Und wählt Euch ein gelehrtes Weib.
Hier schwieg der Alte lachend still.

Ach, sprach der junge Mensch, das will ich ja nicht wissen:
Ich frage, welches Weib ich werde wählen müssen,
Wenn ich zufrieden leben will?
Und wenn ich, ohne mich zu grämen – – –

O, fiel der Greis ihm ein, da müßt Ihr keine nehmen.

Die beiden Mädchen

Zwo junge Mädchen hofften beide,
Worauf? Gewiß auf einen Mann;
Denn dies ist doch die größte Freude,
Auf die ein Mädchen hoffen kann.
Die jüngste Schwester, Philippine,
War nicht unordentlich gebaut;
Sie hatt ein rund Gesicht, und eine zarte Haut;

Renten: Vermögenszinsen.
Staate: Aufputz.

Doch eine sehr gezwungne Miene.
So fest geschnürt sie immer ging,
So viel sie Schmuck ins Ohr und vor den Busen hing,
So schön sie auch ihr Haar zusammen rollte:
So ward sie doch bei alledem,
Je mehr man sah, daß sie gefallen wollte,
Um desto minder angenehm.

Die andre Schwester, Caroline,
War im Gesichte nicht so zart;
Doch frei und reizend in der Miene,
Und liebreich mit gelaßner Art.
Und wenn man auf den heitern Wangen
Gleich kleine Sommerflecken fand:
Ward ihrem Reiz doch nichts dadurch entwandt,
Und selbst ihr Reiz schien solche zu verlangen.
Sie putzte sich nicht mühsam aus,
Sie prahlte nicht mit teuren Kostbarkeiten.
Ein artig Band, ein frischer Strauß,
Die über ihren Ort, den sie erlangt, sich freuten,
Und eine nach dem Leib wohl abgemeßne Tracht,
War Carolinens ganze Pracht.

Ein Freier kam; man wies ihm Philippinen;
Er sah sie an, erstaunt, und hieß sie schön;
Allein sein Herz blieb frei, er wollte wieder gehn.
Kaum aber sah er Carolinen:
So blieb er vor Entzückung stehn.

* * *

Im Bilde dieser Frauenzimmer
Zeigt sich die Kunst und die Natur;
Die erste prahlt mit weit gesuchtem Schimmer,
Sie fesselt nicht; sie blendet nur.
Die andre sucht durch Einfalt zu gefallen,
Läßt sich bescheiden sehn; und so gefällt sie allen.

Der Maler

Ein kluger Maler in Athen,
Der minder, weil man ihn bezahlte,
Als, weil er Ehre suchte, malte,
Ließ einen Kenner einst den Mars im Bilde sehn,
Und bat sich seine Meinung aus.
Der Kenner sagt' ihm frei heraus,
Daß ihm das Bild nicht ganz gefallen wollte,
Und daß es, um recht schön zu sein,
Weit minder Kunst verraten sollte.
Der Maler wandte vieles ein:
Der Kenner stritt mit ihm aus Gründen,
Und konnt ihn doch nicht überwinden.

Gleich trat ein junger Geck herein,
Und nahm das Bild in Augenschein.
O, rief er, bei dem ersten Blicke,
Ihr Götter, welch ein Meisterstücke!
Ach welcher Fuß! O wie geschickt
Sind nicht die Nägel ausgedrückt!
Mars lebt durchaus in diesem Bilde.
Wie viele Kunst, wie viele Pracht,
Ist in dem Helm, und in dem Schilde,
Und in der Rüstung angebracht!

Der Maler ward beschämt gerühret,
Und sah den Kenner kläglich an.
Nun, sprach er, bin ich überführet!
Ihr habt mir nicht zu viel getan.
Der junge Geck war kaum hinaus:
So strich er seinen Kriegsgott aus.

* * *

Wenn deine Schrift dem Kenner nicht gefällt:
So ist es schon ein böses Zeichen;
Doch wenn sie gar des Narren Lob erhält:
So ist es Zeit, sie auszustreichen.

Fabeln
und
Erzählungen
von
C. F. Gellert.
Zweyter Theil.

Mit Königl. Pohln. und Churfürstl. Sächs. allergnädigst. Privilegio.

Leipzig,
bey Johann Wendler, 1748.

Die beiden Schwalben

Zwo Schwalben sangen um die Wette,
Und sangen mit dem größten Fleiß;
Doch wenn die eine schrie, daß sie den Vorzug hätte,
Gab doch die andre sich den Preis.
Die Lerche kömmt. Sie soll den Streit entscheiden;
Und beide stimmen herzhaft an.
Nun, hieß es: sprich, wer von uns beiden
Am meisterlichsten singen kann?
Das weiß ich nicht, sprach sie bescheiden,
Und sah sie ganz mitleidig an,
Und wollte sich nach ihrer Höhe schwingen.
Doch nein, sie suchten ihr den Ausspruch abzuzwingen.
So, sprach sie, will ichs denn gestehn:
Die kann so gut wie jene singen,
Doch singt, so lang ihr wollt, es singt doch keine schön.
Hört man das Lied geistreicher Nachtigallen:
So kann uns eures nicht gefallen.

* * *

Ihr mittelmäßigen Skribenten,
O wenn wir euch doch friedsam machen könnten!
Ihr zankt, wer besser denkt? Laßt keinen Streit entstehn.
Wir wollen keinen von euch kränken;
Der eine kann so gut wie jener denken;
Doch keiner von euch denket schön.
Ihr Schwätzer! zankt nicht um die Gaben
Der geistlichen Beredsamkeit.
So lange wir Mosheime haben:
So sehn wir ohne Schwierigkeit,
Daß ihr beredte Kinder seid.
Zankt nicht um eure hohen Gaben,
Ihr Gründlichen! o bleibt in Ruh.

Mosheime: Johann Lorenz von Mosheim (1693–1755), Kirchenhistoriker, Professor in Göttingen, galt im 18. Jh. als der bedeutendste geistliche Redner.

Du demonstrierst wie er, und er so fein wie du;
Allein so lange wir Leibnize vor uns haben:
So hört euch keine Seele zu.
O zankt nicht um des Phöbus Gaben,
Reimreiche Sänger unsrer Zeit!
Ihr alle reimt mit gleicher Fertigkeit;
Allein so lange wir noch Hagedorne haben:
So denkt man nicht daran, daß ihr zugegen seid.

Das Unglück der Weiber

In eine Stadt, mich deucht, sie lag in Griechenland,
Drang einst der Feind, von Wut entbrannt,
Und wollte, weil die Stadt mit Sturm erobert worden,
Die Bürger in der Raserei
Bis auf den letzten Mann ermorden.
O Himmel! welch ein Angstgeschrei
Erregten nicht der Weiber blasse Scharen.
Man stelle sich nur vor, wenn tausend Weiber schrein,
Was muß das für ein Lärmen sein!
Ich zittre schon, wenn zwei nur schrein.

Sie liefen mit zerstreuten Haaren,
Mit Augen, die von Tränen rot,
Mit Händen, die zerrungen waren,
Und warfen schon, vor Angst halb tot,
Sich vor den Feldherrn der Barbaren,
Und flehten in gemeiner Not
Ihn insgesamt um ihrer Männer Leben.
So hats von tausenden nicht eine Frau gegeben,
Die sich gewünscht, des Mannes los zu sein?
Von tausenden nicht eine? Nein.
Nun, das ist viel; da muß, bei meinem Leben!
Noch gute Zeit gewesen sein.

Phöbus: Beiname des Apoll, des Gottes der Dichtkunst.

So hart, als auch der Feldherr war:
So konnt er doch dem zauberischen Flehen
Der Weiber nicht ganz widerstehen.
Denn welchen Mann, er sei auch zehnmal ein Barbar,
Weiß nicht ein Weib durch Tränen zu bewegen?
Mein ganzes Herz fängt sich hier an zu regen.
Ich hätte nicht der General sein mögen,
Vor dem der Weiber Schar so kläglich sich vereint;
Ich hätte wie ein Kind geweint,
Und ohne Geld den Männern gleich das Leben,
Und jeder Frau zu ihrer Ruh
Den Mann, und einen noch dazu,
Wenn sies von mir verlangt, gegeben.

Allein so gar gelind war dieser Feldherr nicht.
Ihr Schönen! fängt er an und spricht.
Ihr Schönen? Dieses glaub ich nicht.
Ein harter General wird nicht so liebreich sprechen.
Was willst du dir den Kopf zerbrechen?
Genug er hats gesagt. Ein alter General
Hat, dächt ich, doch wohl wissen können,
Daß man die Weiber allemal,
Sie sein es oder nicht, kann »meine Schönen« nennen.

Ihr Schönen, sprach der General,
Ich schenk euch eurer Männer Leben;
Doch jede muß für den Gemahl
Mir gleich ihr ganz Geschmeide geben.
Und die ein Stück zurück behält,
Verliert den Mann vor diesem Zelt.

Wie? fingen nicht die Weiber an zu beben?
Ihr ganz Geschmeide hinzugeben?
Den ganzen Schmuck für einen Mann?
Gewiß, der General war dennoch ein Tyrann.
Was halfs, daß er »Ihr Schönen!« sagte,
Da er die Schönen doch so plagte?

Doch weit gefehlt, daß auch nur eine zagte:
So holten sie vielmehr mit Freuden ihren Schmuck.
Dem General war dies noch nicht genug.
Er ließ nicht eh nach ihren Männern schicken,
Als bis sie einen Eid getan
(Der General war selbst ein Ehemann),
Bis, sag ich, sie den Eid getan,
Den Männern nie die Wohltat vorzurücken,
Noch einen neuen Schmuck den Männern abzudrücken.
Drauf kriegte jede Frau den Mann.

O welche Wollust! Welch Entzücken!
Vergebens wünsch ichs auszudrücken,
Mit welcher Brünstigkeit die Frau den Mann umfing!
Mit was für sehnsuchtsvollen Blicken
Ihr Aug an seinem Auge hing!

Der Feind verließ die Stadt. Die Weiber blieben stehen,
Um ihren Feinden nachzusehen;
Alsdann flog jede froh mit ihrem Mann ins Haus.
Ist die Geschichte denn nun aus?
Noch nicht, mein Freund. Nach wenig Tagen
Entfiel den Weibern aller Mut.
Sie grämten sich, und durftens doch nicht sagen.
Wer wirds, den Eid zu brechen, wagen?
Genug, der Kummer trat ins Blut.
Sie legten sich; drauf starben in zehn Tagen,
Des Lebens müd und satt, neunhundert an der Zahl.
Der alte böse General!

Der sterbende Vater

Ein Vater hinterließ zween Erben,
Christophen, der war klug, und Görgen, der war dumm.
Sein Ende kam, und kurz vor seinem Sterben

vorzurücken: vorzuhalten.

Sah er sich ganz betrübt nach seinem Christoph um.
Sohn! fing er an, mich quält ein trauriger Gedanke;
Du hast Verstand, wie wird dirs künftig gehn?
Hör an, ich hab in meinem Schranke
Ein Kästchen mit Juwelen stehn,
Die sollen dein. Nimm sie, mein Sohn,
Und gib dem Bruder nichts davon.

Der Sohn erschrak und stutzte lange.
Ach Vater, hub er an, wenn ich so viel empfange,
Wie kömmt alsdann mein Bruder fort?
Er? fiel der Vater ihm ins Wort,
Für Görgen ist mir gar nicht bange,
Der kömmt gewiß durch seine Dummheit fort.

Der junge Drescher

Dem Drescher, der im weichen Gras
Vor seinem Topf, mit Milch und schwarzem Brote, saß,
Dem wollte seine Milch nicht schmecken.
Er fing verdrießlich an, sich in das Gras zu strecken,
Dacht ängstlich seinem Schicksal nach,
Und dehnte sich dreimal, und sprach:
Du bist ein schlechter Kerl, du hast kein eignes Dach,
Und mußt dich Tag vor Tag mit deinem Flegel plagen.
Du tätst ja gern mit deinem Schatze schön;
Allein du Narr mußt in der Scheune stehn,
Und kannst nach langen vierzehn Tagen
Kaum einmal in die Schenke gehn,
Und einen Krug mit Bier und deine Micke sehn.
Du bist noch jung, und kannst hübsch lesen und hübsch schreiben,
Und wolltest stets ein Drescher bleiben?
Des Schulzens Tochter ist dir gut,
Ist reich und kann sich hübsch gebärden:
So nimm sie doch. Du kannst, mein Blut!

Wohl mit der Zeit noch Schulze werden.
Alsdann ißt du dein Stücke Fleisch in Ruh,
Und trinkst dein gutes Bier dazu,
Und hast gleich nach dem Pfarr die Ehre – – –
O wenn ich doch schon Schulze wäre!

Indem Hans noch so sprach, kam seine Schöne her.
Sie tat, als käme sie nur so von ungefähr;
Allein sie kam mit Fleiß, weil sie ihn sprechen wollte,
Und er verwegen sein, und sie recht herzen sollte.
Denn Mädchen, wenn sie gleich das Dorf erzogen hat,
Sind wie die Mädchen in der Stadt.

Hans zieht die Schöne sanft zu sich ins Grüne nieder,
Lobt ihren neuen Latz, schielt öfters auf ihr Mieder,
Fast wie ein junger Herr. Nur mit dem Unterscheid,
Er hatte mehr Schamhaftigkeit.
Kurz, er fing an, sie recht verliebt zu küssen,
Bat um ihr Herz, und trug ihr Herz davon,
Und ward, wie viele noch auf diesem Dorfe wissen,
Des reichen Schulzen Schwiegersohn.
Kaum hatt er sie: so ward der Alte schon
Durch schnellen Tod der Welt und seinem Dorf entrissen.
Wen wird man nun Herr Schulze grüßen?
Wen anders als den Schwiegersohn?

Er eilt ins Amt, kömmt bald und freudig wieder,
Und wirft sich auf die Bank, als Schulz im Dorfe, nieder.

So wie ein durch den Fleiß vollendeter Student
Nach einem glücklichen Examen
Sich selbst vor trunkner Lust nicht kennt,
Wenn ihn die Magd in seiner Schöne Namen,
Nach einem tiefen Kompliment,
Das erstemal Herr Doktor nennt:
So wußt auch Hans vor großer Freude

mit Fleiß: absichtlich.

Nicht, wo er Händ und Füße ließ,
Als ihn Schulmeisters Adelheide
Das erstemal Herr Schulze hieß.

Wie glücklich pries er sich in seiner Ehrenstelle!
Er aß sein Fleisch, und tat den Gästen oft Bescheid.
Allein es kamen mit der Zeit
Auch viel unangenehme Fälle.
Denn welches Amt ist wohl davon befreit?
Nach einer nicht gar langen Zeit
Warf sich Herr Hans verdrießlich auf die Stelle,
Auf der er sich sein Glück erfreit,
Und oft gewünscht: Wenn ich doch Schulze wäre!
Ich, fing er zu sich selber an,
Ich habe Haus und Hof und Ehre,
Und bin mit alledem doch ein geplagter Mann.
Bald soll ich von der Bauern Leben
Im Amte Red und Antwort geben,
Da fährt mich denn der Amtmann an,
Und heißt mich einen dummen Mann.
Bald quälen mich die teuflischen Soldaten,
Und fluchen mir die Ohren voll.
Bald weiß ich mir bei den Mandaten,
Bald in Quatembern nicht zu raten,
Die ich dem Landknecht schaffen soll.
Die Bauern brummen, wenn ich strafe.
Und straf ich nicht: so lachen sie mich aus.
Sonst störte mich kein Mensch im Schlafe,
Itzt pocht mich jeder Narr heraus,
Und, wenn es niemand tut, so hunzt die Frau mich aus.
O wäre mirs nur keine Schande,
Ich griffe nach dem ersten Stande,
Und stürb als Drescher auf dem Lande.

* * *

tat ... Bescheid: prostete ... zu.
Quatembern: vierteljährlichen Zahlungen.
Landknecht: Gerichtsdiener.

Wer weiß, ob mancher Große nicht
Im Herzen wie der Schulze spricht?
Wer weiß, wie viele sonst zu Fuße ruhig waren,
Die itzund mißvergnügt in stolzen Kutschen fahren?
Wer weiß, ob manches Herz nicht viel zufriedner schlug,
Eh es der Fürsten Gunst an einem Bande trug?
O lernt, ihr unzufriednen Kleinen,
Daß ihr die Ruh nicht durch den Stand gewinnt.
Lernt doch, daß die am mindsten glücklich sind,
Die euch am meisten glücklich scheinen.

Die glückliche Ehe

Gedankt sei es dem Gott der Ehen,
Was ich gewünscht, hab ich gesehen;
Ich sah ein recht zufriednes Paar;
Ein Paar, das ohne Gram und Reue,
Bei gleicher Lieb und gleicher Treue,
In kluger Ehe glücklich war.

Ein Wille lenkte hier zwo Seelen.
Was sie gewählt, pflegt er zu wählen,
Was er verwarf, verwarf auch sie.
Ein Fall, wo andre sich betrübten,
Stört ihre Ruhe nie. Sie liebten,
Und fühlten nicht des Lebens Müh.

Da ihn kein Eigensinn verführte,
Und sie kein eitler Stolz regierte:
So herrschte weder sie noch er.
Sie herrschten; aber bloß mit Bitten.
Sie stritten; aber wenn sie stritten,
Kam bloß ihr Streit aus Eintracht her.

So wie wir, eh wir uns vermählen,
Uns unsre Fehler klug verhehlen,

Uns falsch aus Liebe hintergehn:
So ließen sie auch in den Zeiten
Der zärtlichsten Vertraulichkeiten
Sich nie die kleinsten Fehler sehn.

Der letzte Tag in ihrem Bunde,
Der letzte Kuß von ihrem Munde
Nahm, wie der erste, sie noch ein.
Sie starben. Wenn? – – Wie kannst du fragen?
Acht Tage nach den Hochzeittagen;
Sonst würden dies nur Fabeln sein.

Die beiden Wächter

Zween Wächter, die schon manche Nacht
Die liebe Stadt getreu bewacht,
Verfolgten sich, aus aller Macht,
Auf allen Bier- und Branntweinbänken,
Und ruhten nicht, mit pöbelhaften Ränken
Einander bis aufs Blut zu kränken;
Denn keiner brannte von dem Span,
Woran der andre sich den Tabak angezündet,
Aus Haß den seinen jemals an.
Kurz, jeden Schimpf, den nur die Rach erfindet,
Den Feinde noch den Feinden angetan,
Den taten sie einander an.
Und jeder wollte bloß den andern überleben,
Um noch im Sarg ihm einen Stoß zu geben.

Man riet und wußte lange nicht,
Warum sie solche Feinde waren;
Doch endlich kam die Sache vor Gericht,
Da mußte sichs denn offenbaren,
Warum sie, seit so vielen Jahren,
So heidnisch unversöhnlich waren.
Was war der Grund? Der Brotneid? War ers nicht?

Nein. Dieser sang: *Verwahrt* das Feuer und das Licht;
Allein so sang der andre nicht.
Er sang: *Bewahrt* das Feuer und das Licht.
Aus dieser so verschiednen Art,
An die sich beid im Singen zänkisch banden;
Aus dem *verwahrt* und dem *bewahrt*
War Spott, Verachtung, Haß und Rach und Wut entstanden.

* * *

Die Wächter, hör ich viele schrein,
Verfolgten sich um solche Kleinigkeiten?
Das mußten große Narren sein.
Ihr Herren! stellt die Reden ein,
Ihr könntet sonst unglücklich sein.
Wißt ihr denn nichts von so viel großen Leuten,
Die in gelehrten Streitigkeiten
Um Silben, die gleich viel bedeuten,
Sich mit der größten Wut entzweiten?

Das Kutschpferd

Ein Kutschpferd sah den Gaul den Pflug im Acker ziehn,
Und wieherte mit Stolz auf ihn.
Wenn, sprach es, und fing an, die Schenkel schön zu heben,
Wenn kannst du dir ein solches Ansehn geben?
Und wenn bewundert dich die Welt?
Schweig, rief der Gaul, und laß mich ruhig pflügen,
Denn baute nicht mein Fleiß das Feld,
Wo würdest du den Haber kriegen,
Der deiner Schenkel Stolz erhält?

* * *

Die ihr die Niedern so verachtet,
Vornehme Müßiggänger, wißt,
Daß selbst der Stolz, mit dem ihr sie betrachtet,
Daß euer Vorzug selbst, aus dem ihr sie verachtet,

Auf ihren Fleiß gegründet ist.
Ist der, der sich und euch durch seine Händ ernährt,
Nichts bessers als Verachtung wert?
Gesetzt, du hättest beßre Sitten:
So ist der Vorzug doch nicht dein.
Denn stammtest du aus ihren Hütten:
So hättest du auch ihre Sitten.
Und was du bist, und mehr, das würden sie auch sein,
Wenn sie wie du erzogen wären.
Dich kann die Welt sehr leicht, ihn aber nicht entbehren.

Die Fliege

Daß alle Tiere denken können,
Dies scheint mir ausgemacht zu sein.
Ein Mann, den auch die Kinder witzig nennen,
Aesopus hats gesagt, Fontaine stimmt mit ein.
Wer wird auch so mißgünstig sein,
Und Tieren nicht dies kleine Glücke gönnen,
Aus dem die Welt so wenig macht?
Denk oder denke nicht, darauf gibt niemand acht.

* * *

In einem Tempel voller Pracht,
Aus dem die Kunst mit ewgem Stolze blickte,
Dich schnell zum Beifall zwang, und gleich dafür entzückte,
Und wenn sie dich durch Schmuck bestürzt gemacht,
Mit edler Einfalt schon dich wieder zu dir brachte;
In diesem Bau voll Ordnung und voll Pracht
Saß eine finstre Flieg auf einem Stein und dachte.
Denn daß die Fliegen stets aus finstern Augen sehn,
Und oft den Kopf mit einem Beine halten,
Und oft die flache Stirne falten,
Kömmt bloß daher, weil sie so viel verstehn,
Und auf den Grund der Sachen gehn.
So saß auch hier die weise Fliege.

Ein halbes Dutzend ernste Züge
Verfinsterten ihr Angesicht.
Sie denkt tiefsinnig nach und spricht:
Woher ist dies Gebäud entstanden?
Ist außer ihm wohl jemand noch vorhanden,
Der es gemacht? Ich sehs nicht ein.
Wer sollte dieser Jemand sein?
Die Kunst, sprach die bejahrte Spinne,
Hat diesen Tempel aufgebaut.
Wohin auch nur dein blödes Auge schaut,
Wird es Gesetz und Ordnung inne,
Und dies beweist, daß ihn die Kunst gebaut.
Hier lachte meine Fliege laut.
Die Kunst? sprach sie ganz höhnisch zu der Spinne.
Was ist die Kunst? Ich sinn und sinne,
Und sehe nichts als ein Gedicht.
Was ist sie denn? Durch wen ist sie vorhanden?
Nein, dieses Märchen glaub ich nicht.
Lern es von mir, wie dieser Bau entstanden:
Es kamen einst von ungefähr
Viel Steinchen einer Art hieher,
Und fingen an, zusammen sich zu schicken.
Daraus entstand der große hohle Stein,
In welchem wir uns beid erblicken.
Kann was begreiflicher als diese Meinung sein?

* * *

Der Fliege können wir ein solch System vergeben;
Allein daß große Geister leben,
Die einer ordnungsvollen Welt
Ein Ungefähr zum Ursprung geben,
Und lieber zufallsweise leben,
Als einen Gott zum Thron erheben,
Das kann man ihnen nicht vergeben,
Wenn man sie nicht für Narren hält.

blödes: schwaches.
Gedicht: Erdichtung, Gegenstand der Einbildung.

Der arme Greis

Um das Rhinozeros zu sehn
(Erzählte mir mein Freund), beschloß ich auszugehn.
Ich ging vors Tor mit meinem halben Gulden,
Und vor mir ging ein reicher reicher Mann,
Der seiner Miene nach die eingelaufnen Schulden,
Nebst dem, was er damit die Messe durch gewann,
Und was er, wenns ihm glücken sollte,
Durch den Gewinst nun noch gewinnen wollte,
In schweren Ziffern übersann.

Herr Orgon ging vor mir. Ich geb ihm diesen Namen,
Weil ich den seinen noch nicht weiß.
Er ging; doch eh wir noch zu unserm Tiere kamen,
Begegnet uns ein alter schwacher Greis,
Für den, auch wenn er uns um nichts gebeten hätte,
Sein zitternd Haupt, das nur halb seine war,
Sein ehrlich fromm Gesicht, sein heilig graues Haar
Mit mehr als Rednerkünsten redte.
Ach, sprach er, ach erbarmt euch mein!
Ich habe nichts, um meinen Durst zu stillen.
Ich will euch künftig gern nicht mehr beschwerlich sein;
Denn Gott wird wohl bald meinen Wunsch erfüllen,
Und mich durch meinen Tod erfreun.
O lieber Gott! laß ihn nicht ferne sein.

So sprach der Greis; allein was sprach der Reiche?
Ihr seid ein so bejahrter Mann,
Ihr seid schon eine halbe Leiche,
Und sprecht mich noch um Geld zum Trinken an?
Ihr unverschämter alter Mann!
Müßt Ihr denn noch erst Branntwein trinken,
Um taumelnd in das Grab zu sinken?
Wer in der Jugend spart, der darbt im Alter nicht.
Drauf ging der Geizhals fort. Ein Strom schamhafter Zähren
Floß von des Alten Angesicht.

O Gott! du weißts. Mehr sprach er nicht.
Ich konnte mich der Wehmut kaum erwehren,
Weil ich etwas mitleidig bin.
Ich gab ihm in der Angst den halben Gulden hin,
Für welchen ich die Neugier stillen wollte,
Und ging, damit er mich nicht weinen sehen sollte.
Allein er rufte mich zurück.
Ach! sprach er mit noch nassem Blick,
Ihr werdet euch vergriffen haben,
Es ist ein gar zu großes Stück.
Ich bring euch nicht darum, gebt mir so viel zurück,
Als ich bedarf, um mich durch etwas Bier zu laben.
Ihr, sprach ich, sollt es alles haben,
Ich seh, daß Ihrs verdient; trinkt etwas Wein dafür.
Doch, armer Greis, wo wohnet Ihr?
Er sagte mir das Haus. Ich ging am andern Tage
Nach diesem Greis, der mir so redlich schien,
Und tat im Gehn schon manche Frag an ihn.
Allein, indem ich nach ihm frage,
War er seit einer Stunde tot.
Die Mien auf seinem Sterbebette
War noch die redliche, mit der er gestern redte.
Ein Psalmbuch und ein wenig Brot
Lag neben ihm auf seinem harten Bette.
O wenn der Geizhals doch den Greis gesehen hätte,
Mit dem er so unchristlich redte!
Und der vielleicht ihn itzt bei Gott verklagt,
Daß er vor seinem Tod ihm einen Trunk versagt.

So sprach mein Freund, und bat, die Müh auf mich zu nehmen,
Und öffentlich den Geizhals zu beschämen.
Wiewohl ein Mann, der sich zu keiner Pflicht
Als für das Geld versteht, der schämt sich ewig nicht.

Calliste

O Leser! stelle dir mit zärtlichem Gemüte
Einmal die größte Schönheit vor,
Auf deren Stirn der Frühling lächelnd blühte,
Um deren Herz sich längst ein edelmütig Chor
Entzückter Jünglinge bemühte,
Die stell itzt deinem Geiste dar,
Und fühl es recht, wie schön sie war.

Die, deren Schicksal ich erzähle,
Calliste, groß durch ihren Stand,
Und edler noch durch ihre Seele,
Ließ, weil sie sich nicht wohl befand,
Und weil der Doktor ihr den Aderlaß befohlen,
Des Königs ersten Wundarzt holen.

Er, dieser so berühmte Mann,
Der schmachtend ingeheim Callistens Reiz verehrte,
Weil ihm ihr hoher Stand ein größer Glück verwehrte,
Nahm die Gelegenheit mit tausend Freuden an.
Er kam. O wär er nie gekommen!
Er nimmt den weißen Arm, und streift ihn ängstlich auf,
Und forscht, von Lieb und Ahndung eingenommen,
Mit Zittern nach der Adern Lauf,
Und streift in trunkner Angst den Arm noch vielmal auf.

Callistens Freundin sieht ihn zagen,
Und sagts ihr (heimlich sagt sies ihr).
O, spricht sie: Lassen Sie den Herrn nur ruhig schlagen,
Und schlüg er zweimal fehl: so werd ich doch nichts sagen,
Ich weiß, er meint es gut mit mir.
Der Arzt sprach noch: Das wollen wir nicht hoffen,
Und schlug, und rief: O unglücksel'ger Schlag!
Ich habe ja den Puls getroffen,
Und taumelte, bis er danieder lag.

Sie, noch für den besorgt (kann man was Edlers denken?),
Der so gefährlich sie verletzt,
Verbot ihm oft, sich nicht um sie zu kränken,
Und blieb zween Tage lang bei allem Schmerz gesetzt.
Doch dies war nur geringes Leiden.
Die Ärzte sahn nunmehr die tödliche Gefahr,
Und wurden grausam eins, den Arm ihr abzuschneiden,
Weil sonsten keine Rettung war.
Und ohne sich darüber zu beklagen,
Reicht sie den Arm, den schönen Arm schon dar,
Und bittet nur, den ja um Rat zu fragen,
Der schuld an diesem Unglück war.

So ward der Schöne denn das Leben
Für den Verlust des Arms gegeben?
So war das Leben denn für so viel Schmerz der Lohn?
Sieh nur den Doktor an, sein Schrecken sagt dirs schon.
Er sieht den Brand, und spricht mit bangem Ton:
Sie können länger nicht als noch drei Tage leben.

O Gott, wie kurz ist diese Frist!
Ihr Ärzte, helft ihr doch, wenn ihr zu helfen ist.

Auch hier blieb noch das große Herz gelassen.
So, sprach sie, sterb ich denn? Wohlan! Er ist nicht schuld.
Er würde gern für mich erblassen.
Gott hats verhängt; Gott ehr ich durch Geduld,
Und bin bereit, den Augenblick zu sterben
(Der Wundarzt trat indem herein);
Sie aber, fuhr sie fort, setz ich hiemit zum Erben
Von allen meinen Gütern ein,
Sie möchten sonst unglücklich sein.
Sie sprachs, und schlief großmütig ein.

Der Affe

Ein Affe sah ein Paar geschickte Knaben
Im Brett einmal die Dame ziehn,
Und sah auf jeden Platz, den sie dem Steine gaben,
Mit einer Achtsamkeit, die stolz zu sagen schien,
Als könnt er selbst die Dame ziehn.
Er legte bald sein Mißvergnügen,
Bald seinen Beifall an den Tag;
Er schüttelte den Kopf itzt bei des einen Zügen,
Und billigte darauf des andern seinen Schlag.

Der eine, der gern siegen wollte,
Sann einmal lange nach, um recht geschickt zu ziehn;
Der Affe stieß darauf an ihn
Und nickte, daß er machen sollte.
Doch welchen Stein soll ich denn ziehn,
Wenn dus so gut verstehst? sprach der erzürnte Knabe.
Den, jenen, oder diesen da,
Auf welchem ich den Finger habe?
Der Affe lächelte, daß er sich fragen sah,
Und sprach zu jedem Stein mit einem Nicken Ja.

* * *

Um deren Weisheit zu ergründen,
Die tun, als ob sie das, was du verstehst, verstünden:
So frage sie um Rat. Sind sie mit ihrem Ja
Bei deinen Fragen hurtig da:
So kannst du mathematisch schließen,
Daß sie nicht das geringste wissen.

Der Bauer und sein Sohn

Ein guter dummer Bauerknabe,
Den Junker Hans einst mit auf Reisen nahm,
Und der, trotz seinem Herrn, mit einer guten Gabe,
Recht dreist zu lügen, wiederkam,

Ging, kurz nach der vollbrachten Reise,
Mit seinem Vater über Land.
Fritz, der im Gehn recht Zeit zum Lügen fand,
Log auf die unverschämtste Weise.
Zu seinem Unglück kam ein großer Hund gerannt.
Ja, Vater, rief der unverschämte Knabe,
Ihr mögt mirs glauben oder nicht:
So sag ich Euchs und jedem ins Gesicht,
Daß ich einst einen Hund bei – – Hag gesehen habe,
Hart an dem Weg, wo man nach Frankreich fährt,
Der – – ja, ich bin nicht ehrenwert,
Wenn er nicht größer war als Euer größtes Pferd.

Das, sprach der Vater, nimmt mich wunder;
Wiewohl ein jeder Ort läßt Wunderdinge sehn.
Wir, zum Exempel, gehn itzunder,
Und werden keine Stunde gehn:
So wirst du eine Brücke sehn
(Wir müssen selbst darübergehn),
Die hat dir manchen schon betrogen
(Denn überhaupt solls dort nicht gar zu richtig sein);
Auf dieser Brücke liegt ein Stein,
An dem stößt man, wenn man denselben Tag gelogen,
Und fällt, und bricht sogleich das Bein.

Der Bub erschrak, sobald er dies vernommen.
Ach, sprach er, lauft doch nicht so sehr.
Doch wieder auf den Hund zu kommen,
Wie groß sagt ich, daß er gewesen wär?
Wie Euer großes Pferd? Dazu will viel gehören.
Der Hund, itzt fällt mirs ein, war erst ein halbes Jahr;
Allein das wollt ich wohl beschwören,
Daß er so groß als mancher Ochse war.

Sie gingen noch ein gutes Stücke;
Doch Fritzen schlug das Herz. Wie konnt es anders sein!
Denn niemand bricht doch gern ein Bein.

Er sah nunmehr die richterische Brücke,
Und fühlte schon den Beinbruch halb.
Ja Vater, fing er an, der Hund, von dem ich redte,
War groß, und wenn ich ihn auch was vergrößert hätte:
So war er doch viel größer als ein Kalb.

Die Brücke kömmt. Fritz! Fritz! wie wird dirs gehen!
Der Vater geht voran; doch Fritz hält ihn geschwind.
Ach Vater! spricht er, seid kein Kind,
Und glaubt, daß ich dergleichen Hund gesehen.
Denn kurz und gut, eh wir darübergehen,
Der Hund war nur so groß, wie alle Hunde sind.

* * *

Du mußt es nicht gleich übel nehmen,
Wenn hie und da ein Geck zu lügen sich erkühnt.
Lüg auch, und mehr als er, und such ihn zu beschämen:
So machst du dich um ihn und um die Welt verdient.

Der glückliche Dichter

Ein Dichter, der bei Hofe war;
Bei Hofe? Was? bei Hofe gar?
Wie kam er denn zu dieser Ehre?
Ich wüßte nicht, was ein Poet,
Ein Mensch, der nichts vom Recht und Staat versteht,
Was der bei Hofe nötig wäre?
Was ein Poet bei Hofe nötig ist?
Ja, Freund, du hast wohl Recht zu fragen.
Mich ärgerts, daß August zween Dichter gern vertragen,
Die man doch itzt kaum in den Schulen liest.
Was ists denn nun mit zehn Racinen
Und Molieren? Nichts! Gar nichts, der eine macht,
Daß man bei Hofe weint, der andre, daß man lacht.

August: Kaiser Augustus.
zween Dichter: Vergil und Horaz.

Das heißt dem Staate trefflich dienen,
Dadurch wird ja kein Groschen eingebracht.

Doch auf die Sache selbst zu kommen:
Ein Dichter, den der Hof in seine Gunst genommen,
Schlief einst bei Tag im Louvre ein.
Wieso? War er berauscht? Das kann wohl möglich sein.
Man hat in Frankreich guten Wein.
Und Dichter sollen insgemein
Von Wahrheit, Liebe, Witz und Wein
Sehr gute Freund und Kenner sein.
Ich mag die Welt nicht Lügen strafen,
Drum sag ich weder Ja noch Nein.
Gnug, der Poet war eingeschlafen,
Und war nicht schön, das man wohl merken muß;
Doch gab die Königin, den Schlaf ihm zu versüßen,
Ihm im Vorbeigehn einen Kuß.
Was, rief ein Prinz, den blassen Mund zu küssen?
Blaß, sprach die Königin, blaß ist er, das ist wahr;
Doch sagt der Mann mit seinem blassen Munde
Mehr Schönes oft in einer Stunde
Als Sie, mein Prinz, durchs ganze Jahr.

Die Mißgeburt

Frau Orgon! rief die Frau Gevatterin,
Ach wüßten Sie, wo ich gewesen bin!
Ich will es Ihnen wohl entdecken;
Allein Sie müssen nicht erschrecken.
Ich komme gleich von einer Wöchnerin.
Lucinde, daß ichs kurz erzähle,
Lucinde, die so stolze Seele,
Die uns durch ihren Staat so oft beschämt gemacht,
Erschrecken Sie nur nicht, hat in vergangner Nacht
Ein Kind (verzeih mirs Gott!) mit langen Hasenohren,
Ein recht abscheulich Kind geboren.

Die stolze Frau! Ich richte nicht;
Allein ich weiß, daß nichts umsonst geschicht.
Lucinde wünscht, daß es verschwiegen bliebe;
Ich wünsch es selbst aus Menschenliebe;
Allein die Stadt erfährts, gedenken Sie an mich.
Indes behalten Sie die Heimlichkeit für sich.

Frau Orgon eilt von ihr erschrocken zu Dorinden.
Sie fragt nach ihrem Wohlbefinden,
Und schmäht mit ihr die Weiber, die gern schmähn.
Wie? sollte sie Dorinden nichts erzählen?
Nein, denn sie fängt schon an, sich bestens zu empfehlen.
Warum muß der Besuch so bald zu Ende gehn?
Vielleicht, weil beide sich von nichts zu reden schämen.
Deswegen? Nein, das glaub ich nicht.
Wie sollten dies sich Weiber übel nehmen?
Da mancher große Mann, gelehrt von Angesicht,
Oft Tage lang von nichts mit großen Männern spricht.

So ist Frau Orgon schon gegangen?
Noch nicht. Nun aber geht sie fort.
Doch seht, sie kehrt sich um: Frau Schwester, noch ein Wort,
Ein Wort! Es soll mich sehr verlangen,
Ob Sie – – ? Lucinde – – Wie? Sie hätten nichts gehört?
Nichts, Gott vergib mir meine Sünde,
Nichts von der Mißgeburt der kostbaren Lucinde,
Mit welcher sie die Welt beschwert?
Hier sieht man recht die göttlichen Gerichte.
Ein Kind mit härichtem Gesichte,
Das einem Hasen gleicht, und einem Pferdefuß,
Bedenken Sie, wie das erschrecklich lassen muß!
Allein Lucinde wills verhehlen;
Drum sagen Sie nur weiter nichts davon.
Das arme Kind! Es ist ein Sohn.

härichtem: haarigem.
lassen: aussehen.

Dorinde sagts ihr zu. Und doch soll mirs nicht fehlen,
Sie wird die Neuigkeit, so bald sie kann, erzählen,
Weil jene sie zu schweigen bat.
Sie tut es so getreu, als es Frau Orgon tat.
Erst hat das Kind nur Hasenohren,
Frau Orgon schenkt ihm drauf noch einen Pferdefuß;
Allein Dorinden ists noch viel zu schön geboren.
Und weil sie was verbessern muß,
Tut sie dem Kinde den Gefallen,
Und macht ihm noch an beide Hände Krallen.

Eh noch der Nachmittag verstrich,
Ließ das Geheimnis sich auf allen Gassen hören.
Die alten Mütter kreuzten sich,
Und suchten schon recht mütterlich
Durch dieses Zorngericht die Töchter zu bekehren.
Da war kein Mensch, der nicht mit einem Ach
Von diesem Wechselbalge sprach.
Die Knaben stritten selbst mit blutigem Gesichte
Schon für die Wahrheit der Geschichte.

So bald als dies der Magistrat erfuhr,
Schickt er den Physikus nach dieser Kreatur.
Er kam neugierig zu Lucinden;
Allein anstatt den Wechselbalg zu finden,
Fand er ein wohlgestaltes Kind,
An dem die Ohren größer waren,
Als sie bei andern Kindern sind.
Das war die Mißgeburt, der man so mitgefahren.

* * *

Der Dörfer und der Städte Plage,
Verwünscht seist du, gemeine Sage!
Die schnell mit dem, was sie zu wissen kriegt,
Geheimnisvoll in alle Häuser fliegt,

Sage: Gerücht.

Und, wenn sies dreimal sagt, vom neuen dreimal lügt.
Ein giftig Weib, was kann die nicht erzählen?
Zumal, wenn es der armen Freundin gilt.
Ein giftig Weib -- Doch nein, ich mag nicht schmälen;
Mich schreckt die Redekunst, mit der sie andre schilt.

Die Ente

Die Ente schwamm auf einer Pfütze,
Und sah am Rande Gänse gehn,
Und konnt aus angebornem Witze
Der Spötterei unmöglich widerstehn.
Sie hob den Hals empor, und lachte dreimal laut,
Und sah um sich, so wie ein Witzling um sich schaut,
Der einen Einfall hat, und mit Geschrei und Lachen
So glücklich ist, ihm Luft zu machen.

Die Ente lachte noch, und eine Gans blieb stehn.
Was, sprach sie, hast du uns zu sagen?
»Ach nichts! Ich hab euch zugesehn.
Ihr könnt vortrefflich auswärts gehn.
Wie lange tanzt ihr schon? Das wollt ich euch nur fragen.«
Das, sprach die Gans, will ich dir gerne sagen;
Allein du mußt mit mir spazieren gehn.

* * *

Ihr Kleinen, die ihr stets so gern auf Größre schmähet,
An ihnen tausend Fehler sehet,
Die ihr an euch doch nie entdeckt;
Glaubt, daß an euch der Sumpf, indem ihr euch so blähet,
Dieselben Fehler auch versteckt.
Und sollen sie der Welt, wie euch, unsichtbar bleiben:
So laßt euch nichts daraus vertreiben.

schmälen: tadeln.
auswärts gehn: die Füße im Gehen auswärts richten, watscheln.

Till

Der Narr, dem oft weit minder Witz gefehlt
Als vielen, die ihn gern belachen,
Und der vielleicht, um andre klug zu machen,
Das Amt des Albernen gewählt;
Wer kennt nicht Tills berühmten Namen?
Till Eulenspiegel zog einmal
Mit andern über Berg und Tal.
So oft als sie zu einem Berge kamen,
Ging Till an seinem Wanderstab
Den Berg ganz sacht und ganz betrübt hinab;
Allein wenn sie berganwärts stiegen,
War Eulenspiegel voll Vergnügen.
Warum, fing einer an, gehst du bergan so froh?
Bergunter so betrübt? Ich bin, sprach Till, nun so.
Wenn ich den Berg hinunter gehe:
So denk ich Narr schon an die Höhe,
Die folgen wird, und da vergeht mir denn der Scherz;
Allein wenn ich berganwärts gehe:
So denk ich an das Tal, das folgt, und faß ein Herz.

* * *

Willst du dich in dem Glück nicht ausgelassen freun,
Im Unglück nicht unmäßig kränken:
So lern so klug wie Eulenspiegel sein,
Im Unglück gern ans Glück, im Glück ans Unglück denken.

Cleant

Cleant, ein lieber Advokat,
Der, wie es ihm nach seinem Eid gebührte,
Der Unterdrückten Sache führte,
Und manchen armen Schelm vom Galgen und vom Rad
Durch seinen Witz los prozessierte,
Half, weil man ihn um seinen Beistand bat,

Die Unschuld zweener Diebe retten,
Und brachte sie, weil er geschickt verfuhr,
Bald von der Marter zu dem Schwur,
Und durch den Schwur aus ihren Ketten.
Das arme Volk! Da sieht mans nun,
Wie man der Welt kann Unrecht tun!
Denn wär er nicht so treu die Sache durchgegangen:
So hätte man das arme Paar,
Das seiner Tat fast überwiesen war,
In aller Unschuld aufgehangen.

Itzt waren sie nun beide frei,
Und dankten ihrem Advokaten
Auf ihren Knien für seine Treu,
Und zahlten ihm, was die Gebühren taten,
Und gaben ihm, von Dankbarkeit gerührt,
Ob er gleich nicht zu wenig liquidiert,
Noch einen Beutel mit Dukaten;
Und schwuren ihm bei ihrer Ehrlichkeit,
Wenn beßre Zeiten kommen sollten,
Daß sie für diesen Dienst, durch den er sie befreit,
Ihn reichlicher belohnen wollten.

Allein die Nacht war vor der Tür.
Sie sahn nun, daß sie nicht nach Hause kommen könnten;
Drum gab der Advokat den redlichen Klienten
Aus Dankbarkeit ein Nachtquartier,
Weil sie so gut bezahlet hatten.
Dies kam den Herren gut zustatten;
Denn sie bedienten sich der Nacht,
Und knöbelten den lieben Wirt im Bette,
Und stahlen das, was sie gebracht,
Und suchten fleißig nach, ob er nichts weiter hätte.
Drauf gingen sie zu ihm vors Bette,
Und nahmen höflich gute Nacht.

Der Wuchrer

Ein Wuchrer kam in kurzer Zeit
Zu einem gräflichen Vermögen,
Nicht durch Betrug und Ungerechtigkeit,
Nein, er beschwur es oft, allein durch Gottes Segen.
Und um sein dankbar Herz Gott an den Tag zu legen,
Und auch vielleicht aus heiligem Vertraun,
Gott zur Vergeltung zu bewegen,
Ließ er ein Hospital für arme Fromme baun.

Indem er nun den Bau zustande brachte,
Und vor dem Hause stund, und heimlich überdachte,
Wie sehr verdient er sich um Gott und Arme machte:
Ging ein verschmitzter Freund vorbei.
Der Geizhals, der gern haben wollte,
Daß dieser Freund das Haus bewundern sollte,
Fragt ihn mit freudigem Geschrei,
Obs groß genug für Arme sei.
Warum nicht, sprach der Freund, hier können viel Personen
Recht sehr bequem beisammen sein;
Doch sollen alle die hier wohnen,
Die Ihr habt arm gemacht: so ist es viel zu klein.

Der Tod der Fliege und der Mücke

Der Tod der Fliege heißt mich dichten;
Der Tod der Mücke heischt mein Lied.
Und kläglich will ich dir berichten,
Wie jene starb, und die verschied.

Sie setzte sich, die junge Fliege,
Voll Mut auf einen Becher Wein;
Entschloß sich, tat drei gute Züge,
Und sank vor Lust ins Glas hinein.

Die Mücke sah die Freundin liegen.
Dies Grabmal, sprach sie, will ich scheun.
Am Lichte will ich mich vergnügen,
Und nicht an einem Becher Wein.

Allein verblendet von dem Scheine,
Ging sie der Lust zu eifrig nach;
Verbrannte sich die kleinen Beine,
Und starb nach einem kurzen Ach.

Ihr, die ihr, euren Trieb zu nähren,
In dem Vergnügen selbst verdarbt!
Ruht wohl, und laßt zu euren Ehren
Mich sagen, daß ihr menschlich starbt.

Amynt

Amynt, der sich in großer Not befand,
Und, wenn er nicht die Hütte meiden wollte,
Die hart verpfändet war, zehn Taler schaffen sollte,
Bat einen reichen Mann, in dessen Dienst er stand,
Doch diesesmal sein Herz vor ihm nicht zu verschließen,
Und ihm zehn Taler vorzuschießen.
Der Reiche ging des Armen Bitten ein.
Denn gleich aufs erste Wort? Ach nein!
Er ließ ihm Zeit, erst Tränen zu vergießen;
Er ließ ihn lange trostlos stehn,
Und oft um Gottes Willen flehn,
Und zweimal nach der Türe gehn.
Er warf ihm erst mit manchem harten Fluche
Die Armut vor, und schlug hierauf
Ihm in dem dicken Rechnungsbuche
Die Menge böser Schuldner auf,
Und fuhr ihn, denn dafür war er ein reicher Mann,
Bei jeder Post gebietrisch schnaubend an.

Post: Mitteilung.

Dann fing er an sich zu entschließen,
Dem redlichen Amynt, der ihm die Handschrift gab,
Auf sechs Prozent zehn Taler vorzuschießen,
Und dies Prozent zog er gleich ab.

Indem daß noch der Reiche zählte;
So trat sein Handwerksmann herein,
Und bat, weils ihm an Gelde fehlte,
Er sollte doch so gütig sein
Und ihm den kleinen Rest bezahlen.
Ihr kriegt itzt nichts, fuhr ihn der Schuldherr an;
Allein der arme Handwerksmann
Bat ihn zu wiederholten Malen,
Ihm die paar Taler auszuzahlen.
Der Reiche, dem der Mann zu lange stehen blieb,
Fuhr endlich auf: Geht fort, Ihr Schelm, Ihr Dieb!
»Ein Schelm, dies wäre mir nicht lieb.
Ich werde gehn und Sie verklagen;
Amynt dort hats gehört – – « Und eilends ging der Mann.

Amynt! fing drauf der Wuchrer an,
Wenn sie Euch vor Gerichte fragen:
So könnt Ihr ja mir zu Gefallen sagen,
Ihr hättet nichts gehört. Ich will auch dankbar sein,
Und Euch, statt zehn, gleich zwanzig Taler leihn.
Denn diesen Schimpf, den er von mir erlitten,
Ihm auf dem Rathaus abzubitten,
Dies würde mir ein ewger Vorwurf sein.
Kurz, wollt Ihr mich nicht, als ein Zeuge, kränken:
So will ich Euch die zwanzig Taler schenken:
So kommt Ihr gleich aus aller Eurer Not.

Herr, sprach Amynt, ich habe seit zween Tagen
Für meine Kinder nicht satt Brot.
Sie werden über Hunger klagen,
Sobald sie mich nur wieder sehn.
Es wird mir an die Seele gehn.

Die Schuldner werden mich aus meiner Hütte jagen;
Allein ich wills mit Gott ertragen.
Streicht Euer Geld, das Ihr mir bietet, ein,
Und lernt von mir die Pflicht, gewissenhaft zu sein.

Herodes und Herodias

Freund, wer ein Laster liebt, der liebt die Laster alle.
Wer ein Gesetz der Tugend übertritt,
Entheiligt in dem einen Falle
Im Herzen auch die andern mit.
O! sprichst du, welche Sittenlehre
Gibt Euch der Geist der Schwermut ein!
Gesetzt, daß ich der Wollust dienstbar wäre,
Werd ich deswegen wohl der Mordsucht eigen sein?
Ich glaub es, lieber Freund, du wirst es mir verzeihn.
Schrift und Vernunft behaupten diese Lehre.
Der Witz, der dich die Wahrheit lehrt,
Die Hurerei sei kein Verbrechen,
Wird, wenns dein Vorteil nur begehrt,
Das Wort zugleich der Mordsucht sprechen.
Auf einmal wird man nie der größte Bösewicht;
Allein den Grund dazu kann man auf einmal legen.
Verletze nur mit Vorsatz eine Pflicht:
So hast du schon das schreckliche Vermögen,
Wodurch dein Herz die andern bricht.
Warum gehorchst du den Gesetzen?
Weil Gott, der Heilige, der deine Wohlfahrt liebt,
Sie den Vernünftigen zu ihrer Wohlfahrt gibt.
Doch darfst du ein Gebot verletzen:
So schwächst du ja den Grund, auf dem sie alle stehn.
Was kann sich dir denn widersetzen,
Dich nicht an allen zu vergehn?

O merk es doch, noch unschuldsvolle Jugend,
Ich bitte dich, o merk es dir!

Es gibt nicht mehr als eine Tugend,
Und als ein Laster neben ihr.
Hast du den Vorsatz nicht, nach allen heilgen Pflichten
Dich in und außer dir zu richten:
So prange hier und da mit guter Eigenschaft,
Dein Herz ist doch nicht tugendhaft.
So oft dus wagst, nur eins von den Gesetzen
Weil es dein Herz verlangt, mit Vorsatz zu verletzen:
So schwächst du aller Tugend Kraft,
Und bist bei hundert guten Taten,
Die Hoffnung oder Furcht, Ruhm und Natur dir raten,
Vor Gott und der Vernunft doch völlig lasterhaft.

O Jugend! faß doch diese Lehren,
Itzt ist dein Herz geschickt dazu.
Dem kleinsten Laster vorzuwehren,
Die Tugend ewig zu verehren,
Sei niemand eifriger als du.
Durch sie steigst du zum göttlichen Geschlechte,
Und ohne sie sind Könige nur Knechte.
Sie macht dir erst des Lebens Anmut schön.
Sie wird bei widrigem Geschicke
Dich über dein Geschick erhöhn.
Sie wird im letzten Augenblicke,
Wenn alle traurig von dir gehn,
In himmlischer Gestalt zu deiner Seite stehn,
Und in die Welt der sel'gen Herrlichkeiten
Den Geist, weil sie ihn liebt, begleiten.
Sie wird dein Schmuck vor jenen Geistern sein,
Die sich schon auf dein Glück und deinen Umgang freun.
O Mensch! ist dir dies Glück zu klein,
Um strenge gegen dich zu sein?

Nunmehr mag uns ein wahres Beispiel lehren,
Wie alle Laster sich von einem Laster nähren.

* * *

Herodias, wie uns die Schrift erzählt,
Brach dem die Treu, mit dem sie sich vermählt,
Und hing an seines Bruders Seite
Der Neigung nach, die auch ein Heide scheute;
Und die der Hof, der gern mit Worten spielt,
Für Zärtlichkeit, und nicht für Unzucht hielt.

Doch laßt die Schmeichler knechtisch sprechen.
Johannes kömmt an Hof. Kein Thron verblendet ihn,
Von dem das Laster strahlt. Er sieht es, und spricht kühn:
Du hast des Bruders Weib, dies, Fürst, ist ein Verbrechen.
So redt ein Mann, aus dem der Geist der Tugend spricht.
Zur Niederträchtigkeit reizt ihn der Thron zu wenig.
Er fürchtet Gott mehr als den König,
Und hält den Mut für seine größte Pflicht,
Wenn er zu dessen Ehre spricht,
Von dem mit uns die Könige der Erden
Aus gleichem Staub gebildet werden.

So dreist sprach Zachariae Sohn;
Allein der Kerker ward sein Lohn.
Ein Widerruf könnt ihn daraus erretten;
Doch nein, ein Tugendfreund liegt lieber frei an Ketten,
Als sklavisch um der Fürsten Thron.
So frei indes Johannes auch gesprochen:
So blieb er doch dem Fürsten wert.
Denn selber der, der jede Pflicht gebrochen,
Wird durch ein Herz gereizt, das Gott und Tugend ehrt;
Ein heimliches Gefühl heißt ihn dies Herz noch lieben,
Und sich, daß ers nicht hat, noch hassen kann, betrüben.

Und also scheint der Fürst noch tugendhaft zu sein,
So sehr ihn auch sein Laster eingenommen.
Wenn er unzüchtig ist, ist er drum grausam? Nein;
Doch laßt nur einen Umstand kommen:
So wird ers doch aus Wollust sein.
Kein Laster herrscht jemals allein.

Und du begingst vielleicht, wie er, das größte,
Wärst du zum größten nicht zu klein.

Der Fürstin Tochter tanzt an einem Freudenfeste.
Der Hof bewundert sie. Herodes wird entzückt,
Und fühlt, indem er sie erblickt,
Der Mutter Blick in ihrer Tochter Blicke.
Er winkt der Salome: »Gebeut itzt deinem Glücke,
Und bitte, was du willst, für meine Lieb und dich
Ist nichts zu groß, und nichts zu königlich.«

Die Tochter eilt mit frohen Schritten
Zu der Herodias, und fragt: Was soll ich bitten?
»Bitt um des Täufers trotzig Haupt.«
O Gott! wer hätte das geglaubt?
Ist für ein weiches Herz, und für verbuhlte Blicke,
Ein blutig Haupt ein reizungsvolles Glücke?
Ein Weib, das sonst die kleinsten Schmerzen scheut,
Findt, da die Wollust ihr gebeut,
Selbst Wollust in der Grausamkeit?
Und lehrt zugleich die Tochter ein Verbrechen?

Herodes hört den Wunsch, erschrickt und wird betrübt,
Weil er den frommen Täufer liebt;
Allein der Fürstenstolz weist ihn auf sein Versprechen.
Hats nicht der Hof gehört? Bist du nicht Herr und Fürst?
Wird sich Herodias nicht gleich durch Kaltsinn rächen,
Wofern du nicht den Wunsch erfüllen wirst?
Gebeut, sprach seine Brunst, und eilig willigt er
In dieses grausame Vergnügen.
Man bringt des Täufers Haupt auf einer Schüssel her.

Hier siehst du ja, wie bald nach leichter Gegenwehr
In einem Laster alle siegen!

gebeut: gebiete.

Der Freigeist

Ihr, die ihr nach der Tugend strebet;
Ihr, die ihr dem gehorsam seid,
Was die Vernunft und was die Schrift gebeut,
Ein Freigeist lacht euch aus, daß ihr so sklavisch lebet.
Was sucht ihr? fragt er euch; nicht die Zufriedenheit?
Ists möglich, sich so zu betrügen?
Um euch vergnügt zu sehn, raubt ihr euch das Vergnügen?
Ihr sucht die Ruh, und findt sie in der Last,
Haßt, was ihr liebt, und liebet, was ihr haßt.
Habt ihr Vernunft? Ich zweifle fast.
Die Freiheit in der Tugend finden,
Das heißt, um frei zu sein, sich erst an Ketten binden.

Dringt durch des Aberglaubens Nacht,
Die euch zu finstern Köpfen macht;
Folgt der Natur, genießt, was sie euch schenket;
Sucht nichts, als was ihr wünscht; flieht nichts, als was euch kränket;
Denkt frei, und lebet, wie ihr denket,
Und gebt nicht auf die Toren acht.
Der Pöbel ist der größte Hauf auf Erden,
Von diesem reißt euch los. Er weiß nicht, was er glaubt,
Hält seinen Trieb für unerlaubt,
Und sieht nicht, daß er sich sein Glück aus Milzsucht raubt;
Sonst würd er nicht so abergläubisch werden.

Drum faßt den kurzen Unterricht:
Was viele glauben, glaubet nicht.
Sie glauben es aus Trägheit, nichts zu prüfen;
Doch ein Vernünftiger dringt in der Wahrheit Tiefen.
Was ist die Schrift? Was lehret sie?
Ein traurig Leben, reich an Müh,
Und Rätsel, die wir aufzuschließen,

Milzsucht: Hypochondrie.

Erst der Vernunft entsagen müssen.
Was ist das mächtige Gewissen?
Ein Ding, das die Erziehung schafft,
Ein heilig Erbteil aller Blöden;
Doch die, die wissen, was sie reden,
Empfinden nichts von seiner Kraft.

Folgt der Natur. Sie ruft; was kann sie anders wollen,
Als daß wir ihr gehorchen sollen?
Die Furcht erdachte Recht und Pflicht,
Und schuf den Himmel und die Hölle.
Setzt die Vernunft an ihre Stelle,
Was seht ihr da? den Himmel und die Hölle?
O nein, ein weibisches Gedicht.
Laßt doch der Welt ihr kindisches Geschwätze.
Was jeden ruhig macht, ist jedes sein Gesetze.
Mehr glaubt und braucht ein Kluger nicht.

Dies war der Witz, mit dem in seinem Leben
Ein Freigeist sein System erwies;
Die Tugend von dem Throne stieß,
Um nur sein Laster drauf zu heben.
Sein böses Herz war ihm Vernunft und Gott,
Und der am Kreuze starb, war oft des Frechen Spott.

Sein Ende kam. Und der, der nie gezittert,
Ward plötzlich durch den Tod erschüttert.
Das Schrecken einer Ewigkeit,
Ein Richter, der als Gott ihm fluchte,
Ein Abgrund, welcher ihn schon zu verschlingen suchte,
Zerstörte das System tollkühner Sicherheit.
Und der, der sonst mit seinen hohen Lehren
Der ganzen Welt zu widerstehn gewagt,
Fing an, der Magd geduldig zuzuhören,

Gedicht: Produkt der Einbildung.

Und ließ von seiner frommen Magd,
Zu der er tausendmal »du christlich Tier« gesagt,
Sich widerlegen und bekehren.

So stark sind eines Freigeists Lehren.

Das Vermächtnis

Oront, der in der Welt das große Glück erlebt,
Das Fürsten oft den Hirten lassen müssen,
Das Glück, von einem Freund sich treu geliebt zu wissen;
Oront, der sich dies Glück, so arm er war, erstrebt,
Ward krank. Sein kluger Arzt sah aus verschiednen Fällen,
Daß keine Rettung möglich war,
Eröffnete dem Kranken die Gefahr,
Und hieß ihn bald sein Haus bestellen.

Oront, der sich nunmehr dem Irdischen entziehn,
Und frei im Geist den Tod erwarten wollte,
Bat, daß man seinen Freund ihm eiligst rufen sollte.
Sein Freund, sein Pylades, erschien.
Ach! sprach Oront, nach zärtlichem Umfassen,
Ich sterb, und was mir Gott verliehn,
Will ich, mein Freund, dir hinterlassen:
Dir laß ich meinen Sohn, ihn redlich zu erziehn,
Und meine Frau, sie zu ernähren:
Denn du verdienst, daß sie dir angehören.

Die Guttat

Wie rühmlich ists, von seinen Schätzen
Ein Pfleger der Bedrängten sein!
Und lieber minder sich ergetzen,
Als arme Brüder nicht erfreun.

Beaten fiel heut ein Vermögen
Von Tonnen Golds durch Erbschaft zu.
Nun, sprach sie, hab ich einen Segen,
Von dem ich Armen Gutes tu.

Sie sprachs. Gleich schlich zu seinem Glücke
Ein siecher Alter vor ihr Haus,
Und bat, gekrümmt auf seiner Krücke,
Sich eine kleine Wohltat aus.

Sie ward durchdrungen von Erbarmen,
Und fühlte recht des Armen Not.
Sie weinte, ging und gab dem Armen
Ein großes Stück verschimmelt Brot.

Der Kandidat

Ein Kandidat, der gern befördert werden wollte,
Lag einem sehr berühmten Mann,
Der viel vermocht, inständig an,
Daß er sein Glück ihm machen sollte,
Und reichte, weil ein Platz im Ratstuhl offen war,
Dem Gönner eine Bittschrift dar.
Der Gönner las sie durch, und las sie mit Vergnügen.
Es kränkt mich, fing er an, und nahm ihn bei der Hand,
Daß ich Sie eher nicht gekannt.
Ich lieb und ehre den Verstand.
Sie sollen dieses Amt vor allen andern kriegen.

Er sprach darauf mit ihm, und was der Jüngling sprach,
Verriet den besten Geist, geschaffen zum Studieren,
Zum größten Amte nicht zu schwach,
Und wert, die andern zu regieren.

Ach! sprach der Gönner ganz erfreut,
Nun kenn ich Sie; das Amt ist Ihre,

Und in der größten Freundlichkeit
Ging er mit ihm bis vor die Türe.
Hier bot der Jüngling ihm ein großes Goldstück an,
Um sichrer noch zu gehn. Nein, sprach der wackre Mann,
Nunmehr soll dieses Amt nicht Ihre;
Denn wer Geschenke gibt, nimmt sie auch wieder an;
Ihr Herz ist schlecht. Hier griff er nach der Türe.

Die schlauen Mädchen

Zwei Mädchen brachten ihre Tage
Bei einer alten Base zu.
Die Alte hielt zu ihrer Muhmen Plage
Sehr wenig von der Morgenruh.
Kaum krähte noch der Hahn bei frühem Tage:
So rief sie schon: Steht auf, ihr Mädchen, es ist spät,
Der Hahn hat schon zweimal gekräht.

Die Mädchen, die so gern noch mehr geschlafen hätten,
Denn überhaupt sagt man, daß es kein Mädchen gibt,
Die nicht den Schlaf und ihr Gesichte liebt,
Die wunden sich in ihren weichen Betten,
Und schwuren dem verdammten Hahn
Den Tod, und taten ihm, da sie die Zeit ersahn,
Den ärgsten Tod rachsüchtig an.

Ich habs gedacht, du guter Hahn!
Erzürnter Schönen ihrer Rache
Kann kein Geschöpf so leicht entfliehn.
Und ihren Zorn sich zuzuziehn,
Ist leider eine leichte Sache.

Der arme Hahn war also aus der Welt.
Vergebens nur ward von der Alten

soll: wird.

Ein scharf Examen angestellt.
Die Mädchen taten fremd, und schalten
Auf den, der diesen Mord getan,
Und weinten endlich mit der Alten
Recht bitterlich um ihren Hahn.

Allein was halfs den schlauen Kindern?
Der Tod des Hahns sollt ihre Plage mindern,
Und er vermehrte sie noch mehr.
Die Base, die sie sonst nicht eh im Schlafe störte,
Als bis sie ihren Haushahn hörte,
Wußt in der Nacht itzt nicht, um welche Zeit es wär;
Allein weil es ihr Alter mit sich brachte,
Daß sie um Mitternacht erwachte:
So rief sie die auch schon um Mitternacht,
Die, später aufzustehn, den Haushahn umgebracht.

* * *

Wärst du so klug, die kleinen Plagen
Des Lebens willig auszustehn:
So würdest du dich nicht so oft genötigt sehn,
Die größern Übel zu ertragen.

Epiktet

Verlangst du ein zufriednes Herz:
So lern die Kunst, dich stoisch zu besiegen,
Und glaube fest, daß deine Sinnen trügen.
Der Schmerz ist in der Tat kein Schmerz,
Und das Vergnügen kein Vergnügen.
So bald du dieses glaubst: so nimmt kein Glück dich ein,
Und du wirst in der größten Pein
Noch allemal zufrieden sein.
Das, sprichst du, kann ich schwer verstehen.

Epiktet: griechischer Philosoph (50–138); Vertreter einer spätstoischen Tugend- und Morallehre.

Ist auch die stolze Weisheit wahr?
Du sollst es gleich bewiesen sehen;
Denn Epiktet stellt dir ein Beispiel dar.

Ihn, als er noch ein Sklave war,
Schlug einst sein Herr mit einem starken Stabe
Zweimal sehr heftig auf das Bein.
Herr, sprach der Philosoph, ich bitt Ihn, laß Ers sein,
Denn sonst zerschlägt Er mir das Bein.
Gut, weil ich dirs noch nicht zerschlagen habe:
So soll es, rief der Herr, denn gleich zerschlagen sein.
Und drauf zerschlug er ihm das Bein;
Doch Epiktet, anstatt sich zu beklagen,
Fing ruhig an: Da sieht Ers nun!
Hab ichs Ihm nicht gesagt, Er würde mirs zerschlagen?

Dies, Mensch, kann Zenons Weisheit tun!
Besiege die Natur durch diese starken Gründe.
Und willst du stets zufrieden sein:
So bilde dir erhaben ein,
Lust sei nicht Lust und Pein nicht Pein.
Allein, sprichst du, wenn ich das Gegenteil empfinde,
Wie kann ich dieser Meinung sein?
Das weiß ich selber nicht; indessen klingts doch fein,
Trotz der Natur sich stets gelassen sein.

Elpin

Ein Großer in Athen, der kein Verdienst besaß,
Als daß er vornehm trank und aß,
Und sein Geschlecht zu rühmen nie vergaß,
Verlangte doch den Ruhm zu haben,
Als hätt er wirklich große Gaben.

Zenons Weisheit: Gemeint sind vermutlich die Lehren des griechischen Philosophen Zenon d. J. (um 354–262 v. Chr.), des Begründers der stoischen Philosophenschule.

Denn mancher, der, wenn ihn nicht die Geburt erhöht,
Da stünde, wo sein Christoph steht,
Und kaum zum Diener tüchtig wäre,
Hält desto mehr auf Ruhm und Ehre,
Je dreister sich sein Herz, trotz seinem Stolz, erkühnt,
Und ihm oft sagt, daß er sie nicht verdient.

In eben dieser Stadt, in der der Große wohnte,
War ein Poet, der die Verdienste pries,
Die Tugend durch sein Lied belohnte,
Und durch sein Lied unsterblich werden hieß;
Den bat Elpin, ihn zu besingen.
Sie können, sprach der große Mann,
Durch meinen Namen sich zugleich in Ansehn bringen.

Mein Herr, rief der Poet, es geht unmöglich an.
Ich hab aus Eigensinn einst ein Gelübd getan,
Nur das Verdienst und nie den Namen zu besingen.

Das Hospital

Elmire war zur Witwe worden,
Und nahm sich vor, nicht mehr zu frein.
Allein sie war noch jung; was macht man ganz allein?
Ich dächte doch, sie könnte wieder frein.
Der Witwenstand ist ein betrübter Orden.
Elmire sahs und schritt zur zweiten Wahl.
Allein sie war das erstemal
Nicht gar zu wohl verwahret worden.
Denn leider sind die Zeiten so betrübt,
Daß es viel böse Männer gibt.
Elmire tat daher ein feierlich Gelübd,
Indem sie sich zur zweiten Ehe schickte:
Sie wollte, wenn es ihr mit ihrem Manne glückte,
Ein Hospital für fromme Männer baun,
Denn sie war reich. Und kurz, sie ließ sich wieder traun.

O welche Lust erfolgt oft nach dem Leide!
Das war ein Mann, ein allerliebster Mann!
Fromm wie ein Kind, gefällig wie die Freude,
Und der auf nichts als ihr Vergnügen sann.
Wie hätte sie sich ihn denn besser wünschen mögen!

Sie ließ geschwind den Grund zum Hospitale legen.
Vier Wochen strichen hin. Nun war der Grund gelegt.
Und bald wird man das erste Stockwerk sehen;
Doch nein, Elmire kömmt, und heißt, vom Zorn bewegt,
Die Mäurer auseinandergehen.
Wie! sollt es nicht mehr gut in ihrer Ehe stehen?
Das kann nicht möglich sein, sie sind ja kaum getraut.
Nun kurz und gut, es ward nicht fortgebaut.
Und ungefähr nach einem halben Jahre
Lag dieser Mann auch auf der Bahre.
Der liebe Mann!

Die Frau schwört Stein und Bein,
Ihr Lebelang nicht mehr zu frein;
Und doch war sie nach zweiundfunfzig Wochen
(Der Bau muß ja vollendet sein)
Bereits das drittemal versprochen.

O das war erst ein würdiger Gemahl!
Verständig, zärtlich und verbindlich,
Nicht eigensinnig, nicht empfindlich;
Er bat da nur, wo jener wild befahl;
Die Blicke seiner Frau erfüllt er als Befehle.
Kurz, beide waren recht ein Herz und eine Seele.

Die gute Frau! ich gönn ihr diesen Mann.
Allein sie wollte doch nicht trauen.
Sie fing nicht gleich, wie ehmals, an zu bauen.
Ich lobe sie darum, und hätt es selbst getan.
Der Henker mag den Männern trauen,
Wenn man so leicht zweimal sich irren kann.

Sie fand nunmehr nach einem halben Jahre
Den Gatten noch so liebenswert
Als an dem Tag, da er, gefragt vor dem Altare,
Ihr durch ein seufzend Ja sein zärtlich Herz erklärt.
Der Bau wird fortgesetzt. Ich seh Elmiren kommen.
Wie freundlich sieht sie diesmal aus!
»Ach Meister, fördert doch das Haus!
Warum habt Ihrs denn angenommen?
Ich geb Euch ja das Geld voraus.
Laßt doch noch mehr Gesellen kommen.«

Ei das geht gut. Ich kann mich nicht genug erfreun.
Das muß ein rechter Ehmann sein!

Die Mäurer fördern sich, und binnen vierzehn Tagen
Sieht man das erste Stockwerk stehn.
Und nun läßt sich Elmire wieder sehn.
Man siehts ihr an, sie hat etwas zu sagen,
Vielleicht sah sie die Mäurer müßig stehn;
Denn leider pflegts so herzugehn.
Vielleicht hat man am Bau etwas versehn,
Das sollte mich doch selbst verdrießen.
Itzt öffnet sie den Mund. Nun wird sichs zeigen müssen.
Ach, fängt sie heftig an zu schrein:
Hört auf, und reißt den Plunder ein!
Ich lasse keinen Stein mehr tragen.
Wofür verbaut ich denn mein Geld?
Für Männer, die die Weiber plagen?
Denn andre gibts nicht auf der Welt.

Die böse Frau! Man sollte sie verklagen.

fördern sich: beeilen sich.

Der betrübte Witwer

In Poitou (ich will mit Fleiß die Gegend nennen,
Damit sich die befragen können,
Die, wenn ein kleiner Umstand fehlt,
Schon zweifeln, ob man wahr erzählt),
In Poitou ließ einst ein Mann sein Weib begraben;
Allein man merk es wohl, man ist in Poitou;
Da geht es, wenn sie Leichen haben,
So prächtig wie bei uns nicht zu.
Man kleidet sie geschwind mit leinen Sterberöcken,
Und trägt den Sarg, ohn ihn erst zuzudecken,
An den für ihn bestimmten Ort.
So trug man auch den offnen Sarg itzt fort;
Doch was geschieht, indem sie ihn so tragen?
Der Leichenweg ging dicht an einer Hecke hin;
Hier ritzt ein Dorn die tote Frau ins Kinn.
Auf einmal fängt sie an, die Augen aufzuschlagen,
Und ruft: Wohin wollt ihr mich tragen?
Hier, deucht mich, hör ich viele fragen,
Wie kam die gute Frau zurück?
Hielt es der Mann auch für ein Glück,
Die Hälfte wieder zu bekommen,
Die ihm der Tod zuvor genommen?
Wie mag ihm wohl gewesen sein?

Das letzte wird man gleich erfahren.
Nach weniger als sieben Jahren
Büßt sie das zweitemal ihr junges Leben ein.
Der Mann gab ihr vom neuen das Geleite,
Und ging gesetzt an seiner Gattin Seite,
Wie alle harte Bauersleute.
Allein sobald er nur die Hecke wieder sah:
So wies er erst, wie viel sein Herz empfände.
Er rung mit Tränen beide Hände.
Ach, rief er aus, da war es, da!
Kommt ja der Hecke nicht zu nah!

Der Tartarfürst

Ein Tarterfürst, von dem man in Geschichten preist,
Daß er, als Prinz, Europa durchgereist,
Befahl, weil er sein Volk galanter machen wollte,
Daß kein vornehmes Weib ihr Kind selbst stillen sollte.
Die wilden Damen lachten nur;
Sie nährten nach wie vor ihr Kind mit ihren Brüsten,
Und glaubten, daß sie der Natur
Und ihren Müttern folgen müßten.
Der Chan fing an, sich zu entrüsten,
Gab ein sehr scharf Mandat, und schwur,
Daß jede Frau vom Stande sterben sollte,
Die für ihr Kind nicht Ammen halten wollte.
Und weil sie sich gezwungen sahn:
So nahmen sie denn Ammen an.
Allein sie konnten sich des Triebs nicht lang erwehren,
Ihr eigen Blut an ihrer Brust zu nähren.
Die meisten fingen an, dem Chan den Tod zu schwören.

Einst als der Tartarfürst sich ganz allein befand,
Kam, mit dem Degen in der Hand,
Ein vornehm Weib auf ihn gerannt,
Und sprach, von edlem Grimm entbrannt:
Hör auf, mein Kind mir abzudringen,
Sonst bin ich hier, dich umzubringen.
Ich säug es selbst, und säug es mir zur Lust,
Deswegen hab ich diese Brust.
In dieser Pflicht, mein Kind daran zu nehmen,
Soll mich, o Fürst, kein Tier beschämen.

Der gute Tartarfürst erschrak,
Und unterließ, um nicht sein Leben zu verlieren,
Den europäischen Geschmack
In seinen Horden einzuführen.

Der junge Prinz

Ein junger Prinz, der sich des Oheims Gunst empfohlen,
Bekam von ihm zweihundert Stück Pistolen,
Mit der Ermunterung, damit wohl umzugehn.

Er ließ nach einger Zeit sich wieder vor ihm sehn.
Indem daß nun der Oheim mit ihm redte:
So fragt er ihn zu gleicher Zeit,
Ob er das letzte Geld wohl angewendet hätte.
Hier, sprach der junge Prinz erfreut,
Hier hab ich meine ganze Kasse;
An den zweihunderten fehlt nicht ein einzig Stück.

Der Oheim nahm den Augenblick
Das Geld, und warf es auf die Gasse.
Lernt, Prinz, fing drauf der Oheim an,
Die Kunst, das Geld nutzbarer anzuwenden;
Ein Prinz hat darum viel in Händen,
Damit er vielen dienen kann.

Das neue Ehepaar

Nach so viel bittern Hindernissen,
Nach so viel ängstlicher Gefahr,
Als jemals noch ein zärtlich Paar
Hat dulden und beweinen müssen,
Ließ endlich doch die Zeit mein Paar das Glück genießen,
Das, wenns ein Lohn der Tugend ist,
Sie durch Beständigkeit zehnfach verdienet hatten.

Sie, die sich, hart bedroht, als Liebende geküßt,
Die küßten sich nunmehr erlaubt als Ehegatten,
Nachdem sie neidscher Freunde List

Pistolen: Goldmünzen.

Und strenger Eltern Zorn liebreich besänftigt hatten.
Wer war, nach langer Jahre Müh,
Nun glücklicher als Er und Sie?
Denn, was man liebt, geliebt besitzen können;
In einem treuen Arm sich seines Lebens freun,
Ist, Menschen, dies kein Glück zu nennen:
So muß gar keins auf Erden sein.
Hier wett ich wohl, daß mancher heimlich spricht,
Der gute Mensch versteht es nicht.
Denn wär die Lieb ein Glück, was könnte mir denn fehlen,
Da ein erlesnes Weib in meinen Armen liegt?
Ist sie nicht reich und schön? doch bin ich nicht vergnügt.
Ich glaub es, lieber Freund; allein sich so vermählen,
Wie viele tun, das heißt nicht lieben, nein.
Das heißt, mit weit getrennten Seelen
Ein Leib in einem Hause sein.

Ein unverhofftes Glück begegnet unsern beiden.
Wie weinen sie vor Zärtlichkeit!
Der arme Mann soll itzt auf kurze Zeit
Von seiner teuren Gattin scheiden.
Weil ihn ein naher Freund in einer fernen Stadt
Zum Erben eingesetzet hat.

Von heißen Lippen losgerissen,
Und doch entbrannt, sich länger noch zu küssen,
Sprach eines, was das andre sprach,
Dem andern immer stammelnd nach,
Ein Lebewohl, ein seufzend Ach.

Er stieg nunmehr ins Schiff (wie oft sah er zurücke!),
Und Doris blieb am Ufer stehn,
Um ihrem Damon, ihrem Glücke,
Noch lange schmachtend nachzusehn.
O Himmel! hör ich sie noch an dem Ufer flehn,
Bring meinen Mann gesund zurücke.

Das Schiff bringt ihn an seinen Ort.
Er schreibt mit jeder Post: Bald, Doris, werd ich kommen.
Kaum hat er auch sein Gut noch in Besitz genommen:
So eilt er schon zu Schiffe wieder fort,
Und schreibt, damit sie nichts von seiner Ankunft wüßte
Daß, wider sein gegebnes Wort,
Er noch acht Tage warten müßte,
Eh er sie wiedersäh und küßte.

Die junge Frau, die, wenn die Sonn entwich,
Aus ihrem von der See nicht fernen Hause schlich,
Und gern am Ufer sich verweilte,
Ging itzund an der Freundin Hand,
Mit der sie stets ihr Herze teilte,
An den ihr angenehmen Strand.

Sie redten. Und wovon? Errätst du dies noch nicht,
Wovon ein treues Weib, die schmachtend wartet, spricht:
So bist du auch nicht wert, den Inhalt zu erfahren.
Nein, nein, verschweig es mein Gedicht,
Wie zärtlich Doris Wünsche waren!
Das Herz wird dem, der liebt, sie selber offenbaren,
Und für die andern schreib ich nicht.

Indem daß Doris noch mit manchem frohen Ach
Von ihres Gatten Ankunft redte,
Und von dem Gastgebote sprach,
Daß sie sich ausgesonnen hätte;
Indem sie noch von ihrer Erbschaft redte,
Und, wenn sie den Entwurf von ihrem Glück gemacht,
Sich oft in dem Entwurfe störte,
Und den, der sie im Testament bedacht,
Mit dankerfüllten Tränen ehrte;
Indem sie zum voraus die Armen speisen ließ,
Und mütterlich den Waisen sich erwies,

Gastgebote: Festmahl.

Der Kranken Herz mit Stärkungen erquickte,
Und den Gefangnen Hilfe schickte,
Indem sie dies im Geist von ihrer Erbschaft tat,
Und, in ihr Glück vertieft, ans Ufer näher trat,
Fing ihre Freundin an: Was schwimmt dort auf dem Meere?
Ein Kästchen? Wie? wenns voll Juwelen wäre?
Ach Doris! wäre das nicht schön?
Allein ich sag es dir, ich habs zuerst gesehn,
Und kömmt es an den Strand geschwommen:
So ist das Glück des Schiffbruchs mein;
Doch du wirst ja bald niederkommen,
Und das versteht sich schon, ich muß Gevatter sein,
Dann bind ich dir drei Schnuren Perlen ein.

Die junge Frau belohnte Scherz mit Scherze.
Es nähert sich, fing jene wieder an;
Doch wie erschraken sie, als sie zu ihrem Schmerze
Fern einen Leichnam schwimmen sahn.
Wer weiß, sprach Doris, welcher schon
Die Tränen in den Augen stunden,
Wer weiß, ist der, der hier sein Grab gefunden,
Nicht grauer Eltern einzger Sohn?
Wer weiß, mit welcher trunknen Freude
Itzt die verlebten Alten beide,
Ihn zu empfangen, fertig stehn?
Und sich im Geist erfreun, die Braut ihm anzubieten,
Die sie für ihn erwählt, und treulich für ihn hüten.
Gott geb es nicht, daß sie den Anblick sehn.
Wer weiß, ward nicht durch seinen Tod
Der treusten Frau ein lieber Mann entrissen,
Die bald ihr eignes Weh, bald ihrer Kinder Not
In Armut wird beweinen müssen?
Wer weiß, wie vielmal er betränt,
Eh er noch starb, das arme Weib erwähnt?
Doch, Freundin, komm von der betrübten Stelle,
Damit mein Herz nicht länger zittern darf.
Dies sagte sie und ging, als eben eine Welle

Den Toten an das Ufer warf.
Die Freundin sah ihn an, und schrie mit Ungestüm:
Mein Vetter! und fiel neben ihm.

Auf dies Geschrei kam Doris wieder,
Der lieben Freundin beizustehn.
Ach, Doris, ach! was wirst du sehn?
Sie sieht, und fällt auf ihren Gatten nieder,
Und stirbt an seiner starren Brust.
Indes erwacht die Freundin wieder,
Und zeigt der Nachbarschaft den doppelten Verlust.
Hier bebte der, den man nie zittern sehn,
Und dem, der nie geweint, floß Wehmut vom Gesichte,
Und niemand fragte, was geschehn.
Der Anblick selbst erzählte die Geschichte.

* * *

Beweint, ihr mitleidsvollen Seelen,
Die traurigste Begebenheit
Elend gewordner Zärtlichkeit,
Und schmeckt das Glück, um andre sich zu quälen.
Laßt uns die Unschuld oft im größten Unglück sehn,
Und leidet mit bei fremden Schmerzen;
Dies Mitleid heiligt unsre Herzen,
Und heißt die Menschenlieb in uns ihr Haupt erhöhn.
Die Tugend bleibt uns noch im Unglück selber schön.

Der Jüngling

Ein Jüngling, welcher viel von einer Stadt gehört,
In der der Segen wohnen sollte,
Entschloß sich, daß er da sich niederlassen wollte.
Dort, sprach er oft, sei dir dein Glück beschert.
Er nahm die Reise vor, und sah schon mit Vergnügen
Die liebe Stadt auf einem Berge liegen.
Gottlob! fing unser Jüngling an,

Daß ich die Stadt schon sehen kann;
Allein der Berg ist steil. O wär er schon erstiegen!

Ein fruchtbar Tal stieß an des Berges Fuß.
Die größte Menge schöner Früchte
Fiel unserm Jüngling ins Gesichte.
O, dacht er, weil ich doch sehr lange steigen muß:
So will ich, meinen Durst zu stillen,
Den Reisesack mit solchen Früchten füllen.
Er aß, und fand die Frucht vortrefflich vom Geschmack,
Und füllte seinen Reisesack.

Er stieg den Berg hinan, und fiel den Augenblick
Beladen in das Tal zurück.
O Freund! rief einer von den Höhen,
Der Weg zu uns ist nicht so leicht zu gehen.
Der Berg ist steil, und mühsam jeder Schritt.
Und du nimmst dir noch eine Bürde mit?
Vergiß das Obst, das du zu dir genommen,
Sonst wirst du nicht auf diesen Gipfel kommen.
Steig leer, und steig beherzt, und gib dir alle Müh;
Denn unser Glück verdienet sie.

Er stieg und sah empor, wie weit er steigen müßte.
Ach Himmel! ach es war noch weit.
Er ruht und aß zu gleicher Zeit
Von seiner Frucht, damit er sich die Müh versüßte.
Er sah bald in das Tal, und bald den Berg hinan;
Hier traf er Schwierigkeit und dort Vergnügen an.
Er sinnt. Ja, ja, er mag es überlegen.
Steig, sagt ihm sein Verstand, bemüh dich um dein Glück.
Nein, sprach sein Herz, kehr in das Tal zurück;
Du steigst sonst über dein Vermögen.
Ruh etwas aus, und iß dich satt,
Und warte, bis dein Fuß die rechten Kräfte hat.
Dies tat er auch. Er pflegte sich im Tale,
Entschloß sich oft zu gehn, und schien sich stets zu matt.

Das erste Hindernis galt auch die andern Male.
Kurz, er vergaß sein Glück, und kam nie in die Stadt.

* * *

Dem Jüngling gleichen viele Christen.
Sie wagen auf der Bahn der Tugend einen Schritt,
Und sehn darauf nach ihren Lüsten,
Und nehmen ihre Lüste mit.
Beschwert mit diesen Hindernissen,
Weicht bald ihr träger Geist zurück.
Und auf ein sinnlich Glück beflissen,
Vergessen sie die Müh um ein unendlich Glück.

Erast

Dorant, ein reicher Mann, der weiter keinen Erben
Als einen Vetter hinterließ,
Der reicher war als er, und keinem Guts erwies,
Dorant beschloß bei seinem Sterben,
An seines Vetters Statt Erasten zu erfreun,
Und setzte diesen Freund, ders würdig war, zum Erben
Von zwanzigtausend Talern ein.

Der Vetter, der die Stadt recht giftig überredte,
Als ob Erast, der so rechtschaffne Mann,
Das Testament erschlichen hätte,
Fing einen Streit um dies Vermögen an,
Und lief, von Neid und Geiz gedrungen,
Mit schrecklichen Beschuldigungen,
Und mit Geschenken vor Gericht;
Allein so oft auch die das Recht erzwungen:
So siegten sie doch diesmal nicht.

Erast gewann. Doch dich, spricht er, zu überführen,
Ob ich das Testament mit List an mich gebracht:
So will ich das, was mir mein Freund vermacht,
Nachdem ich es gewann, verlieren.

Die Hälfte schenk ich dir, um dich zu widerlegen.
Zweitausend Taler sollen mein:
Und das noch übrige Vermögen
Soll ein Geschenk für arme Waisen sein.
Verdien ich noch den schrecklichen Verdacht,
Daß ich das Testament mit List an mich gebracht?

Das Pferd und der Esel

Ein Pferd, dem Geist und Mut recht aus den Augen sahn,
Ging, stolz auf sich und seinen Mann,
Und stieß (wie leicht ist nicht ein falscher Schritt getan!)
Vor großem Feuer einmal an.
Ein träger Esel sahs und lachte.
Wer, sprach er, würd es mir verzeihn,
Wenn ich dergleichen Fehler machte?
Ich geh den ganzen Tag, und stoß an keinen Stein.
Schweig, rief das Pferd, du bist zu meinem Unbedachte,
Zu meinen Fehlern viel zu klein.

Cotill

Cotill, der, wie es vielen geht,
Nicht wußte, was er machen sollte,
Und doch nicht müßig bleiben wollte;
Denn müßig gehn, wenn mans nicht recht versteht,
Ist schwerer, als man denken sollte;
Cotill ging also vor die Stadt,
Und machte sich etwas zu schaffen.
Er ging, und schlug im Gehen oft ein Rad.
O! schrie man, seht den jungen Laffen,
Der den Verstand verloren hat!
Er macht die Hände gar zu Füßen.
Ihr Kinder, zischt den Narren aus.
Allein Cotill ließ sich dies alles nicht verdrießen.

Kurz, es gefiel ihm so, er ging vors Tor hinaus.
Man mochte, was man wollte, sagen,
Er fuhr doch fort, im Gehn sein Rad zu schlagen.

Der Teufel! Seht, das war ein rechtes Rad!
Fing endlich einer an zu fluchen.
Ich möcht es doch bald selbst versuchen.
Er sagt es kaum, als ers schon tat.
Nun, sprach er, seh ich wohl, wie viel man Vorteil hat.
Es ist ganz hübsch um so ein Rad,
Denn man erspart sich viele Schritte.
Der Mann ist nicht so dumm, der es erfunden hat.
Den Tag darauf kam schon der Dritte,
Und tat es nach. Die Zahl vermehrte sich.
In kurzem sprach man schon gelinder;
Man fragte stark nach dem Erfinder,
Und lobt ihn endlich öffentlich.

* * *

Nimm alles vor, es sei so toll es will.
Heiß anfangs närrisch, wie Cotill;
Dein Beifall ist drum nicht verloren.
Sei nur beherzt, und spare keinen Fleiß.
Ein Tor findt allemal noch einen größern Toren,
Der seinen Wert zu schätzen weiß.

Der beherzte Entschluß

Ein guter ehrlicher Soldat,
Der (denn was tut man nicht, wenn man getrunken hat)
Im Trunke seinen Wirt erschlagen,
Ward itzt hinausgeführt, für seine Missetat
Den Lohn durchs Schwert davon zu tragen.
Er sah wohl aus, und wer ihn sah
Bedauerte sein schmählich Ende,
Und wünschte, daß er noch beim König Gnade fände.

Besonders ging sein schweres Ende
Auch einer alten Jungfer nah.
Auf einmal fühlte sie die Triebe
Des Mitleids und der Menschenliebe,
Und fühlte sie nur mehr, je mehr sie auf ihn sah.
»Ach Himmel! ists nicht ewig schade?
Der schöne lange Mensch! Was für ein fein Gesicht,
Und was für Augen hat er nicht!
Seht doch den Bart! Ist das nicht eine Wade!
Die Straf ist in der Tat zu groß.
Wer kann sich denn im Trunke zähmen?
Ich bitt ihn frei; ich will ihn nehmen.«

Sie lief, und schrie, und bat ihn los,
Indem Johann schon niederkniete.
Johann, fing drauf der Richter an,
Es findet sich ein redliches Gemüte,
Dies Weibsbild hier verlanget dich zum Mann,
Und wenn du sie verlangst: so schenk ich dir das Leben.

Johann erschrak und sah die Jungfer an;
Sie trat hinzu, ihn aufzuheben.
Ja, sprach er, Euer Dienst ist groß;
Allein es wird mir nicht viel fehlen,
Ihr werdet mich dafür zeitlebens quälen.
Ich seh Euchs an; was will ich lange wählen?
Haut zu! so komm ich doch der Qual auf einmal los.

Der junge Gelehrte

Ein junger Mensch, der viel studierte,
Und, wie die Eltern ganz wohl sahn,
Was Großes schon im Schilde führte,
Sprach einen Greis um solche Schriften an,
Die stark und sinnreich denken lehrten,
Mit einem Wort, die zum Geschmack gehörten.

Der Alte ward von Herzen froh,
Und lobt ihm den Homer, den Plato, Cicero,
Und hundert mehr aus alt und neuer Zeit,
Die mit den heilgen Lorberkränzen
Der Dichtkunst und Wohlredenheit,
Umleuchtet von der Ewigkeit,
Den Jünglingen entgegenglänzen.
O! hub der junge Mensch mit stolzem Lächeln an:
Ich habe sie fast alle durchgelesen;
Allein – – Nun gut, sprach der gelehrte Mann,
Sind sie nach Seinem Sinn gewesen:
So muß Er sie noch zweimal lesen;
Doch sind sie Ihm nicht gut genug gewesen:
So sag Ers ja den Klugen nicht,
Denn sonst erraten sie, woran es Ihm gebricht,
Und heißen Ihn die Zeitung lesen.

Das junge Mädchen

Ein junger Mensch sprach einen wackern Mann
Durch einen guten Freund um seine Tochter an.
Der Alte, der sein Kind noch nicht versprechen wollte,
War dennoch ungemein erfreut,
Und bat den Freund mit vieler Höflichkeit,
Daß er bei ihm zu Tische bleiben sollte.

Die Tochter, ob sich gleich der Vater sehr verstellt,
Errät die Sache bald. Was? fängt sie an zu schließen,
Ein fremder Herr, den man zu Tische gleich behält,
Was bringt doch der? Ich solls nicht wissen;
Allein umsonst bückt er sich nicht so tief vor mir.
Ist auch der gute Freund wohl meinetwegen hier?

Der Fremde hofft, es soll ihm noch gelingen,
Und wagt es bei dem Glase Wein,
Das Wort für seinen Freund noch einmal anzubringen.

Mein Herr, fiel ihm der Vater ein,
O denken Sie doch nicht, daß ich zu hart verfahre:
Mein Kind kann wirklich noch nicht frein,
Sie ist zu jung; sie ist erst vierzehn Jahre.

Indem er dies noch sprach, trat Fickchen selbst herein,
Und trug ein Essen auf. Was? fing sie an zu schrein,
Was sagten Sie, Papa? Sie haben sich versprochen.
Ich sollt erst vierzehn Jahre sein?
Nein, vierzehn Jahr und sieben Wochen.
»Ließ sie der Vater denn nicht frein?«
Das weiß ich nicht; doch nein, ich wills nur sagen.
Denn unter denen, die mich fragen,
Da könnten wohl selbst junge Mädchen sein;
Die zu beruhigen, will ichs aufrichtig sagen:
Der Vater schämte sich und ließ die Tochter frein.

Die beiden Knaben

Ein jüngrer und ein ältrer Bube,
Die der noch frühe Lenz aus der betrübten Stube
Vom Buche zu dem Garten rief,
Vielleicht weil gleich ihr Informator schlief,
Gerieten beid an eine Grube,
In der der Schnee noch nicht zerlief.
Ach Bruder, sprach der kleine Bube,
Was meinst du, ist das Loch wohl tief?
Ich hätte Lust – – Was? Lust hinein zu springen?
Du mußt doch ausgelassen sein.
Versuch es nicht und spring hinein,
Du könntest dich ums Leben bringen.
Wir können uns ja sonst noch wohl erfreun,
Als daß wir uns und unsern Kleidern schaden,
Und kindisch Schnee und Eis durchwaden.

Informator: Hauslehrer.

Und kömmst du drauf zum Vater naß hinein:
So hast dus da erst auszubaden.
Doch keine Redekunst nahm unsern Knaben ein.
»Wer wird im Schnee denn gleich ersaufen?«
Und kurz und gut, er sprang hinein,
Und ließ sichs wohl in seiner Grube sein;
Doch kaum war er vor Kälte fortgelaufen:
So sprang der Philosoph so gut wie er hinein.

* * *

Dies ist die Kunst der strengen Moralisten.
Bekannt mit dem System, und von Grundsätzen voll,
Beweisen sie das, was man lassen soll,
So froh, als ob sie nichts von den Begierden wüßten.
Sie sind von besserm Ton als wir.
Sie bändigen ihr Herz durch die Gewalt der Schlüsse.
Uns Armen ist die Torheit süße;
Doch ihnen ekelt nur dafür.
Wir lassen sie, wenn wir sie unternehmen,
Aus gutem Herzen andern sehn,
Und denken nicht daran, daß wir uns so vergehn.
Sie aber, die gelehrt sich aller Torheit schämen,
Begehn die Tat, die sie uns übel nehmen,
Aus Tugend eher nicht, als bis wir es nicht sehn.

Die Bauern und der Amtmann

Ein sehr geschickter Kandidat,
Der lange schon mit vielem Lobe
Die Kanzeln in der Stadt betrat,
Tat auf dem Dorfe seine Probe;
Allein so gut er sie getan:
So stund er doch den Bauern gar nicht an.
Nein, der verstorbne Herr, das war ein andrer Mann,
Der hatte recht auf seinen Text studieret,
Und Gottes Wort, wie sichs gebühret,

Bald griechisch, bald ebräisch angeführet,
Die Kirchenväter oft zitieret,
Die Ketzer stattlich ausschändieret,
Und stets so fein schematisieret,
Daß er der Bauern Herz gerühret.

»Herr Amtmann, wie gesagt, erstatt Er nur Bericht,
Wir mögen diesen Herrn nicht haben.«
»So sagt doch nur, warum denn nicht?«
»Er hörts ja wohl, er hat nicht solche Gaben
Wie der verstorbne Herr.«

Der Amtmann widerspricht;
Der Suprintend ermahnt. Umsonst, sie hören nicht.
Man mag Amphion sein, und Fels und Wald bewegen,
Deswegen kann man doch nicht Bauern widerlegen.
Kurz, man erstattete Bericht,
Weil alle steif auf ihrem Sinn beharrten.

Nunmehr kömmt ein Befehl. Ich kann es kaum erwarten,
Bis ihn der Amtmann publiziert.
Ich wette fast, ihr Bauern, ihr verliert.

Man öffnet den Befehl. Und seht, der Landsherr wollte,
Daß man dem Kandidat das Priestertum vertraun,
Den Bauern gegenteils es hart verweisen sollte.

Der Suprintend fing an die Bauern zu erbaun,
Und sprach, so schwierig sie noch schienen,
Doch sehr gelind und fromm mit ihnen.
Herr Doktor! fiel ihm drauf der Amtmann in das Wort,
Wozu soll diese Sanftmut dienen?

ausschändieret: ausgeschimpft.
Suprintend: Superintendent.
Amphion: Gestalt der griechischen Mythologie. Er bewegte durch das wunderbare Spiel seiner Leier die Steine, so daß sie sich von selbst in der gewollten Ordnung zusammenfügten.

Ihr, Richter, Schöppen, und so fort,
Hört zu! ich will mein Amt verwalten.
Ihr Ochsen, die ihr alle seid!
Euch Flegeln geb ich den Bescheid,
Ihr sollt den Herrn zu eurem Pfarrn behalten.
Sagts, wollt ihr, oder nicht? denn itzt sind wir noch da.

Die Bauern lächelten. »Ach ja, Herr Amtmann, ja!«

Der Freier

Ein Freier bat einst einen Freund,
Ihm doch ein Mädchen vorzuschlagen.
Ich will dir zwei, versetzte jener, sagen,
Dann wähle die, die sich für dich zu schicken scheint.

Die erste hat, nebst einem Rittersitze,
Ein recht bezauberndes Gesicht,
Liebt den Geschmack, spricht mit dem feinsten Witze,
Und schreibt die Sprachen, die sie spricht.
Sie spielt den Flügel schön, und kann vortrefflich singen,
Und malet so geschickt, als es die Kunst begehrt.
Und in der Wirtschaft selbst gibt sie gemeinen Dingen
Durch ihre Sorgfalt einen Wert.
Allein bei aller Kunst und allen ihren Gaben
Hat sie kein gutes Herz.
Die andre sieht nicht schön,
Wird wenig im Vermögen haben,
Und von den Künsten nichts, die jene kann, verstehn;
Doch bei Verstand und einem stillen Reize,
Der, ohne daß sies sieht, gefällt,
Besitzt sie, frei vom Stolz und Geize,
Das beste Herze von der Welt.
Was tätst du wohl, wenn dich die erste haben wollte?
Ach, fing der Freier an, wenn dies geschehen sollte:
So spräch ich zu der ersten Nein,
Um dadurch bald der andern wert zu sein.

Emil

Emil, der seit geraumer Zeit,
Den Klugen wohl bekannt, bei seinen Büchern lebte,
Und mehr nach der Geschicklichkeit
Zu einem Amt, als nach dem Amte strebte,
Ward einst von einem Freund gefragt,
Warum er denn kein Amt noch hätte,
Da doch die ganze Stadt so rühmlich von ihm redte,
Und mancher sich vor ihm schon in ein Amt gewagt,
Der nicht den zehnten Teil von seinen Gaben hätte?
Ich, sprach Emil, will lieber, daß man fragt,
Warum man mich doch ohn ein Amt läßt leben,
Als daß man fragt: warum man mir ein Amt gegeben?

Der Knabe

Ein Knabe, der den fleißigen Papa
Oft nach den Sternen gucken sah,
Wollt auch den Himmel kennen lernen.
Er blieb steif vor dem Sehrohr stehn,
Und sah begierig nach den Sternen;
Allein er konnte nicht viel sehn.
Was heißt es denn, sprach drauf der Knabe,
Daß ich fast nichts erkennen kann?
Ha, ha, nun fällt mirs ein, was ich vergessen habe;
Mein Vater fängt es anders an,
Er blinzt zuweilen zu, das hab ich nicht getan.
O bin ich nicht ein dummer Knabe!
Schon gut! Nun weiß ich, was ich tu.
Und hurtig hielt er sich die Augen beide zu,
Und sah durchs Sehrohr nach den Sternen.
Der Narr! was sah er denn? Das alles, was du siehst,
Wenn du, um durch die Schrift Gott deutlich sehn zu lernen,
Dir die Vernunft vorher entziehst.

Der Lügner

Ihr Meister in der Kunst zu lügen!
Rühmt euren Witz, schlau zu betrügen,
So viel ihr uns davon erzählt:
So wett ich doch, daß euch die rechte List noch fehlt.
Ein schlechter Mensch, ihr werdet lachen,
Wird euch den Vorzug streitig machen.

* * *

In London saß ein böser Bube
Nebst einem andern auf den Tod.
Ein Anatomikus trat in die Kerkerstube,
Und tat auf seinen Leib dem einen ein Gebot*.
Doch Niklas schwur, daß ihn der Teufel holen sollte,
Eh er für diesen Preis dem Arzt sich lassen wollte.

Herr, schrie der andre Delinquent,
Sagt, wie ihr um den Kerl so lange handeln könnt?
Laßt seinen magern Leib den Raben.
Seht, wie gesund ich bin, wie fett! Ihr sollt mich haben.
Und wißt Ihr, was Ihr geben sollt?
Ich will es billig mit Euch machen,
Drei Gulden. Bin ich tot: so schneidet, wie Ihr wollt,
Ich will von keinem Schnitt erwachen.
Kaum hatt er noch das Geld empfangen:
So rief der witzge Delinquent:
Gelogen! Herr, seht zu, wie Ihr mich kriegen könnt!
Ich werd in Ketten aufgehangen.

* Es ist in London der Gebrauch, daß die Ärzte den verurteilten Missetätern ihren Leib abkaufen.

Die Frau und der Geist

Vor dem, da noch um Mitternacht,
Den armen Sterblichen zu dienen,
Die Geister dann und wann erschienen,
Ließ sich ein Geist, in einer weißen Tracht,
Vor einer Frau im Bette sehen,
Und hieß sie freundlich mit sich gehen,
Und ging mit ihr auf einen wüsten Platz.
Frau, sprach der Geist, hier liegt ein großer Schatz;
Nimm gleich dein Halstuch ab, und wirf es auf den Platz,
Und morgen, um die zwölfte Stunde,
Komm her, dann findest du ein Licht,
Dem grabe nach, doch rede nicht;
Denn geht ein Wort aus deinem Munde:
So wird der Schatz verschwunden sein.

Die Frau fand, zur gesetzten Stunde,
Die Nacht darauf, sich mit dem Grabscheit ein.
Nun die muß recht beherzt gewesen sein!
Ich fände mich gewiß nicht ein,
Und sollt ich zwanzig Schätze heben.
Wer stünde mir denn für mein Leben?
Die Nacht ist keines Menschen Freund.
Und wenns der Geist recht ehrlich mit mir meint:
So kann er mir den Schatz ja auf der Stube geben.

Die Frau verschlug das nichts. Sie eilt, den Schatz zu heben.
Frau, spricht sie bei sich selbst, beileibe sprich kein Wort,
Sonst rückt der Schatz auf ewig fort.
Sie hält, was sie sich vorgenommen.
Sie schweigt und gräbt getrost. Ha, ha, nun klingt es hohl,
Nun wird der rechte Fleck bald kommen.
Hier liegt der Schatz, das dacht ich wohl.
O seht, ein großer Topf von lauter Golde voll!
O wenn sie doch dasmal nicht redte,
Und zu dem schweren Topf gleich einen Träger hätte!

Ist denn ihr Geist nicht etwan auf dem Platz?
Er kömmt und hilft den Topf ihr aus der Erde nehmen.
Ach, rief sie schnell, ich muß mich schämen,
Sie zu bemühn – – Weg war der Schatz!

Philinde

Philinde blieb oft vor dem Spiegel stehn;
Denn alles kann man fast den Schönen,
Nur nicht den Trieb, sich selber gern zu sehn,
Und zu bewundern, abgewöhnen.
Dies ist der Ton, aus dem die Männer schmähn;
Doch, Mädchen, bleibet nur vor euren Spiegeln stehn.
Ich laß es herzlich gern geschehn.
Was wolltet ihr auch sonst wohl machen?
Beständig tändeln, ewig lachen?
Und stets nach den Verehrern sehn?
Dies wäre ja nicht auszustehn.

Genug, das schöne Kind, von der ich erst erzählte,
Bespiegelte sich oft, und musterte das Haar,
Und besserte, wo nicht das mindste fehlte.

Ihr Bruder, der ein Autor war,
Sah sie am Spiegel stehn und schmälte.
»Habt Ihr Euch noch nicht satt gesehn?
Ich geb es zu, Ihr seid sehr schön;
Doch sein Gesicht die ganze Zeit besehn,
Verrät ein gar zu eitles Wesen.«
Herr Autor, sprach sie, der Ihr seid,
Hebt mit mir auf; denn sich gern selber lesen,
Und gern im Spiegel sehn, ist beides Eitelkeit.

schmälte: äußerte seinen Unwillen.
hebt mit mir auf: kommt mir gleich.

Alcest

Alcest, den mancher Kummer drückte,
Der, weil er sich nicht zu dem Laster schickte,
Noch sich vor reichen Toren bückte,
Bei Fleiß und Kunst sich elend sah,
Stund neulich traurig auf. Freund, geht dir dies nicht nah,
Daß viele Kluge darben müssen,
Bloß weil sie mehr als andre wissen,
Und zu Betrug und List zu blind,
Zu groß zu Prahlerei und Wind,
Nicht knechtisch gnug zu Schmeichlern sind?

O Freund, bedaure doch Alcesten,
Ihn, den itzt schwere Sorgen preßten;
Ihn, der von einem Buch beschämt zum andern schlich,
Und doch dem Kummer nicht entwich;
Ihn, der sich laut durch manchen Trostgrund lehrte,
Und doch sein Herz viel lauter seufzen hörte;
Der herzhaft zu sich selber sprach:
Gott lebt, Gott herrscht, und hört dein Ach;
Er hört, so groß er ist, der jungen Raben Flehen;
Drum ist er nicht zu groß, auch dir mit beizustehen;
Und der, indem er dieses sprach,
Doch noch im Herzen rief: Wie wird dirs künftig gehen?

Der beste Trostgrund blieb noch schwach;
Denn welch bekümmert Herz besiegt man gleich mit Gründen?
Es fühlt der starken Gründe Kraft,
Und flieht zurück in seine Leidenschaft,
Um jener Macht nicht zu empfinden.
Alcest beschloß zu seinem Freund zu gehn,
Den er zween Tage nicht gesehn.
Er, sprach er, ist es wert, und fing schon an zu gehn,
Daß ich zu ihm mit meinem Kummer eile,
Und meinen Kummer mit ihm teile;

In Damons Arm, wenn Damon mit mir spricht,
Wird die Geduld, die sonst so schwere Pflicht,
Mir lange so beschwerlich nicht.

Er eilt mit sehnsuchtsvollem Herzen,
Wie nach dem Arzt ein Siecher, der sonst schleicht,
In Hoffnung schneller geht, und hoffend seine Schmerzen
Nicht fühlt, noch merkt, wie sehr er keucht,
Bis er des Arztes Haus erreicht.

In diesem brennenden Verlangen,
Den treuen Damon zu umfangen,
Tritt er ins Haus und eilt die Treppe schnell hinauf.
Der Vorsaal wimmelte von Leuten,
Alcest erschrickt. »Gott! was soll das bedeuten?«
Er tritt herein; und seht, man bahrt den Damon auf.

Er kehrte von dem toten Freunde
Nach einem letzten Kuß zurück.
Die Sorgen, seiner Ruhe Feinde,
Entwichen in dem Augenblick.
Was, sprach er, will ich mich denn quälen?
Kann mich der Tod so bald entseelen,
Was nützt mir alles Glück der Welt?
Um froh zu sterben, will ich leben.
Der Herr, der alles Fleisch erhält,
Wird mir, so viel ich brauche, geben.
Ihm wert zu sein, der Tugend nachzustreben,
Dies sei mein Kummer auf der Welt.

Der wunderbare Traum

Aus einem alten Fabelbuche
(Der Titelbogen fehlt daran,
Sonst führt ichs meinen Lesern an),
Aus dem ich mich Rats zu erholen suche,

Wenn ich selbst nichts erfinden kann;
Aus diesem alten deutschen Buche,
Das mir schon manchen Dienst getan,
Will ich mir einen Traum erwählen.

Als ich einmal, so fängt mein Autor an,
Nach seiner Weise zu erzählen,
In einer Kirche saß: so fiel mir jähling ein,
Wer mag von so viel tausend Seelen,
Die diesen Ort zu ihrer Andacht wählen,
Doch wohl die frömmste Seele sein?
In den Gedanken schlief ich ein,
Und sah im Traum vor mir des Tempels Schutzgeist stehen.
Du, sprach er, wünschest dir das frömmste Herz zu sehen?
Und rührte mein Gesicht mit seiner Rechten an.
Mir kam, sobald er dies getan,
Ein sanfter kalter Schauer an,
Und plötzlich sah ich mich in heilgem Glanze stehen.
Fang an, sprach er, die Kirche durchzugehen.
Der, den dein Glanz so rührt, daß er dich dreimal küßt,
Der hat das frömmste Herz, das hier zu finden ist.

Ich ging, um es recht bald zu wissen,
In dem empfangnen Glanz hart vor der Sakristei
Einmal, und noch einmal, vorbei,
Weil mir es schien, als wollte man mich küssen.
Ich wartete noch eine gute Frist,
Und ward einmal, allein ganz kalt geküßt.

Ich ging darauf in die Kapellen,
In denen ich die frömmsten Mienen fand,
Und alles schien sich aufzuhellen.
Man lächelte, man tat galant,
Und küßte mir zur Not die Hand.

Drauf ließ ich mich auf einer höhern Bühne
Gesichtern, voll von Ernst und tiefer Weisheit, sehn.

Ich blieb ein feines Weilchen stehn.
Sie sahn mich an, und machten eine Miene,
Als ob sie sich an mir schon satt gesehn.
Und ungeküßt mußt ich von dannen gehn.

Ich stellte mich nun vor die niedern Stände.
Hier warfen mir viel weiße Hände
Da einen Kuß, dort einen zu.
Ich ließ mein Auge lange fragen:
Ach, gutes Herz! wo wohnest du?
Allein man wollt es nicht, mich zu umarmen, wagen.
Und ich ging ganz betrübt auf meinen Schutzgeist zu,
Mein traurig Schicksal ihm zu klagen.
Indem, daß ich noch durch die Halle schlich,
Sah mich, in einem schlechten Kleide,
Ein liebes Mädchen an, und seht, sie küßte mich
Mit einer plötzlichen und unschuldsvollen Freude.
Und eh ich noch von ihr den dritten Kuß erhielt:
So fühlt ich schon die sel'gen Triebe
Der Redlichkeit und Menschenliebe
So stark in mir, als ich sie nie gefühlt.
Ein Mädchen, rief ich aus, an die die Welt kaum dachte,
Besitzt das beste Herz? Ich rief es, und erwachte.

Der Polyhistor

An jenem Fluß, zu dem wir alle müssen,
Es mag uns noch so sehr verdrießen,
An jenem Fluß kam einst ein hochgelehrter Mann,
Bestäubt von seinen Büchern, an,
Und eilte zu des Charons Kahn.
Willkommen! fing der Fährmann an,

Polyhistor: das Gegenbild des Gelehrten der Aufklärung; ein Vielwisser, der sich mit sinn- und zwecklosen Kleinigkeiten beschäftigt.
jenem Fluß / Charons Kahn: In der griechischen Mythologie setzte der Fährmann Charon die Schatten der Toten über den Fluß Acheron in den Hades über.

Indem er sich aufs Ruder lehnte,
Und bei dem Wort »Willkommen« herzlich gähnte,
Wer seid Ihr denn, mein lieber Mann?
Ein Polyhistor, sprach der Schatten,
Für den die Schulen Ehrfurcht hatten – –

Indem er noch vor Charons Kahn
Von seinen Sprachen sprach, von nichts als Stümpern redte,
Und von Quartanten schrie, die er geschrieben hätte,
Kam noch ein andrer Schatten an,
Mit einer demutsvollen Miene.
»Und wer seid Ihr, auch ein gelehrter Mann?«
Ich zweifle sehr, sprach er, ob ich den Ruhm verdiene.
Ich habe nichts als mich studiert,
Nichts als mein Herz, das mich so oft verführt,
Des Tiefe sucht ich zu ergründen,
Um meine Ruh und andrer Ruh zu finden;
Allein so viel ich immer nachgedacht,
Und so bekannt ich mich mit der Vernunft gemacht:
So hab ichs doch nicht weit gebracht,
Wie mich viel Fehler überzeugen.

Der Polyhistor hörts und lacht,
Und eilt, um in den Kahn zuallererst zu steigen.
Zurück! rief Charon ziemlich hart,
Ich muß zuerst den Klugen überfahren,
Kaum einer kömmt in hundert Jahren;
Allein an Leuten Eurer Art,
Die stolze Polyhistor waren,
Hab ich mich schon bald lahm gefahren.

Quartanten: Bücher im Quartformat; Sinnbild der verstaubten Buchgelehrsamkeit.

Die Nachtigall und der Kuckuck

Die Nachtigall sang einst ihr göttliches Gedicht,
Zu sehn, ob es die Menschen fühlten.
Die Knaben, die im Tale spielten,
Die spielten fort und hörten nicht.
Indem ließ sich der Kuckuck lustig hören,
Und der erhielt ein freudig Ach.
Die Knaben lachten laut, und machten ihm zu Ehren
Das schöne »Kuckuck« zehnmal nach.
Hörst du? sprach er zu Philomelen,
Den Herren fall ich recht ins Ohr.
Ich denk, es wird mir nicht viel fehlen,
Sie ziehn mein Lied dem deinen vor.

Drauf kam Damoet mit seiner Schöne.
Der Kuckuck schrie sein Lied. Sie gingen stolz vorbei.
Nun sang die Meisterin der zauberischen Töne
Vor dem Damoet und seiner Schöne,
In einer sanften Melodei.
Sie fühlten die Gewalt der Lieder.
Damoet steht still und Phyllis setzt sich nieder,
Und hört ihr ehrerbietig zu.
Ihr zärtlich Blut fängt an zu wallen;
Ihr Auge läßt vergnügte Zähren fallen.
O, rief die Nachtigall, da, Schwätzer, lerne du,
Was man erhält, wenn man den Klugen singt.
Der Ausbruch einer stummen Zähre
Bringt Nachtigallen weit mehr Ehre,
Als dir der laute Beifall bringt.

Philomelen: Philomele: mythologischer Name der Nachtigall.

Aus den *Vermischten Schriften*

1756

Beurteilungen einiger Fabeln aus den »Belustigungen«

Damit diejenigen Leser, die meine Fabeln in den »Belustigungen« immer noch für gut halten, prüfen können, ob ich recht habe, wenn ich nicht ihrer Meinung bin: so will ich drei derselben, die noch gar nicht die schlechtesten sind, wählen, und sie beurteilen. Ich hoffe, zu gleicher Zeit Anfängern in der Poesie einen Dienst zu tun, und sie an meinem Exempel zu lehren, wie sie ihre eignen oder ihrer Freunde Versuche beurteilen, und sich nicht sofort mit den Gedanken schmeicheln sollen, daß sie für die Welt schreiben können, weil sie schreiben können.

Die erste Fabel, die ich wählen will, um die Fehler, die darinne begangen sind, um das Müßige, Undeutliche, Weitläuftige und Gereimte zu zeigen, soll »Die Lerche« sein, weil ich dieses Stück, zu der Zeit, da ich es verfertiget, mit einer besondern Autorliebe betrachtet habe.

Die Lerche

1

Bei manches Morgens hellem Schimmer
Sang Damons Lerche froh bemüht,
Mit Schmettern durch das ganze Zimmer
Dem lieben Wirt ein Morgenlied.
Und ruhte nicht, bis daß ihr Klang
Das ganze Haus erfüllt durchdrang.

2

Einst lehnt ihr Damon zum Vergnügen
Das Türchen nicht beim Füttern an,

So, daß sie aus dem Bauer fliegen
Und in der Stube flattern kann.
Sie fliegt, und sang sie vormals sehr,
So sang sie itzt noch dreimal mehr.

3

Auch Vögeln ist die Freiheit lieber
Als Kerker, welche Gold umzieht.
Sie sitzt so, daß sie gegenüber
In Damons großen Spiegel sieht.
Sie sieht sich selbst, und meint dabei,
Daß dieses Bild die Schwester sei.

4

Sie stutzt und regt die kleinen Schwingen.
Bald will sie fort, bald bleibt sie hier;
Dann fängt sie schmetternd an zu singen.
Drauf öffnet Damon bald die Tür.
Da dringt der Schall im Augenblick
Aus dem gewölbten Saal zurück.

5

Sie läßt sich zwo Minuten stören;
Die Ehrsucht martert ihren Geist.
Sie meint die Schwester selbst zu hören,
Die ihr der falsche Spiegel weist.
Drauf läßt sie sich mit sich allein
Betrogen in den Wettstreit ein.

6

Sie singt aus ehrsuchtsvollem Grimme;
Sie zieht, sie trillert, mengt und paart
Der hellen Kehle starke Stimme
Auf hundert und auf tausend Art.
Umsonst ist ihre ganze Müh;
Stets singt das Echo so wie sie.

7

Noch läßt sie sich nicht kraftlos finden.
Sie singt, und will zu ihrer Pein
Eh sterben, als nicht überwinden,
Eh siegen, als am Leben sein.
Sie singt; allein zu ihrer Schmach;
Das Echo wacht, und tut es nach.

8

Drauf schießt sie bei dem letzten Zuge,
Die so betörte Sängerin,
Mit aufgebrachtem schnellen Fluge
Nach der verhaßten Freundin hin,
Und stößt sich in der Raserei
Am Spiegel Kopf und Hirn entzwei.

9

Hier trägt sie Damon aus der Stube.
O! spricht er, da er nachgedacht,
O! kämen die in eine Grube,
Die Ehr und Schatten umgebracht:
So würdest du wohl manchem Held,
Und manchem Weisen beigesellt.

Zuerst will ich die *Handlung* ausziehen. Eine Lerche singt oft ihrem lieben Wirte, dem Damon, früh ihr Morgenlied. Einst macht er ihr bei dem Füttern aus Gefälligkeit den Bauer nicht wieder zu, damit sie herausfliegen kann; und nun singt sie noch stärker, setzt sich gegen den Spiegel über, und sieht ihr eignes Bild für einen Nebenbuhler an. Sie singt. Damon öffnet darauf die Türe, und das Echo dringt aus dem gewölbten Saale in die Stube. Die Lerche glaubt also ihren Nebenbuhler im Spiegel zu hören, und läßt sich mit ihm in einen Wettstreit ein, bis sie endlich, da sie ihn nicht überwinden kann, in der Hitze nach dem Spiegel fliegt, und sich den Kopf zerstößt.

Die *Moral.* Wenn alle diejenigen, die der Ehrgeiz und ein Schatten umgebracht, sagt Damon, in eine Grube kämen, so müßtest du bei manchem Helden und Weisen liegen.

Die Handlung, an und für sich betrachtet, scheint das Anziehende zu haben, insoweit sie selten, unerwartet, und doch wahrscheinlich, und endlich ein sinnliches Bild des menschlichen Ehrgeizes ist: Betrachtet mit der Moral, scheint sie gewisse Züge oder Teile zu haben, davon man die Deutung nicht wohl einsehen kann. Die Lerche sieht sich selbst im Spiegel, und hält sich für eine fremde Lerche. Recht gut. Sie hört das Echo ihrer Stimme, und hält es für die Stimme ihres Nebenbuhlers. Auch gut. Die Lerche kann beides in der Fabel tun, weil sie es außer der Fabel zu tun scheint. Ich setze nunmehr einen ehrgeizigen Menschen an die Stelle der Lerche. Er sei ein Autor, ein Held, ein Staatsmann. Er glaubt, durch die Einbildung betrogen, daß er Nebenbuhler habe; diese zu übertreffen, strengt er seinen Ehrgeiz so lange an, bis er darunter erliegt. Ist alles richtig in dieser Vergleichung? Glaubt der Ehrgeizige nur Nebenbuhler zu haben, oder hat er sie nicht wirklich? Er hat sie; und wie der Tor immer noch einen größern Toren findet, der seinen Wert bewundert: so findet der Ehrsüchtige immer einen noch Ehrsüchtigern, der mit kleinern oder größern Kräften ihn zu übertreffen sucht. Also harmoniert die Fabel nicht genug mit der Moral; oder sie scheint ein Körper zu sein, der seiner Seele, der Moral, nicht genug angemessen ist. Was ist das Echo, das die Lerche für ihre eigne Stimme hält, in Ansehung des Ehrgeizigen? Das weiß ich itzt ebenso wenig, als ich es damals mag gewußt haben, da ich die Fabel entworfen. Wir wollen nunmehr die Stellungen der Handlung, oder die einzelnen Teile betrachten, aus denen sie zusammengesetzt ist. Ist alles, was vorgeht, so beschaffen, daß der Erfolg ohne dasselbe nicht wohl hätte geschehen können, oder daß die Erdichtung weniger anziehend geworden wäre? Es ist offenbar, daß teils müßige Teile vorhanden, teils die notwendigen mit Zieraten beschweret sind, welche sie nicht heben, sondern nur belästigen.

Warum muß die Lerche erst im Bauer sein? Warum muß ihr Damon zum Vergnügen die Türe offen lassen? Das erste deswegen, damit sie Damon herauslassen kann; und das andre deswegen, damit sie in dem Zimmer frei sitzen, und sich im Spiegel sehen kann. War das nötig in Ansehung des Erfolgs? Nein, sie durfte nur gleich frei im Zimmer sein, und dem Spiegel gegenüber sitzen. Dieses ist also der Punkt, wo die Handlung hätte anfangen sollen, damit sie die Kürze, die nötige Tugend der Erzählung, erhielte. Folglich sind beinahe die drei ersten Strophen müßig. Die andern Teile sind zwar notwendig, aber mit verschiednen kleinen Umständen beladen, welche das Stück nur erweitern, ohne es zu verschönern. Hieher gehört insbesondere die siebente Strophe.

Aus diesen Kritiken lassen sich die übrigen *von der Art zu erzählen* größtenteils schließen. Sie ist weitschweifig, und eben deswegen matt. Sie will sich durch eingeschaltete Beschreibungen beleben; aber diese Beschreibungen sind zu leer, und ermüden. Sie enthalten nichts als das ewige Gesinge der Lerche, das eben nicht schön beschrieben ist.

In der Schreibart selbst fehlt das Leichte, Freiwillige und Muntre. Braucht man noch zu fragen, warum die Fabel nichts taugt, wenn auch ihr Inhalt noch so gut wäre? Ist es nicht Fehler genug, ängstlich und gezwungen zu erzählen? Sie ist, wie viele andre aus den »Belustigungen«, in dem Versmaße der Ode erzählet. Ich will gern zugeben, daß diese Versart zuweilen von dem Inhalte, zumal von einem ernsthaften, oder dem man das Ansehen des Ernstes geben will, verlanget werden kann; und wir haben gute Exempel von dieser Art. Allein in den meisten Fällen verträgt sich der Zwang der Strophen, der sich immer gleichen Zeilen, der bestimmten Ruhepunkte in den Strophen, nicht mit den Tugenden der Erzählung. Man darf, um sich davon zu überzeugen, nur einen Versuch mit einer guten Fabel, die in freien Versen erzählet ist, machen, und sie in das Versmaß der Ode übertragen; wie bald wird man sehen, daß die besten Stellen verloren gehen, daß dieser Gedanke in einer längern Zeile gesagt sein will, daß er oft, wenn er nur ein Wort verliert, nicht mehr so natürlich oder scherzhaft klingt; daß selbst die Länge und Kürze der Zeilen bald den Nachdruck, bald die Anmut im Erzählen befördert! Und wo ist in der Strophe der Platz zu den Nebenbetrachtungen, zu einer kleinen im Vorbeigehen angebrachten Spötterei, zu gewissen Wiederholungen und andern kleinen Schönheiten der Erzählung?

Ich will den Beweis von den Fehlern der Schreibart nunmehr im Kleinen geben.

Erste Strophe. Bei manches Morgens; sehr hart und rauh. *Hellem Schimmer*; hell, ein überflüssiges Beiwort. »Die Lerche sang bei manches Morgens hellem Schimmer froh bemüht dem lieben Wirt ein Morgenlied.« Was heißt *froh bemüht*? Mit einer Mühe, die ihr zum Vergnügen ward? Es ist gezwungen, undeutlich, und dem Reime zum Besten gesagt. Eben dieses gilt auch von dem *Schimmer* des Morgens, der seine Existenz hier dem *Zimmer* zu danken hat. Das *Morgenlied* scheint mir hier auch nicht schön zu sein, ob es gleich gewiß ist, daß die Lerchen des Morgens am stärksten singen; man denkt dabei an das Abendlied. »Und ruhte nicht, bis daß ihr Klang das ganze Haus erfüllt durchdrang.« *Klang*; unnatürlich. Es sollte »Gesang« heißen. Was bedeutet hier *erfüllt*? Heißt es der Klang, der das ganze Haus erfüllt hatte, oder mit dem das ganze Haus war erfüllt worden? Setzt man das Partizipium in dem einem oder in dem andern Falle, nach dem Sprachgebrauche, so wie es hier steht? Niemals. Also ist es undeutlich, oder wider die Grammatik; und sollte *erfüllend* heißen, wenn ja ein Partizipium gebraucht werden mußte. Und wenn es beides nicht wäre: so ist es doch überflüssig, weil in dem Worte *durchdringen* das *Erfüllen* schon enthalten ist.

Zweite Strophe. »Einst lehnt ihr Damon zum Vergnügen das Türchen nicht beim Füttern an.« *Anlehnen* ist nicht der rechte Ausdruck, oder es sollte heißen: er lehnte es nicht *wieder an*; besser: er ließ die Türe offen. Aber so hätte der folgende Reim, *kann*, nicht bestehen können. »So, daß sie aus dem Bauer fliegen und in der Stube flattern kann.« Das *so, daß* ist sehr demonstriert, ist zu gezwungen, oder doch prosaisch. Wenn sie aus dem Bauer fliegt, so weiß ich schon, daß sie in der Stube flattern kann; und wenn sie das letzte tut, muß das erste geschehen sein. Ein Umstand ist überflüssig. »In der Stube flattern« sagt man auch nicht, sondern lieber *herumflattern*. »Flattern« soll hier ein lachender Ausdruck sein, tut aber keine gute Wirkung. »Und sang sie vormals sehr: so singt sie itzt noch dreimal mehr.« *Mehr* harmoniert mit dem *sehr* nicht, sondern mit dem Reime. Es sollte heißen: noch dreimal *stärker*. Die ganze Strophe ist prosaisch und gedehnt.

Dritte Strophe. »Auch Vögeln ist die Freiheit lieber als Kerker, welche Gold umzieht.« Diese Sentenz steht nicht an ihrem Orte. *Kerker* paßt zur *Freiheit* nicht gut. Es sollte »Sklaverei« heißen. *Sie sitzt so, daß*; prosaisch. *Damons großer Spiegel.* Wozu Damons? Kann der Spiegel jemanden anders gehören? Es wäre besser, der Spiegel hätte gar kein Beiwort. »Sie sieht sich selbst und meint dabei, daß dieses Bild die Schwester sei.« *Meint dabei*; gezwungen und gereimt. *Dieses Bild*; was für ein Bild? Es ist ja noch keines dagewesen, auf welches *dieses* gehen könnte. Also ihr eignes Bild, oder das sie itzt sieht. *Die Schwester.* Warum Schwester? War es eine Sie? und war die singende Lerche auch eine Sie? Überhaupt ist der Familienname »Schwester« hier nichts Artiges, denke ich.

Vierte Strophe. »Sie stutzt und *regt*«, vermutlich *bewegt*, »die kleinen Schwingen.« *Klein* ist hier ein sehr überflüssiges Beiwort. *Bald will sie fort*; wohin? *Bald bleibt sie hier.* Es sollte wohl heißen: Bald will sie auffliegen, bald hält sie sich wieder zurück. *Drauf öffnet Damon bald*; »bald« ist geflickt. *Die Tür*, statt der »Türe«, da die folgende Zeile sich mit keinem Vokale anfängt, wie hart! »Da dringt der Schall im Augenblick aus dem gewölbten Saal zurück.« *Da* ist hier prosaisch. *Im Augenblick* scheint gereimt zu sein. *Aus dem gewölbten Saal*; ist dieser Saal ein Vorsaal? Vermutlich. Und warum öffnet Damon die Türe zum Saale? Die Lerche hätte ja davonfliegen können?

Fünfte Strophe. »Sie läßt sich *zwo Minuten* stören.« Aber warum nicht mehr, nicht weniger Minuten? Ist zu arithmetisch bestimmt. »Die Ehrsucht martert ihren Geist.« Der *Geist* der Lerche, vielleicht auch das *Martern*, ist sehr poetisch und gezwungen. »Sie meint die Schwester selbst zu hören.« *Die Schwester*; weg damit! *Selbst* ist überflüssig und nur des Versmaßes wegen da. »Die ihr der falsche Spiegel weist.« Der *falsche* Spiegel, weil er die Einbildung der Lerche betrog, kann poetisch richtig sein; allein ein falscher Spiegel heißt auch so viel als ein Spiegel, der den Gegenstand nicht getreu darstellt. »Drauf läßt sie sich mit sich allein betrogen in den Wettstreit ein.« *Drauf* ist kurz vorher da gewesen. *Betrogen*; dieses Partizipium steht hier an keinem guten Orte, und verursacht eine Dunkelheit. *In den Wettstreit*; nicht *den*, sondern *einen*; ist wider die Sprache.

Sechste Strophe. »Sie singt aus ehrsuchtsvollem Grimme.« *Grimm* scheint zu viel für das Singen einer Lerche zu sein. Vor Grimme nach dem Spiegel fliegen, dieses würde man eher sagen. »Sie zieht, sie trillert, mengt und paart der hellen Kehle starke Stimme, auf hundert und auf tausend Art.« Diese drei Verse betrügen auf dem ersten Anblick, und scheinen harmonisch zu sein. *Sie zieht und trillert*; gehen diese Worte auch auf die Stimme? Sie zieht und trillert die Stimme; das kann wohl nicht sein. Aber sie stehen doch so, und also sind es ambigue dicta. *Sie mengt die Stimme der Kehle und paart sie.* Wie kann ich eine Stimme mengen? Töne möchten wohl gemenget werden können; und doch wollen mir die gemengten und gepaarten Töne *auf hundert und tausend Art* gar nicht gefallen. Man sagt »auf hunderttausend oder tausenderlei Art« im gemeinen Leben; und wenn dieses richtig ist, so ist es doch ganz prosaisch. Der Poet muß sich von der Prosa zu entfernen wissen, auch da, wenn er den niedrigsten Stil redet.

Le Stile le moins noble a pourtant sa noblesse.

Siebente Strophe. Noch läßt sie sich nicht kraftlos finden; ist gezwungen gesagt. Es soll heißen: dennoch fährt sie herzhaft

ambigue dicta: (lat.) zweideutige Ausdrücke.
Le Stile … sa noblesse: (frz.) »Der schlichteste Stil ist dennoch von Adel.« (Nicolas Boileau-Despréaux, *L'art poétique*, 1. Gesang, Vers 30.)

fort. *Sie singt und will zu ihrer Pein eh sterben, als nicht überwinden, eh siegen, als am Leben sein.* Sehr heroisch von der Lerche. Aber worauf geht das *zu ihrer Pein*? Auf das Sterben? Sie will also zu ihrer Pein sterben? Sehr fremd geredt. Dem einzelnen Worte *singen* sollte nicht die Redensart entgegengesetzt stehen *am Leben sein*, sondern *leben*. Es ist natürlicher und verhältnismäßiger. Wer sieht nicht, daß die Reime *Pein* und *sein* wider das Natürliche dieser Stelle sich empört haben? Aber der Reim ist der Sklav, und der Poet der Herr.

La Rime est une esclave, & ne doit qu'obéïr.

»Sie singt; allein zu ihrer Schmach.« *Schmach* ist nicht das richtige Wort; Schande, Verdruß, Schimpf, oder so etwas. »Das Echo wacht«; *wacht* ist unnatürlich. »Und tut es nach«; *tut* ist platt; warum nicht: spricht, singt u. dgl.?

Achte Strophe. »Drauf schießt sie bei dem letzten Zuge, die so betörte Sängerin, mit aufgebrachtem schnellen Fluge nach der verhaßten Freundin hin.« *Drauf*, schon wieder! *Bei dem letzten Zuge*; was ist das für ein Zug? Der Zug des Atems; oder steht »Zug« statt »Ton«? Und was heißt der *letzte* Zug? Soll es heißen: indem sie den letzten Ton singt, schießt sie nach dem Spiegel? Wer wird so erzählen? *Die betörte Sängerin*; *betört* ist kein gewähltes Wort. »Mit schnellem Fluge« kann man sagen, aber wohl nicht ohne Gewaltsamkeit »mit *aufgebrachtem* schnellen Fluge«. Die *verhaßte Freundin* ist langweilig, und wie das *hin* nicht notwendig; und woher war sie eine Freundin von ihr? Sie sah sie ja itzt zum erstenmale. Das Oxymoron *verhaßte Freundin* ist also hier ein Spielwerk. »Und stößt sich in der Raserei am Spiegel Kopf und Hirn entzwei.« In der *Raserei*; wer wird dies von der Lerche sagen? Sie ist ja kein Tiger. In der Hitze stößt sie sich also am Spiegel *Kopf und Hirn* entzwei. Erstlich *Kopf*; es muß notwendig »*den* Kopf« heißen. Alsdenn *Hirn* für »Gehirn« ist unerträglich. Und warum muß sich die arme Lerche den Kopf und

La Rime … ne doit qu'obéïr: (frz.) »Der Reim ist ein Sklave und hat bloß zu gehorchen.« (Boileau, *L'art poétique* 1,30.)

auch das Gehirn entzwei stoßen? Ich dächte, das erste wäre genug gewesen. Das Gehirn ist unnötig, und erweckt einen ekelhaften Begriff. Endlich sagt man nicht *sich das Gehirn entzwei stoßen.*

Neunte Strophe. »Hier trägt sie Damon aus der Stube.« Wozu wird das Leichenbegängnis erwähnt? Um auf die *Grube* einen Reim zu haben? Warum trug sie Damon aus der Stube? Warum warf er sie nicht zum Fenster hinaus? Müßiger Umstand! *O! spricht er, da er nachgedacht.* Er muß also erst nachdenken, ehe er seinen Sittenspruch findet? Wäre es nicht natürlicher, er fiele ihm gleich ein? *O! kämen die in eine Grube.* Das doppelte *O!* scheint mir zu wichtig für diesen Fall zu sein. Aber wem sagt er diese Betrachtung? Sich selber, oder sind Leute um ihn? Sollte Damon so figürlich mit sich selbst reden? Das ist nicht wahrscheinlich. Genug er sagt: »O kämen die in eine Grube, die Ehr und Schatten umgebracht, so würdest du wohl manchem Held und manchem Weisen beigesellt.« Was bedeutet *Schatten*? Den eigentlichen Schatten in Ansehung der Lerche, und den figürlichen in Ansehung des Helden und Weisen; ist also zweideutig. »Manchem *Held*« ist wider die Grammatik; manchem *Helden. Beigesellt*, lieber *zugesellt*; wiewohl auch dieses Wort noch nicht das bequemste ist. Die ganze Betrachtung ist zwar die Hauptmoral; aber durch eine gute Wendung wollte man sie doch nur im Vorbeigehen anbringen; und dafür sollte sie natürlicher und nicht so spitzfindig gesagt sein.

Dieses sind also die Fehler in Absicht auf die Kürze, die Deutlichkeit der Erzählung, und die nötige Wahl der Sprache. Und wo sind denn nun die Eigenschaften der dritten Tugend der Erzählung, nämlich der Anmut?

Ich hätte noch viel mehr sagen können, wenn ich strenger hätte kritisieren wollen. Indessen wird dieses hinlänglich sein, den Geschmack und die Beurteilungskraft der Anfänger zu schärfen, und diejenigen Leser, welche meine Fabeln in den »Belustigungen« immer noch für gut, und mich für eigensinnig gehalten haben, weil ich sie nicht habe herausgeben wollen, zu belehren, daß sie zu flüchtig, und darum zu günstig von diesen Arbeiten geurteilet. Dieses gilt auch von den folgenden beiden Fabeln. Sie können mit ihren Anmerkungen ein Beweis sein, daß ich sie aus Hochachtung für das Publikum und den Geschmack nicht habe sammeln wollen. Sie waren mir zu der Zeit, da ich sie schrieb, leicht zu vergeben; und es ist ein weit größerer Fehler, daß ich sie damals habe drucken lassen, als daß ich sie nicht besser gemacht habe.

Der Schäfer und die Sirene

Ein Schäfer aus der göldnen Zeit,
Ein Thyrsis im Arkaderlande,
Trieb öfters nach des Meeres Strande,
In ruhiger Gelassenheit.
Sein treuer Hund war sein Gehilfe,
Ein kirres Lamm war seine Lust,
Und außer einem Rohr von Schilfe
Ihm weiter kaum ein Glück bewußt.

Er kannte weder List noch Feind,
Und schlief vergnügt auf seiner Matte;
Er wünschte nichts, als was er hatte,
Und war sich selber Glück und Freund.
Ihn rührten keine Schäferinnen;
Gefiel ihm eine bei dem Spiel:
So konnte sie nichts mehr gewinnen,
Als daß sie ihm einmal gefiel.

Doch seiner Ruhe droht Gefahr!
Das Meer zeigt ihm die beste Schöne;
Er wird die nackende Sirene
Mit nie gefühlter Lust gewahr.
Er steht, und will nicht stehen bleiben;
Er sieht, verliert den freien Sinn,

kirres: zahmes.

Will abwärts mit der Herde treiben,
Und treibt nur mehr ans Ufer hin.

Zwo blauer Augen Blick und Zug,
Die schmachtend voller Wollust brannten,
Sich nach dem Angriff zaghaft wandten,
Als hätten sie nicht Mut genug;
Halb stolze, halb verschämte Mienen,
In denen Ernst, Gefahr und Lust
Einander zu begegnen schienen,
Durchdrangen unsers Schäfers Brust.

Vom runden Kinne bis zur Hand,
Von weißen Hüften bis zur Stirne,
Entzückt ihn diese Wasserdirne,
An der er tausend Anmut fand.
Nie wird sie reizend gnug beschrieben;
Der beste Riß bleibt ein Versuch.
Kurz: Sie zu sehn und nicht zu lieben,
War, wie man sagt, ein Widerspruch.

Der gute Schäfer steht zerstreut,
Vergißt sich selbst und seine Herden,
Und klagt mit ängstlichen Gebärden
Der Schönen seine Zärtlichkeit.
Dich, rief das Kind, kann ich erhitzen?
Ich soll an deiner Seite ruhn?
Ja, Freund, du sollst mein Herz besitzen,
Erbitte mich nur vom Neptun.

Der Schäfer ruft zum Gott der See:
Ein Opfer von zwo feisten Ziegen
Soll dich, Neptun, sogleich vergnügen,
Wofern ich nicht vergebens fleh.
Dir, spricht Neptun, mein Kind zu geben?
O spare Seufzer, Wunsch und Harm!
Ich gäbe dir und deinem Leben
Ein ewig Unglück in den Arm.

Der arme Thyrsis seufzt und weint,
Und klagt mit manchem bangen Schalle
Sein Leid dem nahen Widerhalle,
Bis wiederum Neptun erscheint.
Gut, spricht Neptun, du gleichst den Knaben;
Dich blendet eine Scheingestalt.
Gut, gut, du sollst dein Unglück haben;
Denn du verlangst es mit Gewalt.

Die Nacht befördert Thyrsis' Ruh,
Neptunus gibt ihm die Sirene.
Der Schäfer trägt die nasse Schöne
Entzückt nach seiner Hütte zu.
Er weiß sein Glück kaum gnug zu schätzen,
Sein mattes Herz wird wieder frisch.
Der Tag erscheint. O, welch Entsetzen!
Sirene war halb Mensch, halb Fisch.

O Fabel! meinst du nicht die Welt,
Die früher liebt und eher brennet,
Als sie das Kind zur Hälfte kennet,
Das Aug und Wahn für göttlich hält?
Man liebt der Schönen Mund und Stirne,
Bis der verborgne Fisch uns schreckt,
Ihr eitles Herz, ihr leer Gehirne
Die Fehler unsrer Wahl entdeckt.

Auch diese Erzählung hat viel Müßiges, viel Mattes, und einen gewissen Firnis, der das Auge blendet. Ein arkadischer Schäfer sieht eine Sirene auf der See, verliebt sich in sie, hält bei dem Neptun um sie an, und bekömmt sie. Dies sind die Hauptteile der Erzählung, welche die Deutlichkeit befiehlt, und die Kürze billiget. Diese Teile sollen nun ausgebildet und verschönert werden, damit sie, gleich als auf dem Gemälde, genug ins Auge fallen, jedes nach seinem Bedürfnisse, nach der Wahrscheinlichkeit; aber auch nach der Hauptabsicht. Der Schäfer, die erste Person der Handlung, was will man von ihm wissen? Wie ruhig und zufrieden er mit seinem Stande war? Nein, man will ein Zuschauer von der Begebenheit sein, wie er die Sirene erblickte, und sich in sie verliebte. Wäre also die Beschreibung von seiner schäferischen Zufriedenheit auch noch so schön: so würde sie doch eben deswegen wieder nicht gut sein, weil sie hier nicht nötig war, von der Sache, die vorging, nicht befohlen wurde, und die Aufmerksamkeit zu lange auf sich zog.

Que jamais du sujet, le discours s'écartant,
N'aille chercher trop loin quelque mot éclatant.*

Die zweite Hauptperson ist die Sirene. Was will man von dieser wissen? Wie schön sie war? Ja; aber unter der Bedingung, daß die Beschreibung unsre Erwartung übertreffen, daß sie nicht alltäglich sein, daß sie nicht durch ihre Länge einschläfern muß. Die eingeschaltete Beschreibung der Sirene ist nicht neu; sie ist lang und starr. Ihr Verhalten bei der Liebeserklärung des Schäfers ist das Merkwürdigste, was man wissen will, und worauf man, wenn man von so einer Handlung ein Zuschauer wäre, am meisten acht haben würde. Dieses Verhalten würde sich durch ihre Mienen und Gebärden, durch ihre kleinen Listen, daß sie täte, als merkte sie den Schäfer nicht, daß sie sich auf der See mit einer gewissen angenommenen Sorglosigkeit etwas zu tun machte, daß sie bald ihre Locken zurückschlüge, bald im Schwimmen ihrer Schönheit eine neue Anmut gäbe, und endlich dadurch offenbaren, daß sie mit ihm so redte, daß er hoffen und fürchten müßte, um ihn desto gewisser zu fesseln. Dieses Gemälde, weil es Handlung enthielte, würde einnehmender sein als die tote Beschreibung ihrer Augen, ihrer Stirne, ihrer weißen Schultern; würde aus der Materie selbst entsprossen sein, und

* Boileau A. P. Ch. I v. 180.

Que jamais … mot éclatant«: (frz.) »Nie darf die Darstellung vom Thema abweichen, nur um irgendein auffälliges, weit hergesuchtes Wort aufzunehmen.« (Boileau, *L'art poétique* 1,181 f. Die Übersetzung dieser und der folgenden Textpassagen aus Boileaus Buch ist der von Ute und Heinz Ludwig Arnold besorgten zweisprachigen Ausgabe Stuttgart: Reclam, 1967, entnommen.)

nichts als Wahl und Feinheit erfodern. Auf diese Weise hätten die beiden Hauptgegenstände der Erdichtung schön gezeigt werden können; und so hätte zugleich die Erzählung, anstatt der ernsthaften Miene, die ihr nicht läßt, die lachende und muntere, die sie verlangt, bekommen können. Der Teil der Handlung, da der Schäfer den Neptun bittet und wieder bittet, ist in der Fabel mit kleinen Umständen beschweret, die nicht einnehmen. Man will wissen, ob der Schäfer die Sirene bekommen wird; aber man will es bald wissen. Wie es uns in der Natur als Zuschauern würde beschwerlich gewesen sein, wenn der Schäfer und Neptun ein langes Gespräch miteinander gehalten, und unsrer Neugier Gewalt angetan hätten: so wird es auch in der Nachahmung beschwerlich. Und das heißt eben Geschmack, stets das Gehörige, das Beste zu wählen, nicht zu viel, nicht zu wenig, und doch das zu sagen, was das Vorzüglichste war. Ich will es zugeben, daß die Erzählung hin und wieder einige feine Züge hat. Aber wie wenig ist das, wenn die Hauptschönheit fehlt?

> C'est peu qu'en un Ouvrage, où les fautes fourmillent,
> Des traits d'esprit semés de tems en tems petillent.
> Il faut que chaque chose y soit mise en son lieu;
> Que le début, la fin, répondent au milieu;
> Que d'un art délicat les pièces assorties
> N'y forment qu'un seul tout de diverses parties.*

Dieses gilt von jedem Werke des Geschmacks, und von der kleinen Fabel sowohl als von der größern; ja von der kleinen um desto mehr, je geschwinder der Fehler an einem kleinen Werke in die Augen fällt. Den Fehler, daß der Schäfer nicht

* Ebendas. V. 175.

läßt: steht.

C'est peu … parties: (frz.) »Es genügt nicht, wenn in einem Werk, das von Fehlern wimmelt, die dort ausgebreiteten Einfälle zuweilen von Witz sprühen; jedes Ding muß darin an seinem Platz stehen, Anfang und Ende müssen zum Mittelteil passen; in einem Werk von feinsinniger Kunst müssen die zusammengehörigen Stücke ein einziges Ganzes aus verschiedenen Teilen bilden.« (Boileau, *L'art poétique* 1,175–180.)

eher als am Morgen sieht, wer seine Sirene war, will ich nicht tadeln, da er schon so lange von andern ist getadelt worden.*

Die Erzählung leidet mehr als eine Moral, nachdem sie gewendet wird. Man kann sagen: Eine Schöne, die vor der Hochzeit eine Göttin war, ist nach derselben oft ein schönes Ungeheuer. Man kann sagen: Wir treffen die Wahl bei unsrer Liebe sehr übereilt; wir sehen auf den äußerlichen Reiz, und untersuchen nicht, ob unter ihm nicht ein böses Herz verborgen liege. Man kann die Moral von einer andern Seite nehmen und sagen: Wenn uns die Götter stets unsre Wünsche gewährten, so gewährten sie uns nicht selten unser Unglück. Oder: unsre liebsten Wünsche sind oft die größten Torheiten. Diejenige Deutung wird die beste sein, die am natürlichsten aus der Erzählung fließt, und die zugleich ihres innern Wertes wegen die andern übertrifft. Es ist wahr, der Liebhaber führt oft in seiner Braut, übereilt durch seine Wahl, betrogen durch die Augen und Einbildung, ein verkleidetes schönes Untier nach Hause. Aber so wahr es sein mag, so würde ich doch diese Bedeutung der Fabel nicht wählen; entweder weil es zu wahr ist, oder weil es ebenso wahr ist, daß sich die Liebhaberinnen mit ihren Liebhabern oft nicht weniger betrügen. Es scheint mir also eine Art der Ungerechtigkeit in dieser Klage enthalten zu sein. Die Deutung, daß nach der Hochzeit aus der angenehmen Braut bald eine kleine Furie wird, scheint mir mit der Erzählung nicht genau übereinzustimmen, wenn man dem Schäfer nicht ein förmliches Beilager andichten will. Es würde folglich nach meinem Geschmacke die letzte Moral die vorzüglichste sein, nämlich daß unsre feurigsten Wünsche im Grunde oft Torheiten sind.

* Der Engländer *Denis* (s. »Select Fables by Mr. Charles Denis«, London 1754, auf der 203. S.) hat eben diesen Fehler begangen. Er sagt von dem Schäfer:

And now possest of all her charms,
He thinks himself the happiest man in life:
But oh! at morn he found within his arms
A monster for a wife.

And now ... a wife: (engl.) »Berückt von allen ihren Reizen, glaubt er, der Glücklichste zu sein auf Erden. Doch ach! am Morgen liegt in seinen Armen ein Ungeheuer statt der Frau.«

Ich komme nunmehr zu den Anmerkungen über den Ausdruck und Ton der Erzählung. Sie ist wieder in dem Versmaße der Ode abgefaßt, und um wohlklingende Strophen zu machen, habe ich das Freie und Natürliche im Erzählen vernachlässiget.

Erste Strophe. »Ein Schäfer aus der göldnen Zeit, ein Thyrsis im Arkaderlande«; die zweite Zeile ist müßig, und das »ein *Thyrsis*«, das dialogisch schön sein soll, eben nicht schön. Würde man gern in Prosa erzählen: Ein Schäfer, ein Thyrsis in Arkadien, trieb öfters – ? Gibt es außer Arkadien auch Thyrsis? Oder dichten wir unsre Schäfer, wenn wir welche schaffen, nicht in dieses Land hinein, oder aus ihm heraus? Will man sagen: es kann ja wohl in Arkadien viele Thyrsis geben; nun so heißt ein Thyrsis, der Bedeutung nach, nichts mehr als ein Schäfer, und dies steht in der ersten Zeile. *Im Arkaderlande*; nicht gut gesagt, so wie man nicht sagen würde »im *Sizilerlande*«. Kurz, man erinnert sich bei dem Arkaderlande an das alte Lied »Der tapfre Fürst im Bayerlande«. »In ruhiger Gelassenheit.« Dieser Vers ist sehr nachgeschleppt; er sollte in den Gedanken hineingeschoben sein, und also vor dem »Meeresstrande« stehen. *Gelassenheit* ist zu wenig: »Zufriedenheit« sollte das Wort sein. Durch das Wort *ruhig* wächst die Idee der Gelassenheit oder ihr Nachdruck nicht. Überhaupt ist »Gelassenheit« nicht das rechte Wort. »Sein treuer Hund war sein Gehilfe usw.« Diese vier Zeilen, und die nächstfolgenden viere aus der andern Strophe sind ein Zierat, der nicht zur Sache gehört. Der Schäfer mochte das sein und haben oder nicht, was in dieser Beschreibung steht: so konnte er sich doch allemal in die Sirene verlieben. Endlich setzt man voraus, daß ein arkadischer Schäfer ein zufriednes Geschöpf ist; man muß es daher nicht weitläuftig erweisen, sondern nur im Vorbeigehen erwähnen, wenn es nicht die Absicht der Materie besonders befiehlt. Es mag also diese Beschreibung, einzeln betrachtet, noch so gut sein: so ist sie es hier doch deswegen nicht, weil sie nicht das Bedürfnis des Stücks, sondern des Poeten ist, der seine Geschicklichkeit im Beschreiben ohne Ruf hat wollen sehen lassen; das heißt

Quintilian »lasciviam ingenii«, wenn er den Ovid von dieser Seite her tadelt. Was überflüssig ist, ist allemal verwerflich, wenn es auch noch so schön wäre; und diese Beschreibung ist unstreitig überflüssig und zu lang.

——— Recideret omne quod ultra
Perfectum traheretur ———

sagt Horaz* vom Lucil, wenn er wieder aufstehen und seine Gedichte verbessern sollte. Endlich verrät das *Rohr von Schilfe* den Reim zu sehr. »Er kannte weder List noch Feind.« Das versteht sich. In Arkadien betrügt und verfolgt man sich nicht. »Er schlief vergnügt auf seiner Matte«: ist wenig gesagt. »Er wünschte nichts, als was er hatte.« Diese Beschreibung würde genug zu dem Charakter des Schäfers gewesen sein, wenn sie richtiger gesagt wäre. »Und war sich selber Glück und Freund.« Was soll *Freund* hier heißen? Er liebte sich selbst am meisten? Nein, und also dieses: er brauchte und suchte keine Freunde. Das ist wider die Natur, und also auch wider die Natur der Schäfer. Thyrsis wäre ein Anachoret und kein Schäfer gewesen, wenn dieser Umstand wahr sein könnte.

Dritte Strophe. »Doch seiner Ruhe droht Gefahr! Das Meer zeigt ihm die beste Schöne.« Das Beiwort *beste* ist matt. »Er wird die nackende Sirene mit nie gefühlter Lust gewahr.« *Mit nie gefühlter Lust*; worauf bezieht sich diese Lust? Überhaupt auf alle seine Lust, die er je empfunden? Oder soll er sonst schon die Sirene gesehen, und nie so viel bei ihrem

* L. I. Sat. 10. und Boileau A. P. Ch. I. v. 61.

Tout ce qu'on dit de trop est fade & rebutant:
L'esprit rassassié le rejette à l'instant.

lasciviam ingenii: Quintilian spricht nur von »lascivia«. Gemeint ist die Tändelei eines nicht durch Muster und Regeln gezügelten Talents.
Recideret ... traheretur: (lat.) »Er würde alles wegschneiden, was über das Maß des Vollkommenen hinausgeht.« (Horaz, *Satiren* 1,10,69 f.)
Anachoret: Einsiedler.
Tout ce qu'on dit ... à l'instant: (frz.) »Alles, was zuviel gesagt wird, ist reizlos, ja abstoßend, denn ein gesättigter Geist verwirft es im Nu.« (Boileau, *L'art poétique* 1,61 f.)

Anblicke empfunden haben? Es ist also zweideutig; redarguet ambigue dicta. *Er verliert den freien Sinn*, anstatt »seine Freiheit«, ist gezwungen und unrichtig.

Die *vierte* und *fünfte Strophe* enthalten wiederum eine gedehnte Beschreibung der Sirene. »Zwo blauer Augen Blick und Zug, die schmachtend voller Wollust brannten, sich nach dem Angriff zaghaft wandten, als hätten sie nicht Mut genug.« *Zwo blauer Augen*; nicht *zwo*, sondern *zwei*. Sagt man: Doris hat zwei schöne blaue Augen? Kann sie derselben wohl mehr oder weniger haben? Ein Paar blaue Augen, ja, das spricht man. Der *Blick* und *Zug* dieser blauen Augen *durchdrangen die Brust* des Schäfers. Was ist der *Zug* der Augen? Soll es das Anziehen heißen, so ist es erbärmlich gesagt. Und wie kann das Anziehen der Augen die Brust durchdringen? Ich mag wohl nicht viel dabei gedacht haben, sonst würde mehr Klarheit in dem Ausdrucke sein.

> Ce que l'on conçoit bien, s'énonce clairement,
> Et les mots, pour le dire, arrivent aisément.*

Diese Augen brannten voller Wollust; gut. Sie brannten schmachtend voller Wollust. Geht *schmachtend* auf »voller Wollust« oder bezieht es sich auf Brennen? – »Sich nach dem Angriff zaghaft wandten, als hätten sie nicht Mut genug.« Erst sind die Augen Flammen, nun werden sie sogleich Streiter. »Halb stolze, halb verschämte Mienen, in denen Ernst, Gefahr und Lust einander zu begegnen schienen.« Welches Gemälde der Mienen! Halb stolz, halb verschämt, dies läßt sich denken, und also auch malen. In diesen Mienen ist über den Stolz und die Verschämtheit erstlich *Ernst*. Was heißt »Ernst« hier? Eine ernsthafte Miene? Diese ist schon im

* Ebendas. V. 153.

redarguet ambigue dicta: vermutlich ein freies Zitat nach Horaz, *De arte poetica* 445–449: »Vir bonus et prudens [...] arguet ambigue dictum« (»Wer wohlmeinend und bedacht urteilt, [...] wird den zweideutigen Ausdruck verwerfen«).
Ce que l'on conçoit ... aisément: (frz.) »Was man gut begriffen hat, kann man verständlich ausdrücken, und die Worte, es auszusprechen, kommen dann wie von selbst.« (Boileau, *L'art poétique* 1,153 f.)

Stolze. Oder heißt *Ernst*, weil »Gefahr« darauf folgt, gar so viel als *Mut*? Oder ist es dem Scherze entgegen gesetzt, und heißt also: es war den Mienen ein Ernst, den Schäfer zu rühren? Das weiß ich nicht, und mag es auch nicht wissen. In diesen Mienen begegnen also erst der *Ernst*, und dann die *Gefahr*, und auch die *Lust* einander. Was ist *Lust*? Heißt es »Freude, Vergnügen, Reiz« oder »Wollust«? Vermutlich das letzte? Und wie begegnen denn nun diese personifizierten Begriffe einander? *Brust*, anstatt »Herz«, ist sehr hoch bei dieser Gelegenheit, und *durchdringen* ist eben nicht schön. Ihre Blicke, ihre Mienen durchdringen meine Brust. Hört man keinen Zwang bei diesem Ausdrucke? Diese *Wasserdirne*, ein garstiges Wort, des Reims wegen herbeigezogen, »entzückt ihn vom runden Kinne bis zur Hand, von weißen Hüften bis zur Stirne.« Nicht viel Idee, und sehr viel Worte. So verliert sich unter der Menge von Blättern eine unreife Frucht. Warum fängt die Beschreibung vom Kinne an zu visieren, bis auf die Hand? Man sagt »vom Haupte bis zum Fuße«, und »vom Fuße bis zum Haupte«, weil dieses die äußersten Teile sind, die einander entgegen stehen; aber das Kinn und die Hand sind es nicht. Das Kinn, insoweit es bloß rund ist, ist eben noch nicht schön; ich kann ebensowohl »der runde Arm« sagen. Da das Kinn ein Beiwort hat, warum es den Schäfer entzückt: so sollte die Hand ebenfalls ein Beiwort, oder eine kleine Erhöhung haben. »Von weißen Hüften bis zur Stirne.« Erstlich fehlt der Artikel *den*, »von *den* weißen Hüften«, der nach den Sprachgesetzen hier durchaus nicht fehlen kann. Ferner ist das Beiwort *weiß* wieder kein ausdrückendes eigentümliches Beiwort. Sind nur die *Hüften* weiß? Nicht auch die Hand und die Stirne? Endlich sollte die Stirne ebenfalls ein Beiwort haben, wie die Hüften eins hatten. Die Hüften und die Stirne stehen in keinem Verhältnisse, und das Wort »Hüften« ist wider den willkürlichen Wohlstand. »An der er tausend Anmut fand.« Nachdem schon die Wirkung, *das Entzücken*, vorhergegangen, kömmt endlich die Ursache hintennach geschlichen, daß er tausend Anmut an der Schönen fand. Überdieses ist das *finden* und das *tausend* sehr prosaisch.

»Nie wird sie reizend gnug beschrieben.« Das sieht man aus der Beschreibung selber. »Der beste Riß bleibt ein Versuch.« *Riß* für »Abriß, Abbildung«; nicht gut. *Versuch*; es sollte hier unstreitig heißen »unvollkommnes Gemälde, Schattenwerk« u. dgl. Beide Verse stehn der folgenden wegen da: »Kurz, sie zu sehn und nicht zu lieben, war, wie man sagt, ein Widerspruch.« Kann ich sagen: Ich sah das Frauenzimmer, sie war außerordentlich schön, und es war ein Widerspruch, sie zu sehn und nicht zu lieben? Oder würde man nicht sprechen: und es war mir unmöglich, sie zu sehen und nicht zu lieben? Im Präsenti kann der Ausdruck richtig sein: sie zu sehen und nicht zu lieben, widerspricht sich; und doch würde ich nicht sagen: ist ein Widerspruch, lieber: etwas Widersprechendes.

Sechste Strophe. »Der gute Schäfer steht zerstreut, vergißt sich selbst und seine Herden.« Erst die *Herden*, und dann *sich*. Wenn ich mich vergesse, so ist es nichts Neues, daß ich das vergesse, was um mich herum ist. »Und klagt mit ängstlichen Gebärden der Schönen seine Zärtlichkeit.« *Ängstlich* ist zu hoch getrieben; und ängstliche Gebärden rühren auch nicht sehr. Warum nicht lieber *schüchterne, furchtsame Gebärden*? Diese sind der geschwinden Liebe eigen. »Dich, rief das Kind, kann ich erhitzen?« Was für ein *Kind*? Die Sirene? Die Schöne also, oder das schöne Kind, und nicht das Kind allein. *Kann ich erhitzen* ist sehr romanmäßig; ebensowohl als das *an deiner Seite ruhn*. Der Schäfer hat ja noch nicht gesagt, daß sie an seiner Seite ruhn soll; warum ist sie so voreilig? Sollte eine Sirene nicht schlauer antworten? Ich dächte es.

Siebente Strophe. »Der Schäfer ruft zum Gott der See: Ein Opfer von zwo feisten Ziegen.« Warum *feist* und nicht »fett«? und warum ein Opfer von *Ziegen*? Opfern etwan die Schäfer dem Neptun eingeführtermaßen Ziegen, oder werden ihm nicht vielmehr Stiere und Pferde geopfert? Und warum *zwo*? »Soll dich, Neptun, sogleich vergnügen.« Das *sogleich* ist sehr pünktlich, kontraktmäßig, und verrät eine große Meinung von seinem Opfer; und das *vergnügen* ist sehr gezwungen, und wegen der *Ziegen* aufgesucht. »Wofern ich nicht vergebens fleh«; klingt zu drohend. »Dir, spricht Neptun, mein Kind zu geben?« Neptun redet hier wie ein guter ehrlicher Bürger. Ist Sirene seine Tochter? »O spare Seufzer, Wunsch und Harm.« In dieser Zeile drückt sich Neptun poetischer aus. Er redet in der Figur, die man Gradation oder Kumulation nennt; aber sie ist ihm nicht recht geglückt. Spare deine Seufzer und deine Wünsche, hätte er sagen können; aber spare deinen *Harm*, dies hat er des Reims wegen gesagt, sonst würde er das undialogische Wort nicht gebraucht haben. »Ich gäbe dir und deinem Leben ein ewig Unglück in den Arm.« Daß er ihm das Unglück in den Arm gäbe, wäre schon genug; aber *seinem Leben* in den Arm, da hat Neptun gar nichts gesagt.

»Der arme Thyrsis seufzt und weint.« Tränen möchte Thyrsis wohl vergießen, nur nicht *weinen*. »Und klagt mit manchem bangen Schalle sein Leid dem nahen Widerhalle, bis wiederum Neptun erscheint.« *Mit manchem bangen Schalle* ist gereimt und hart. *Dem nahen Widerhalle*; wo war der Widerhall? auf der See, oder auf der Flur? »Bis wiederum Neptun erscheint.« Wenn ich auch die Versetzung des *wiederum* nicht tadeln will, so ist es doch wenigstens kein Wort für die Poesie. In wie langer Zeit ist Neptun nicht wiederum erschienen? Hat der Schäfer stets dem Widerhalle sein Leid indessen geklagt? Die Antwort des Neptuns ist den Versen nach gut, dem Inhalt nach sehr philosophisch und dozierend.

»Die Nacht befördert Thyrsis' Ruh.« Ist *Ruhe* hier der Schlaf, weil die Nacht die Ursache davon ist, oder heißt es »Vergnügen, Glück«? »Neptunus gibt ihm die Sirene.« Auf was für Weise? »Der Schäfer trägt die nasse Schöne entzückt nach seiner Hütte zu«, und merkt es also nicht, daß sie halb Fisch ist? nicht eher, als bis der Tag erscheint? »Sein mattes Herz wird wieder frisch.« Gezwungen, und noch mehr als gezwungen.

»O Fabel! meinst du nicht die Welt, die früher liebt und eher brennet.« *Welt*, es gehet ja nicht auf die ganze Welt, sondern nur auf die Mannspersonen. Das *brennet* ist kein schönes Wort, und sagt ohnedem nichts mehr als das *liebet.* »Als sie das Kind zur Hälfte kennet, das Aug und Wahn für göttlich hält.« Das *Kind* anstatt »Schöne«; unnatürlich. *Zur Hälfte kennet*; ist unedel ausgedrückt. *Aug* ohne Artikel, und statt »die *Augen*« ist hart. »Man liebt der Schönen Mund und Stirne.« Hier sind die Teile für das Ganze, für das Gesicht gesetzt; aber mit eben dem Rechte könnte man auch sagen: die Augen und Wangen. Der Mund und die Stirne sind nicht die vornehmsten Teile; und wenn sie noch so schön wären, und das Gesicht wäre mit einer ungestalten Nase bedeckt, so würde es wohl nicht gefallen. Indessen will ich dadurch nicht leugnen, daß man sich in einzelne Teile, in ein Paar schöne Augen, in einen schönen Mund verlieben kann; allein daß die Stirne hier dem Reime *Gehirne* zuliebe da steht, dies ist offenbar.

Ich will es genug sein lassen. Glaubt man, daß ich zu strenge gewesen bin, so antworte ich, daß man gegen das Mittelmäßige nie zu strenge sein kann. Nur alsdenn verdienen wenige und kleine Fehler Nachsicht, wenn sie durch große Schönheiten vergütet werden.

Der Sperling und die Taube

1

Ein Vogel unverschämter Zucht,
Der lieber stiehlt, als Arbeit sucht,
Ein Sperling half den frommen Tauben
Oft ihre Kost vom Schlage rauben.
Früh, wenn beim ersten Sonnenschein
Der Hauswirt sang und Futter streute,
Fand er sich an des Schlages Seite
Mehr frech als scheu zum Frühstück ein.

2

Die Tauben sagten erst kein Wort;
Dann scheuchten sie den Fremdling fort;
Doch kam das schelmische Gefieder,

Wo heute nicht, gleich morgen wieder.
Drauf nahm sich aus dem Taubenchor
Die ältste von den stillen Tieren,
Des Unrechts ihn zu überführen,
Mehr redlich als gekünstelt vor.

3

Sie war des ganzen Schlages Preis,
An Hals und Brust wie Schnee so weiß,
Im blauen Schwanz und blauen Flügeln
Schien sich ihr Mann oft zu bespiegeln.
Sie trug die Brust gewölbt und frei,
Die schönsten Latschen an den Füßen;
Sie konnt auch alt noch zärtlich küssen,
War schön, und doch dem Manne treu.

4

Noch größre Dinge zierten sie.
Sie hatte mit geschickter Müh
Wohl zwanzig Kinder aufgezogen,
Die ihr zum Ruhm im Schlage flogen.
Sie nahm sie zeitig mit ins Feld,
Sie ließ sie nie zu Schaden fliegen.
Die Körner, die in Furchen liegen,
Die, lehrte sie, sind euch bestellt.

5

Von dieser wird das Werk gewagt.
Der Sperling kömmt, noch eh es tagt.
Nicht ungestüm und auch nicht blöde
Setzt sie den fremden Gast zur Rede.
Bist du, so fragt sie, tugendhaft?
Mit deiner Nahrung unzufrieden
Nimmst du, was mir und den beschieden?
Dies ist der Bösen Eigenschaft!

6

Der Sperling ward sogleich gerührt;
Nur bin ich noch nicht überführt,
Ob mehr ihr Ansehn oder Sagen,
Zu diesem Siege beigetragen.
Die Überzeugung war geschehn;
Ihm fällt das Korn aus seinem Munde.
O, spricht er, gleich von dieser Stunde
Sollst du mich nun verändert sehn!

7

Er hält sein Wort auch ohne Schwur,
Und zwingt die lüsterne Natur;
Und ob er öfters füttern sahe,
Kam er doch nie dem Schlage nahe.
Die Gärten stillten seine Lust;
Denn junge Schoten auszureißen,
Die besten Kirschen anzubeißen,
Hat nie ein Spatz so gut gewußt.

8

Einst frißt er in der schönsten Ruh.
Da sieht ihm unsre Taube zu,
Und spricht: Wie klug weißt du im Sitzen
Der Fremden Frucht bequem zu nützen!
Der Sperling hüpft sogleich empor:
Nun, schreit er, kannst du mich noch hassen?
Hab ich mein Laster nicht gelassen?
Bin ich nicht frömmer als zuvor?

9

Du frömmer? rief die Taube nach.
Du bist noch eben deine Schmach,
Du bist, wie sonst, der geile Fresser,
Und scheinst dir nur vergebens besser.
Dir wohnt dein böser Trieb noch bei;

Du stillst ihn nur mit andern Dingen,
Und suchst dir schmeichelnd beizubringen,
Daß deine Brust gebessert sei.

10

Bald, Plato, trifft dein Ausspruch ein:
Die Tugend scheint ein Tausch zu sein;
Ein Laster wird itzt ausgetrieben,
Ein andres fängt man an zu lieben.
Der Weichling flieht den geilen Scherz,
Wird karg, und nennt sich fromm und klüger.
Wer ist der listigste Betrüger?
Ists nicht des Menschen eignes Herz?

Die ganze Anlage. Ein Sperling frißt oft den Tauben das Futter weg. Eine der Tauben wagt es, ihm seine Unbilligkeit vorzustellen. Er verspricht Besserung. Sie sieht ihn darauf auf einem Kirschbaume sitzen; und er fragt, ob er nicht sein Wort gehalten hätte und frömmer geworden wäre? Sie antwortet ihm: Nein, denn du hast noch die vorige Neigung, und stillst sie nur mit andern Dingen. *Die Moral.* Unsre Tugend ist die meistenmale ein Tausch. Man verläßt ein Laster, und wählt dafür ein andres. Welcher Betrug!

Gesetzt, diese Erfindung wäre richtig und sinnbildlich genug: so würde sie doch nicht gefallen. Das Anziehende fehlt ihr. Allein das Richtige und Allegorische scheint ihr auch zu fehlen. Was soll z. E. der Sperling fressen, wenn er auf den Bäumen und auf dem Felde gar keine Frucht berauben soll? Und wenn er dieses tun darf, so ist seine Handlung kein Bild einer unerlaubten menschlichen Handlung. Ich sage: »Der Weichling flieht den geilen Scherz, wird karg und nennt sich fromm und klüger.« Dieses Exempel hat keinen Gegenstand an dem Sperlinge. Der Sperling hat seine Neigung mit keiner andern vertauscht. Er ist immer noch genäschig. Er stillt seine Neigung der Leckerei nur durch andre Dinge. Aber dies alles beiseite gesetzt; ist die Ausführung, die Art zu erzählen gut? Nichts weniger. Die Erzählung hat wiederum viel Müßiges und Langweiliges; z. E. die Beschreibung der Taube in zwo Strophen. Es ist ferner zu weit bei der Erzählung ausgeholt. Ein Fehler, den viele meiner Fabeln in den »Belustigungen« haben! Anders zu reden, die Fabel ist nicht kurz genug, weil Umstände eingeschaltet sind, ohne welche man das Folgende hätte verstehen können. Sollten diese Umstände ja notwendig scheinen, so mußten sie munter und lebhaft gesagt werden; und alsdenn hätte man sie des Muntern wegen ungern entbehrt. Dies habe ich nicht getan. Es ist ein trockner Ernst. Alles, was in den ersten vier Strophen und in der Hälfte der fünften steht, sollte, wenn der Anfang der Erzählung aus dem Gesichtspunkte der Absicht bestimmt wird, so eingerichtet sein: Ein Sperling fraß oft den Tauben das Futter mit weg. Eine von den Tauben redte ihn deswegen also an. Ich weiß auch nicht, warum der Redner eben eine Taube und kein Tauber ist. Der letzte scheint mehr Recht dazu zu haben.

Die Sprache der Erzählung. Sie ist zu trocken und schwerfällig. Sie ist nicht munter, nicht naiv. Fehlers genug! Sie ist gezwungen, oft von dem Reime, oft von dem Silbenmaße, selten von der Sache erzeugt.

Erste Strophe. »Ein Vogel unverschämter Zucht.« Eine gezwungene Beschreibung! Was heißt *Zucht*? Heißt es »von einem unverschämten Geschlechte«, oder soll »Zucht« »Sitten« bedeuten? »Der lieber stiehlt, als *Arbeit sucht*«; sollte heißen: als arbeitet. *Stehlen* gefällt mir auch nicht. »Ein Sperling half den frommen Tauben oft ihre Kost vom Schlage rauben.« *Half rauben*, anstatt »er raubte«, ist der liebe Reim. »Half rauben« heißt: er raubte mit andern. Wo steht etwas davon? Soll der Leser mehr Sperlinge oder andre Vögel in Gedanken hinzusetzen? »Früh, wenn beim ersten Sonnenschein der Hauswirt sang und Futter streute, fand er sich an des Schlages Seite mehr frech als scheu zum Frühstück ein.« *Beim ersten Sonnenschein*; nicht gut gesagt, zu prosaisch; ferner nicht nötig, außer weil der Reim *ein* den Sonnenschein verlangte. *Der Hauswirt sang*; dieser kleine Umstand hätte, da er nichts zur Sache beiträgt, wenigstens nicht so vorherlaufen, sondern lieber durch *singend* angegeben werden sollen. *Futter streute*; »fütterte« wäre natürlicher, aber so hätte ich nicht »Seite« darauf reimen können. *Mehr frech als scheu.* Welcher Gegensatz! Welches Gedrechselte! Warum nicht lieber »dreist, unverschämt«? *Er fand sich zum »Frühstück« ein.* Das »sich einfinden« und das »Frühstück«, welches die Sprache munter machen soll, sticht zu sehr gegen den Ernst der vorhergehenden Rede ab. Das heißt, auf eine dunkle Farbe gleich eine sehr helle erscheinen lassen, ohne daß sie sich verlaufen.

Die ganze *zweite Strophe* ist nicht nötig. Und wenn der Umstand nötig wäre, müßte er kürzer zusammengezogen sein. *Fremdling* ist nicht das rechte Wort. Der Sperling ist der Taube kein Fremdling. *Schelmische Gefieder.* Was ist hier Gefieder? *Wo heute nicht, gleich morgen*; langweilig. Das *Taubenchor* ist sehr poetisch. Im Scherze ging' es an. »Die ältste von den stillen Tieren.« Wer wird die Tauben durch *stille Tiere* beschreiben? So kann ich die Hühner, die Schafe und alles ebenfalls stille Tiere nennen. Lieber nichts gesagt, als die Idee von den Tauben beschwerlich gemacht. Aber ich mußte auf *überführen* reimen. »Mehr redlich als gekünstelt vor.« Wozu das? Den Vers voll zu machen. Soll das *gekünstelt* eine Satire auf die schlechten Redner sein? Wer konnte sie hier erwarten? Wie sind *redlich* und »gekünstelt« einander entgegengesetzt? *Natürlich* ging nicht in den Vers. Wie kann ich mir *gekünstelt etwas vornehmen*? Das weiß ich nicht. Gekünstelt etwas tun, das geht an, und die ganze Fabel ist ein Beweis davon.

Nun kömmt die langweilige Beschreibung der Taube. Gesetzt, sie wäre überhaupt gut: so ist sie doch an diesem Orte zu lang. Der Leser wird aufgehalten und ermüdet. Dies ist nicht die Absicht der Beschreibungen. Wer schmückt kleine Teile so aus, daß sie das Auge von den größern und wichtigern Teilen abziehn? War der Schmuck hier nötig? Die Taube mochte schön sein oder nicht; sie konnte sagen, was sie saget. Ihr sittlicher Lobspruch in der folgenden Strophe scheint sich mehr mit der Absicht zu vertragen. Einer Taube, die einen so guten bürgerlichen Charakter hat, läßt es am natürlichsten, dem Sperlinge eine Strafpredigt zu halten. Aber warum straft sie ihn? Darum, daß er ihr das Futter vom Schlage wegfraß. Braucht man, dieses zu tun, einen moralisch guten Charakter? Endlich, ist die Beschreibung schön? Sie kann es nicht sein, wenn sie zu lang und außer ihrem Orte ist. Wir wollen sie nach ihren einzelnen Zügen durchgehn, und nach den Farben. »An Hals und Brust wie Schnee so weiß.« Sie hatte also einen weißen Hals. »Im blauen Schwanz und blauen Flügeln schien sich ihr Mann oft zu bespiegeln.« Sie hatte blaue Flügel und einen solchen Schwanz, in dem sich ihr Mann (warum *Mann*?) oft zu bespiegeln schien. Warum nur *schien*? Tat ers nicht wirklich, wenn die Sache anders angeht? Oder mußte ich den Infinitivum »spiegeln« zu »Flügeln« haben? »Sie trug die Brust gewölbt und frei.« »Die Brust frei tragen« geht an. »Gewölbt tragen«, geht dies auch an? Vielleicht bei den Tauben. »Die schönsten Latschen an den Füßen.« Sie trug also Latschen, und zwar an den Füßen. Ist *trug* das rechte Wort? Sagt man: die Taube hat Latschen *an* den Füßen, oder sie trägt? Man fällt beinahe durch das Wort »tragen« auf Bärlatschen oder Filzschuhe. »Sie konnt auch alt noch zärtlich küssen, war schön, und doch dem Manne treu.« Ist *treu zu sein* eine große Tugend für Alte? Wozu also dieser doppelte Umstand? Soll es Satire sein? Oder ist es nur Üppigkeit des Witzes, da man einen Einfall nicht zurückhalten kann, weil er uns gefällt, ohne zu fragen, ob ihn die Sache gern verträgt? »Noch größre Dinge zierten sie.« Die *Dinge* schicken sich weder auf das Vorhergehende noch auf das Nachfolgende. Sind das Dinge, daß sie einen weißen Hals und blaue Flügel hatte? Sind das Dinge, daß sie ihre *Kinder mit ins Feld nahm* und *sie nicht zu Schaden fliegen ließ*? *Mit geschickter Müh*; ist gezwungen. *Wohl*; ist hier matt, prosaisch. *Zwanzig Kinder*; nicht schön. »Die Körner, die in Furchen liegen, die, lehrte sie, sind euch bestellt.« Das *lehrte sie* ist hart, gezwungen. *Sind euch bestellt*, anstatt »sind für

läßt: steht.
Bärlatschen: unförmige Filzstiefel.

euch«, ist Reim, ist Undeutsch. *In Furchen*; nein, in *den* Furchen. *Nicht ungestüm und auch nicht blöde.* Wieder ein frostiger Gegensatz des Verses und Reims wegen! »Bist du, so fragt sie, tugendhaft?« Die ganze Rede ist schlecht. Ich hätte besser getan, ich hätte keine so schöne Taube auftreten lassen. *Tugendhaft* ist zu menschlich, zu philosophisch. »Was mir und den beschieden«, nämlich *ist*, das hier nicht fehlen kann. Und wer sind die *den*? Vermutlich die Umstehenden, also *denen*, *diesen*; undeutsch, wider die Grammatik! »Du nimmst, was mir und den beschieden ist«; hätte es trockner gesagt werden können? Ist es nicht schon wieder der Reim? *Dies ist der Bösen Eigenschaft.* Herzlich matt, trocken, gereimt.

»Der Sperling ward sogleich gerührt.« Darüber kann man sich mit Recht wundern. Doch die Sperlinge sehen vielleicht nicht auf die Beredsamkeit, sondern auf die Sachen. »Nur bin ich noch nicht überführt, ob mehr ihr Ansehn oder Sagen zu diesem Siege beigetragen.« Es scheint, als hätte ichs gefühlt, daß die Rede der Taube nichts taugt. Aber ich hätte doch den schläfrigen Vers *Nur bin ich noch nicht überführt* auch fühlen sollen, um ihn wegzulassen. »Ob mehr ihr Ansehn oder Sagen.« Das *Sagen* anstatt »ihre Rede« ist hier eine Freiheit, die der Reim entschuldigt. »Zu diesem Siege beigetragen.« *Beigetragen* ist nebst dem *ob mehr* durchaus matt, prosaisch; und *Sieg* schickt sich hieher nicht. *Die Überzeugung war geschehn.* Da schon der Sieg erwähnet worden, so ist dieses sehr kraftlos. »Gleich von dieser Stunde.« Das *gleich* ist nicht schön. *Nun* in der folgenden Zeile ist ein leeres Wort. »Er hält sein Wort auch ohne Schwur.« *Ohne Schwur*; wieder der Reim! »Und ob er öfters füttern sahe.« Das *ob er*, anstatt *ob er gleich*, ist unrichtig und matt. »Kam er doch nie dem Schlage nahe«; *nahe*, es sollte wohl »nah«, oder »zu nah« heißen. »Einst frißt er in der schönsten Ruh«; *schönste Ruh*, schlecht gesagt. Großer Verdacht, daß es der Reim sagt, und nicht der Autor. »Da sieht ihm unsre Taube zu.« Schläfrig verbunden! »Wie klug weißt du im Sitzen.« *Im Sitzen*, merkwürdiger Umstand! Endlich warum nicht »sitzend«? »Der fremden

Frucht bequem zu nützen.« Harter, unnatürlicher Ausdruck! *Die Frucht der Fremden bequem nützen*; und das von einem Sperlinge gesagt? Wäre es nicht besser: wie gut läßt du dir die fremden Früchte schmecken? Aber auf »schmecken« war gleich kein Reim da. »Der Sperling hüpft sogleich empor.« *Hüpft empor*, wo war er? Er saß. Wo saß er? In den Kirschen oder in den Schoten? Er hüpft also in die Höhe, und nicht empor. Dies ist fremd. Und warum hüpft er empor? Ist es nötig? Ist der Umstand gebraucht worden? »Hab ich mein Laster nicht gelassen.« *Mein Laster*; zu arg! *Frömmer als zuvor* ist nicht die rechte Sprache. »Du frömmer? rief die Taube nach.« Warum *nach*? Ist es nicht an »rief« genug? Sieht der Leser nicht, daß *du frömmer?* eine Wiederholung ist? »Du bist noch eben deine Schmach.« Das ist sehr poetisch geredt, bis auf das *eben*; das schickt sich in den fremden Ton *du bist deine Schmach* nicht recht gut. *Der geile Fresser* ist sehr niedrig gegen: du bist deine Schmach. Ist zu grob geschmält. Das heißt die Natur ergreifen, nicht schön nachahmen. »Dir wohnt dein böser Trieb noch bei.« *Beiwohnen*; ein böser Trieb wohnt mir bei; ist das die Sprache des Lebens? Es ist wohl gar keine Sprache. »Und suchst dir schmeichelnd beizubringen.« *Beizubringen*; gereimt, anstatt »dich zu bereden«. Dies war das Wort. »Daß deine Brust gebessert sei.« *Brust*, sehr poetisch anstatt »Herz«.

Die Moral hat überhaupt eine sehr gelehrte Miene, und also die Miene, die sie nicht haben soll. »Bald, Plato, trifft dein Ausspruch ein, die Tugend scheint ein Tausch zu sein.« Gelehrt! *Plato* hat es gesagt. Warum trifft die Sache nur *bald* ein? Ich dächte, sie träfe *oft* ein. Ist also nicht richtig gedacht, oder nicht recht geredt. »Ein Laster wird itzt ausgetrieben.« *Austreiben* ist platt; »vertrieben« sollte es heißen. »Der Weichling flieht den geilen Scherz.« Was ist der *geile Scherz*? Vermutlich die Wollust. Heißt die Wollust ein geiler Scherz? Der letzte Vers wird sich vermutlich mit »Herz« schließen. »Wird karg und nennt sich fromm und klüger.« *Klüger*; ge-

geschmält: herabgesetzt.

zwungen. Die ganze Moral hätte heißen sollen: Wie oft ist unsre Tugend ein Tausch mit unsern Lastern! Eins lassen wir, ergreifen ein andres, und bereden uns, besser zu sein. Wie sehr betrügt sich das menschliche Herz!

Das sind die vornehmsten Fehler, und wo sind denn die Schönheiten? Gesetzt, alle diese Fehler wären nicht da; würde die Fabel darum schön sein? Sie könnte noch mittelmäßig, das heißt elend sein. Wo ist wiederum das Natürliche und Leichte, das in der Kunst zu erzählen so gefällt; das die Seele der Erzählung, das die Nachahmung des schönen Dialogischen ist? Wo ist die Kürze, die sich mit der Deutlichkeit, Vollständigkeit und Lebhaftigkeit verträgt? Wo ist der Saft, der sich in einem Werke des Geschmacks, gleich dem Safte in einem blühenden Baume, durch alle Teile, durch Sachen, Wendungen, Sprache verbreiten, alles erfrischen und beleben muß? Wo sind die Stellen, von denen der Leser sagt: Das war trefflich! O wie schön, wie ungezwungen! Hätte man es anders sagen können? Wo sind die Stellen, die sich auswendig behalten lassen? Wer liest so eine Fabel zwei-, dreimal, und vergnügt sich das letztemal noch gleich dem ersten?

So fehlerhaft sind die meisten meiner Fabeln und der übrigen Gedichte in den »Belustigungen«. Darf sich wohl jemand wundern, warum ich sie nicht habe zusammen drucken lassen?

Die Lerche

Die Lerche, die zu Damons Freuden,
Frei im Gemach, ihr Lied oft sang,
Und ungewohnt, den Widerhall zu leiden,
Der aus dem nahen Zimmer drang,
Mit desto stärkrer Stimme sang;
Saß itzt dem Spiegel gegenüber,
Und sang, und sah ihr eignes Bild,
Und floß, mit Eifersucht erfüllt,
Von schmetternden Gesängen über;
Und bildete zu ihrer Pein,
An ihrem eignen Widerschein
Sich einen Nebenbuhler ein.

Noch oft erhöhte sie die Stimme:
Allein umsonst war Kunst und Müh,
Stets sang der Widerhall wie sie.
Sie schoß darauf mit ehrsuchtsvollem Grimme
Auf ihren Nebenbuhler zu,
Den ihr der Spiegel vorgelogen,
Und starb, sich selbst zu sehr gewogen,
Fast so, Ruhmsüchtiger, wie du,
Durch Eitelkeit und durch ein Nichts betrogen.

Der Schäfer und die Sirene

Ein Schäfer aus der goldnen Zeit,
In seinem stillen Hirtenstande
Ganz Ruhe, ganz Zufriedenheit,
Trieb öfters an des Meeres Strande,
Und was er sang, war Fröhlichkeit.
Ihn rührten keine Schäferinnen.
Gefiel ihm Daphne ja zuweilen bei dem Spiel:
So konnte sie doch nichts gewinnen,
Als daß sie flüchtig ihm gefiel.

Ein seltner Fall, daß ohne Schöne
Ein junger Schäfer glücklich war!
Doch seinem Herzen droht Gefahr.
Welch eine reizende Sirene
Schwimmt dort! Kaum wird er sie gewahr,
So fühlt sein Herz Lieb und Gefahr.
Er steht, und will nicht stehen bleiben,
Erstaunt, blickt auf die Sängerin,
Will abwärts mit der Herde treiben,
Und treibt nur mehr ans Ufer hin.

Nun irrt allein, ihr guten Herden;
Der Schäfer hat für euch itzt keine Zeit.
Er klagt durch Lieder und Gebärden
Der Schönen seine Zärtlichkeit;
Verspricht ihr alle seine Herden
Und alles Glück der goldnen Zeit.
Sie, wohl in ihrer Kunst erfahren,
Hört nichts von dem, was er verspricht,
Scherzt mit der See, putzt an den Haaren,
Als sähe sie den Schäfer nicht,
Und nötigt ihn durch schlaue Blicke,
Den Antrag ihr noch oft zu tun.
Ich, singt sie, bin nicht mein. Neptun bestimmt mein Glücke;
Und wenn ich dich nicht flüchtig nur entzücke:
So geh und bitte den Neptun.
Er bat. Nein, sprach der Gott der Meere,
Wenn ich die Bitte dir gewähre,
Gewähr ich dir dein Unglück nur.
Der Schäfer schleicht betrübt nach seiner Hütte;
Nun lacht ihm weiter keine Flur.
So oft Neptun am Strande fuhr,
So wiederholt er seine Bitte.
»Neptun! So soll das Meer die trefflichste Gestalt,
Die mich entzückt, in seinen Schoß begraben?«

Nein, rief der Gott, du sollst sie haben;
Denn du verlangst sie mit Gewalt.

Wie hurtig schwamm nunmehr die Schöne
Dem Ufer zu! Wie schön sang sie, wie zauberisch!
Er reicht ihr seine Hand. »Komm, göttliche Sirene!«
Doch welch Entsetzen! Seine Schöne,
Sein Liebling, war halb Mensch, halb Fisch.
Mit Zittern floh Damoet vom Meere,
Und gab nachher der Flur sehr oft die Lehre,
Daß unser liebster Wunsch oft große Torheit wäre.

Anhang

Zu dieser Ausgabe

Zur Entstehungs- und Druckgeschichte

Die ersten Fabeln und Erzählungen Gellerts, insgesamt 34, erschienen 1741–44 in der von Johann Joachim Schwabe in Leipzig herausgegebenen Zeitschrift *Belustigungen des Verstandes und des Witzes.* Wie aus einem Brief Gellerts an Wilhelmine Steinauer vom 29. Dezember 1742 hervorgeht, beabsichtigte er bereits zu diesem frühen Zeitpunkt, sie gesammelt herauszugeben. 1746 erschien, nachdem Breitkopf den Verlag abgelehnt hatte, der erste Band der *Fabeln und Erzählungen* bei Johann Wendler in Leipzig. In diese Sammlung hat Gellert fünf Gedichte aus den *Belustigungen* in überarbeiteter Form aufgenommen. Als Einleitung enthält der Band die Abhandlung »Nachricht und Exempel von alten deutschen Fabeln«, eine Umarbeitung seiner Einladungsschrift zur Habilitationsdisputation von 1744 »De poesi apologorum eorumque scriptoribus«. Der zweite Teil der *Fabeln und Erzählungen* erschien, wiederum bei Wendler, 1748. In der »Vorrede« bedankt sich Gellert für die günstige Aufnahme der ersten Sammlung und versucht im Stile einer rhetorischen Captatio benevolentiae das Publikum auch für sein neues Werk geneigt zu stimmen. Aus den *Belustigungen* sind diesmal keine Texte übernommen.

Bis zum Jahr 1754 veröffentlicht Gellert keine Fabeln und Erzählungen mehr. Er glaubt, »die Lebhaftigkeit, die zu einem Autor erfordert wird«, nicht mehr zu besitzen, und hält es deshalb für seine »Pflicht [...], nicht wider mich selbst zu handeln, und den Beifall, den ich mir ehedem erworben, nicht durch unglückliche Arbeiten zu verderben« (an Carl Wilhelm Christian von Craussen, 8. Oktober 1753). Wie aus einem Brief an Johann Adolf Schlegel vom 25. Januar 1754 hervorgeht, sind es äußere Gründe, die Gellert bewegen, etliche »wohl schon fünf Jahre« alte Erzählungen nunmehr drucken zu lassen. Einige nämlich waren von dritter Seite in der moralischen Wochenschrift *Der Mensch* veröffentlicht worden. »Ich habe also, um nicht meine eignen Vorteile zu verlieren, meinen poetischen Vorrat zusammen gesucht.« Der eigentliche Grund für die Veröffentlichung war also ein wirtschaftlicher. Die Badeaufenthalte, die ihm zur Linderung seiner Hypochondrie verordnet worden waren, »haben mich«, so schreibt Gellert, »Geld gekostet, und ich brauche hundert Taler so notwendig, als sie ein Mensch brauchen kann.« Dagegen betont er aufs neue, »daß meine poetischen Jahre dahin sind«, und übergibt Schlegel »alle richterliche Gewalt, auszustreichen, zu ändern (wenn dies Dir möglich wäre), kurz, mich zum letzten Male zu demütigen.« Nachdem Gellert noch den Rat einiger anderer Freunde eingeholt hatte, erschienen schließlich 15 der ursprünglich vorgesehenen 17 Erzählungen in dem Band *Lehrgedichte und Erzählungen von C. F. Gellert*, Leipzig, bei Johann Wendler, 1754.

Noch in dem eben zitierten Brief hatte Gellert geschrieben: »Daß ich die Fabeln in den Belustigungen ändern, oder drucken lassen wollte, kömmt mir nicht in die Seele.« 1756 sah er sich aber plötzlich vor eine neue Situation gestellt. In diesem Jahr nämlich hatte Johann Christoph Rasche in Frankfurt einige der von Gellert in den *Belustigungen* veröffentlichten Fabeln, zusammen mit Texten anderer Autoren, in zwei Bänden herausgegeben: *Besondere Sammlung verschiedener Fabeln und Erzählungen, die zwar der Herr Professor C. F. Gellert verfertiget, aber in denen unter seinem Namen herausgegebenen poetischen Schriften nicht mit enthalten sind.* Gellert, der dies noch zu verhindern gesucht hatte, sah sich vor vollendete Tatsachen gestellt. Da er mit den alten Fassungen in stilistischer Hinsicht nicht mehr einverstanden war, entschloß er sich, einige in überarbeiteter Form selbst herauszugeben. 22 Fabeln und Erzählungen erschienen, zusammen mit diversen anderen Texten, im Jahr 1756 in der *Sammlung vermischter Schriften.* 14 davon sind Überarbeitungen aus den *Belustigungen.* Der Band enthielt außerdem die kritische Schrift »Beurteilungen einiger Fabeln aus den Belustigungen«. In ihr unterzog Gellert drei seiner alten Gedichte einer detaillierten Kritik. Zwei fanden Aufnahme in die neue Sammlung, eines (»Der Sperling und die Taube«) verwarf der Autor völlig.

Nach langem Drängen seines neuen Verlegers Reich hatte sich Gellert 1768 zur Herausgabe seiner sämtlichen Schriften bereitgefunden. Diese begannen 1769 zu erscheinen. Der »Erste Teil« der *Sämtlichen Schriften* enthielt die Fabeln und Erzählungen: die Sammlung von 1746 als erstes Buch, die von 1748 als zweites und die Texte der Ausgaben von 1754 und 1756 zusammen als drittes.

Acht Gedichte schließlich wurden im Jahr 1824 aus Gellerts Nachlaß im *Taschenbuch von der Donau auf das Jahr 1824*, herausgegeben von Ludwig Neuffer, veröffentlicht.

Zu den Texten

Die vorliegende Ausgabe gibt den vollständigen Text der beiden wesentlichen Sammlungen von 1746 und 1748 wieder. Sie bietet Gellerts Fabeln und Erzählungen damit in der Form, die den Intentionen des Autors am ehesten entspricht. Außerdem enthält sie im Rahmen der mitabgedruckten theoretischen Schrift Gellerts drei Fabeln aus den *Belustigungen* sowie ergänzend dazu die beiden überarbeiteten Fassungen der kritisierten Gedichte von 1756.

Der Text folgt der von Siegfried Scheibe herausgegebenen historisch-kritischen Ausgabe der Erstdrucke von 1746 und 1748. Die *Sämtlichen Schriften* als Druckvorlage zugrunde zu legen erschien nicht angebracht, da Gellert, der sich von der Dichtung damals bereits weitgehend zurückgezogen hatte, aufgrund seiner Krankheit den Druck dieser Ausgabe nicht mehr selbst überwachen konnte und die Fassungen daher nicht als letzter Wille des Autors angesehen werden können.

Orthographie und Interpunktion wurden unter Wahrung des Lautstands und der sprachlichen Eigenart behutsam dem heutigen Gebrauch angeglichen. Auf die Setzung von Apostrophen wurde, der Vorlage folgend – von wenigen Ausnahmen abgesehen –, verzichtet. Textstellen, die in der Vorlage durch Sperrung hervorgehoben wurden, erscheinen kursiv. Die zahlreichen Textzitate in den »Beurteilungen einiger Fabeln« sind, der Vorlage folgend, teils durch die Kursive (für ursprüngliche Sperrung), teils durch Anführungszeichen hervorgehoben; die zahlreichen sprachlich zu kennzeichnenden Ausdrücke – die in der Vorlage überwiegend nicht hervorgehoben sind – wurden im allgemeinen in Anführungszeichen gesetzt.

Zu den Abbildungen

Im 18. Jahrhundert entstanden mehrere Kupferstichfolgen zu Gellerts *Fabeln und Erzählungen*, so von Bernhard Christian Rhode, Johann Heinrich Meil und Daniel Chodowiecki. Die Ausgaben selbst waren aber meist nur spärlich bebildert; aufwendige Illustrationen hätten die Bücher wesentlich verteuert und ihre Verbreitung in möglichst alle Schichten von vornherein unmöglich gemacht.

Der vorliegende Band gibt die Illustrationen der Erstausgaben von 1746 und 1748 wieder; lediglich auf den Abdruck der zahlreichen Vignetten wurde verzichtet.

Das Titelbild zur Erstausgabe von 1746 stammt von dem Leipziger Kupferstecher Johann Martin Bernigeroth (1713–67) und zeigt in allegorischer Darstellung die unbekleidete Wahrheit, die ein Gewand aus der Hand der Dichtkunst empfängt. Die am Beginn des Textes stehende Illustration (S. 5), hier wie in der Erstausgabe von 1746 plaziert, hat Bernigeroths Schüler Johann Christoph Sysang (1703 bis 1757) nach der Vorlage eines unbekannten Zeichners gestochen. Die Abbildung auf dem Titelblatt der Erstausgabe des zweiten Teils der *Fabeln und Erzählungen* von 1748 stammt wiederum von Johann Martin Bernigeroth.

Für die Abbildungen auf dem Umschlag, S. 3 und S. 5 stellte die Niedersächsische Staats- und Universitätsbibliothek Göttingen die Vorlagen zur Verfügung, für die Abbildung S. 89 die Universitätsbibliothek Heidelberg.

Dokumente zur Wirkungsgeschichte

Johann Jacob Bodmer, 1746:

»Herr Gellert ist uns von einigen Fabeln bekannt worden, welche sich in den Belustigungen des Witzes und Verstandes verstreuet finden. Es wäre kein geschickter Ausdruck, wenn ich sagte, daß er durch etliche Fabeln in gegenwärtigem Werke die Hofnung, welche die Fabeln in den Belustigungen bey uns erwecket haben, übertroffen habe. Denn, die Wahrheit zu sagen, so erwecketen dieselben vielmehr Furcht als Hofnung bey uns. Diese Furcht hat das Werk selber gänzlich verjaget, und in ein angenehmes Vergnügen verwandelt. Dasselbe besteht gröstentheils aus Erzählungen von Geschichtgen aus dem menschlichen Leben, unter welchen doch nicht wenige sind, denen man den Namen der *äsopischen Fabeln* nur aus dem Grunde streitig machen kann, weil sie weder durch die seltsamen Personen aus dem Thier-Reiche noch durch ungemeine Zufälle wunderbar gemacht werden. Wiewohl sie aber aus dem täglichen Leben und Umgange der Menschen hergenommen sind, so haben sie nichts destoweniger ihren moralischen Werth durch die geschickte Vorstellung sonderbaren Stücke von Charaktern; welche mich im Lesen öfters zweifeln gemacht hat, ob die Begegnisse aus dem Leben der Menschen nicht einen grossen Vorzug über die Geschichtgen aus dem Reiche der Thiere verdienen, nachdem die Menschen ausser allen Zweifel ihrer Natur halben bequemer sind, die Charakter der Menschen in ihrem eigensten und innerlichsten Zustande nach ihrer weitläuftigen Verschiedenheit vorzustellen, als die Thiere, deren Natur von der menschlichen so weit entfernet ist, daß ihre Handlungen niemals frey und moralisch sind. Wie dem seyn mag, so sind Herr Gellerts Erzählungen erstlich wohl erwählet, und gut moralisch, und dann sind sie anmuthig ausgeführt. Es fehlt ihm nicht an schildernden Bildern, an beyläuftigen Betrachtungen, an satirischen Scherzen, an dem Natürlichen, das die Franzosen *naif* nennen, und wir bis auf ein bequemeres Wort *empfindlich* nennen wollen, an Reden der Neigungen, an Sittensprüchen der Leidenschaften, und dergleichen belebenden Hülfsmitteln der Erzählungen, welche so stark rühren, wenn sie wie aus der Sache selbst hervor fallen, und mit den übrigen Theilen in dem gehörigen Ebenmasse stehen. Nachdem der Herr Verfasser sich in der *freudigen* Erzählung so geschickt erzeiget, und überall erwiesen hat, daß er mehr als eine Schreibart in seiner Gewalt habe, so kann ich mich nicht enthalten zu wünschen, (und das ist der Dank, welchen zufriedene Leser den besten Verfassern zu geben pflegen) daß er seine Geschicklichkeit auch einmal in der *ernsthaften* und bewegungsvollen Erzählung erweise, in welcher der Herr Thomson in seinen Jahreszeiten etliche vortreffliche Muster geliefert hat.«

Johann Jacob Bodmer: [Rezension von:] Fabeln und Erzählungen von C. F. Gellert. Leipzig 1746. In: Freimütige Nachrichten von neuen Büchern und andern zur Gelehrtheit gehörigen Sachen. St. 5. 31. August 1746. S. 276–278. Zit. nach: C. F. Gellerts Briefwechsel. Hrsg. von John F. Reynolds. Bd. 1: 1740–1755. Berlin / New York: de Gruyter, 1983. S. 293 f.

Johann Jacob Mack, Pfarrer im Ansbachischen, an Gellert, 15. Januar 1747:

»Ich habe nicht die Ehre irgend etwas von Ewr HochEdel, als Dero theüren Nahmen und einige Schriften von Ihnen zu kennen; und Sie werden mir es aus dieser Ursache verzeihen, wenn ich Denenselben nicht die Dero Character gebührende Ehrennahmen beylege: Gleichwolen kan ich nicht anderst als Sie mit einer ehrerbietigen Hochachtung auf das zärtlichste zu lieben. Dero letztere Schrift: Fabeln und Erzehlungen, hat mir so viel wahres und inniges Vergnügen geschaffet; daß ich mich unmöglich zurück halten kan, Denenselben meine wahre Erkenntlichkeit davor schriftlich zu bezeügen. Ich treffe in derselben die untrüglichsten Kennzeichen, eines reifen und feinen Witzes, eines erhabenen Geistes, einer großmüthigen Seele, einer aufrichtigen Menschenliebe und einer recht sichtbaren Hochachtung vor das höchste Wesen an. Und wie können diese Eigenschaften einen Menschen von meinem Stande und Amte, anderst als auf das beste gefallen und die reinste Hochachtung und Freüde erwecken! Erröthen Sie nicht mein allertheürster Freünd! (Vergeben Sie mir diese Anrede; denn ich weiß daß Sie mich wie alle Ihre Mitbürger der Welt, lieben) erröthen Sie nicht wenn ich Ihnen betheüre; daß mich Dero unvergleichliche Fabeln ganz entzücket und mit einer Gattung eines heimlichen Grams erfüllet haben, daß ich meine Geschicklichkeit so unendlich weit davon entfernet sehen muß, durch eine dergleichen Schrift die Tugend befördern zu können. Wo nehmen Sie doch, alle den Witz, alle die Scharfsinnigkeit, alle die muntre Lebhaftigkeit und die so eigentlich Sprache der Natur her; daß es scheinet nicht Sie, sondern die Natur selbst rede aus Ihren Mund? Ich erinnere mich nicht so leicht, eine Schrift gelesen zu haben, die mehr ZauberKraft so wol auf die Herzen der Kenner, als der Sache nicht Kundigen habe, denn die Ihrige. Von den meisten großen Dichtern kan man zwar sagen: daß sie wahren Kennern nothwendig gefallen müssen; aber das behauptete man wieder die Erfahrung, daß sie allen die keine Kenner sind gefallen. Vielmal hab ich von unverständigen, den Ovid dem Virgil und Horatz; Trillern und Stoppe. p dem Herrn von Hagedorn und Hallern p vorziehen hören. Virgil, Horatz, Haller und Hagedorn erhalten zwar die Verwunderung aller Kenner aber nicht aller Leser. Sie aber mein Herr! gefallen wie allen Kennern, auch allen Lesern. Meine Frau meine Magd mein Mädgen, empfinden aber das Vergnügen bey Herlesung Ihrer meisten Stücke als ich selbsten, sie stehen eben da stille wo ich, und dieß rechtfertiget mir fast die Gedanken des Malherbe, daß ein Gedicht alsdann seinen wahren Werth erhälte, wenn es auch etwas an sich hat, daß Leüten von niedriger Gattung einleüchtet und gefället. Ich würde aus Furcht Dero Bescheidenheit zu beleidigen, bedenken tragen, Ihnen dieses alles unter das Gesichte zu sagen; wenn ich nicht überzeügt wäre, daß die Welt noch wol ein weit Mehreres schon öffentlich gesagt habe und noch sagen werde. Wie herzlich wird sich die Schweitz erfreüen, einen solchen Freünd ihres Geschmackes, selbsten in den Mauern Leipzigs, angetroffen zu haben; und wie stolz wird Leipzig seyn, ein so würdiges Mitglied, gleichwol nicht aus ihrer Parthey zu verlieren, denn wenn ja eine Vereinigung zwischen den sächsischen und schweitzerischen Kunstrichtern möglich ist, so ist es durch Männer und Schriften von Ihrer Art, die unfehlbar beeden gefallen werden. O der Herr seegne Ihre unvergleichliche Gaben, und lasse viele dadurch zu vernünftigen Menschen werden, daß sie alsdann auch zu guten Christen erwachsen mögen; weil doch jener vor diesen vorhergehen muß!«

C. F. Gellerts Briefwechsel. Hrsg. von John F. Reynolds. Bd. 1: 1740–1755. Berlin / New York: de Gruyter, 1983. S. 18 f.

Gellert an Moritz Ludwig Kersten, 25. Oktober 1748:

»Mein lieber Herr Sekretair.
Ein rechter deutscher Autor muß keine Oster- oder Michaels-Messe vorbey lassen, ohne etwas heraus zu geben, wenn es auch nur ein Romanchen, oder ein übersetzter Catechismus wäre. Wovon sollten die Setzer und Buchführer leben, wenn der Autor nicht schreiben wollte? Und was sollte der Autor anfangen, wenn er nicht von Messe

zu Messe schreiben könnte? Nein, nein, ich lasse mir mein Recht nicht nehmen, ich schreibe so lange ich gesunde Hände habe. Es ist gar zu hübsch, wenn man sich in dem Meßcatalogo, bald darauf in den Zeitungen und in den Journalen, und endlich in den Händen der Welt sieht. Ich komme selten zu iemanden, daß ich nicht für meinen Fleiß belohnet werde, und wenigstens eine von meinen Schriften auf dem Fenster, oder auf dem Nachttische ganz sauber eingebunden finde. Ich kann Ihnen nicht sagen, was ich da empfinde; aber das weis ich, daß ich alsdann nicht zu halten bin. Ich eile nach Hause u. nehme die Feder in die Hand, u. schreibe, was ich schreiben kann, und stelle mir schon einen neuen Ort vor, wo ich mich wieder finden werde, wenn es auch in den Händen eines Holzbauers seyn sollte.

Unlängst komme ich zu meinem Buchbinder. Indem ich mit ihm rede, tritt ein Holzbauer, der bey ihm bekannt ist, herein u. langt aus seinem Kober, in dem ein guter Vorrath von Butter u. Käse u. Brodt war, meine Fabeln ungebunden hervor. Da, fieng er in seiner Sprache an, bingt mir das Buch fein fest u. schien ein. Christoph, sprach mein Buchbinder, wo habt ihr denn das Buch bekommen? Wo wer ichs hergekreit han, ich ha mirs gekoft. Unser Schulmester u. der Schulze han sich bald scheckigt über dem Buche gelacht. Es stieht recht spashaft Zeug drinn, mer mögt närrisch drüber wären. Ich ha en klen Jungen, der schun schmuck lesen kann, dem will ichs gähn, er sull mir abends bey der Pfeife Tubak wenn ich vom Feld komm, draus vurlesen, so geh ich kaum mih in die Schenk. Er war noch jung der Herr, ders in Druck hat ausgiehn lassen; ich wollte was abbrechen, aber er sate, es wäre nicht angers, als zwanzig Groschen, die han ichm auch gegähn. Er hatte noch vel Bücher, das Bücherschreiben mußm recht von der Hand gehn. Ihr Narr, sprach mein Buchbinder, der Mann, wo Ihr das Buch gekauft habt, hats nicht geschrieben, er handelt nur damit. Der Schelm! fieng der Bauer an, ich dacht, es wär der Herr selber, ich hätte den Teufel nicht so viel gegän. Nunmehr hätte ich gehn können; aber mein Ehrgeiz ließ es nicht zu. Ich hoffte, daß mich mein Buchbinder verrathen sollte, und er that es zu meinem Glücke, den außerdem würde ich mich dem Bauer selber entdeckt haben. O mein lieber Herr Sekretair, wenn Sie nur hätten sehn sollen, mit welcher Verwundrung mich der Bauer betrachtete, wie freundlich er mich auf die Achseln klopfte und mich ermahnte, mehr solch schnakkisch Zeug zu schreiben!

Ich war den ganzen Tag außerordentlich aufgeräumt. Ich stellte mir alle meine Leser vom Könige in Preußen bis zu dem Holzbauer vor, und beschloß den Augenblick, den zweyten Theil von dem Leben der

Schwedischen Gräfinn fertig zu machen, den Sie mit diesem Briefe erhalten.«

Ebd. S. 25 f.

CHRISTOPH MARTIN WIELAND an Johann Jacob Bodmer, 4. Februar 1752:

»Sie geben mir schon etlichemal zu verstehen, daß Sie mit unsern Erzählungen nicht ganz zufrieden sind. Ausser Hagedorns und Gellerts hab' ich wenige gesehen, die mir gefallen hätten. Aber die Art, wie diese erzählen, ist nach meinem Geschmack. Herr Gellert ist mein Mignon. Diese naiven Annehmlichkeiten, dieser natürliche Witz, diese anmutige einfältige Sprache der Erzählung, die die Seele seiner Fabeln und Erzählungen sind, gefallen mir unendlich. Mich deucht fast, wie er erzählt, würde ein jeder geistreiche Kopf unter seinen Freunden mündlich erzählen. Je mehr ich also von Gellert halte, desto begieriger bin ich, von Ihnen zu erfahren, was Sie an ihm aussetzen.«

Wielands Briefwechsel. Bd. 1: Briefe der Bildungsjahre. 1. Juni 1750 – 2. Juni 1760. Hrsg. von Werner Seiffert. Berlin: Akademie-Verlag, 1963. S. 41.

THOMAS ABBT, 1765:

»Aber für ganz Deutschland ist es ohne Widerspruch *Gellert*, dessen *Fabeln* wirklich dem Geschmacke der *ganzen Nation* eine neue Hülfe gegeben haben. Ich untersuche jetzt nicht, ob es nöthig sey, daß die *ganze Nation* einen andern Geschmack kriege, als sie vor 70, oder 80 Jahren gehabt hat; aber wenn es nöthig ist: so haben Gellerts Fabeln den ersten Grund dazu gelegt. *Sie* haben sich nach und nach in Häuser, wo sonst nie gelesen wird,* eingeschlichen. Dadurch ist das Gute in der Dichtkunst in Exempeln, und nicht in Regeln, bekannt, und das schlechte verächtlich gemacht worden. Denn der Geist und der Geschmack einer Nation sind nicht unter ihren Gelehrten und Leuten von vornehmer Erziehung zu suchen. Diese beyde Geschlechter gehören gleichsam keinem Lande eigen. Aber unter dem Theile der Nation liegen sie, der von fremden Sitten und Gebräuchen und Kenntnissen noch nichts zur Nachahmung sich bekannt gemacht hat.

* Man kann die Beobachtung leicht selbst anstellen. Fragt die erste beste Landpredigertochter nach *Gellerts* Fabeln? die kennt sie – nach den Werken andrer unsrer berühmten Dichter? kein Wort.

Mignon: Liebling.

So ohngefähr urtheilt man nicht von der Luft eines Landes, nach der Luft, die man in einer auf dem höchsten Berge angelegten Wohnung athmet; sondern nach der, die in den Ebenen und nahe bey Städten oder Dörfern eingezogen wird.«

Thomas Abbt: Vom Verdienste. Goslar/Leipzig: Hechtel, [2]1766. S. 300 f.

Christian Garve, 1771:

»Der Leser muß immer die Talente des Schriftstellers, den er verstehen, und der ihm gefallen soll, zwar in einem niedrigern Grade, aber doch in einem gewissen Maaße haben. Diejenige Art von Genie also, die, indem sie über andre erhaben ist, doch noch die meiste Aehnlichkeit mit ihnen beybehält; welche die Denkungsart am wenigsten verändert: diese wird auch den meisten brauchbar und ergötzend werden. Sobald in den Ideen oder im Ausdrucke eines Buches, Witz oder Scharfsinn, oder nachforschende Vernunft, ein sehr merkliches Uebergewicht über die übrigen Fähigkeiten haben: so bald wird es nur Eine Klasse von Lesern geben, die an dem Buche Geschmack findet, und die es zu brauchen weiß. Es muß ebenfalls ein in seiner Art witziger Kopf, oder ein Philosoph einer niedrigern Stufe seyn, der alles das gewahr werden soll, was der höhere Witz, und die tiefere Philosophie in das Werk hineingelegt hat. Wenn aber die Vernunft die Zergliederung nur soweit treibt, als nöthig ist, die Begriffe, welche alle Menschen klar haben, vollkommen deutlich zu machen; wenn die Einbildungskraft ihre Bilder aus dem allgemeinen Vorrathe aller menschlichen Erfahrungen hernimmt, und sie nach den Regeln der natürlichsten gewöhnlichsten Ordnung zusammensetzt, der Witz neue aber keine sehr versteckte Aehnlichkeiten aufsucht; und wenn alle diese Fähigkeiten in einer Sprache sich ausdrücken, die rein, anständig, gewählt und doch nicht zu ausgesucht, fremd und künstlich ist: dann wird das, was durch die Vereinigung so vieler sich im Gleichgewichte haltenden Kräfte ist hervorgebracht worden, auch einen sehr zusammengesetzten Eindruck auf die Seele der übrigen machen; es wird für jede Klasse von Lesern eine Seite haben, die ihrem Kopfe und ihrem Geschmacke gemäß ist: und so wird es auch von allen Klassen geschätzt und geliebt werden. Dieß, deucht uns, ist der Charakter der gellertschen Schriften. Seine Fabeln sind das Buch der Nation geworden; man liest sie, wo man sonst nichts liest; jedermann versteht sie, findet den Scherz, woran er sich vergnügen, und die Wahrheit, die ihn beßern soll. Und ist nicht eben in diesen Fabeln, dieses glückliche Gleichgewichte aller Gaben des Geistes, am meisten sichtbar? Sie enthalten viel Wahrheit und Philosophie, sowohl Beobachtungen über die Dinge und Menschen, als Regeln, sie besser zu machen: aber es sind solche, die jeder, sobald er sie hört, als bekannt ansehen, die jeder, auch wenn er kein großer Beobachter ist, durch seine eigne Erfahrung rechtfertigen kann. Die Erzählung ist lebhaft, voller Munterkeit und eines einnehmenden Scherzes: aber kein einziger, witziger Einfall, den es Mühe kostete zu erklären; keine scharfsinnige Sentenz, deren verborgner Sinn erst duch einen ähnlichen Scharfsinn entdeckt werden müßte. Die Poesie des Stils ist in ihrer Art die vollkommenste, die seyn kann; kein Zwang, nicht die geringste Abweichung von der Richtigkeit des Sinns und der Genauigkeit des Ausdrucks, um des Silbenmaaßes willen, allenthalben die eigentlichsten Wörter, keine neu gemachte Redensart, keine fremde Wendung, alles mitten aus dem gemeinsten Sprachgebrauche herausgenommen, lauter Ausdrücke, die jedermann im Munde führet, und doch alle edel, ihrem Gegenstande angemessen, und in der Verbindung neu.«

»In seinen Schriften herrschet noch ausser allen diesen Fähigkeiten eine so einnehmende Munterkeit, ein so lachender Scherz, eine bey aller Unschuld doch so fühlbare Spötterey, daß nothwendig in der ursprünglichen Anlage seines Geistes, ein hoher Grad von Lebhaftigkeit gewesen seyn muß, weil sie, auch nachdem sie durch die Reflexion gemäßigt, und durch Krankheit geschwächt worden, sich noch so merklich äussern konnte.

Die Gabe, die dazu gehört, vortrefliche Verse zu machen, genau zu beschreiben, ist vielleicht mehr, als irgend ein Philosoph vermag; diese Gabe, nur den Ausdruck des Gedankens zu suchen, und doch zugleich den Reim und das Metrum zu finden. Gellert besaß diese Gaben, wenn irgend einer unsrer Dichter, und vielleicht hat nichts zu dem großen und allgemeinen Aufsehen, das seine Fabeln machten, mehr beygetragen. Es war eine seltsame und in Deutschland noch unerhörte Erscheinung, Verse zu lesen, wo alles so gesagt war, wie man spricht, und doch alles edel und einnehmend, und alles zugleich im Sylbenmaaße und Reime richtig. Es ist gewiß, daß die Poesie, wenn sie diese Vortreflichkeit erreicht, einen weit größern Eindruck macht, als die Prose. Sogar das Vergnügen, welches der Reim macht, ist alsdann kein verächtliches Vergnügen mehr. Und wir glauben, daß, obgleich ein gewisser Zeitpunkt im menschlichen Leben, und in der menschlichen Gesellschaft kömmt, wo man überhaupt gegen Verse gleichgültiger wird, doch die Fabeln Gellerts zu denen wenigen gehören, die zu allen Zeiten und in jedem Alter mit Vergnügen werden gelesen werden.«

Christian Garve: Anmerkungen über Gellerts Moral, seine Schriften überhaupt und seinen Charakter. In: Neue Bibliothek der schönen Wissenschaften und der freien Künste. Bd. 12. St. 2. Leipzig 1771. S. 185–222. Hier: S. 188–190; 209 f.

Jakob Mauvillon und Ludwig August Unzer, 1771:

»Gellert ist der Lieblingsdichter dieser Nation! Welch ein nachtheiliger Schluß für ihn könnte nicht hieraus gezogen werden! – –

In der That, mein Freund, ich habe eben itzt nochmals Gellerts Schriften in die Hand genommen, und fühle mich beinahe geneigt, zu glauben, daß dieser Schriftsteller, wenn man ihn anders als in der Kindheit der Bildung des Geschmacks ließt, ganz aus seiner Sphäre gebracht ist. Der Mann von kritischem Gefühl kan wol schwerlich seine Lieblingslektüre daraus machen. Und dennoch ließt ihn eine ganze Nation; dennoch preisen ihn alle Kunstrichter an, und setzen ihn, wenigstens in einigen Gattungen, über alle übrigen Dichter Deutschlands! Wie soll ich dies erklähren? Soll ich mein Gefühl für falsch halten? Soll ich den Geschmack einer ganzen Nation verdammen, deren Stimme seit einigen Jahren angefangen hat, sehr viel Gewicht in dem Reiche des Witzes zu bekommen? Oder soll ich behaupten, daß wahre Kenner Gellerts dichterische Verdienste wirklich weniger schätzen, als man gewöhnlich dafür hält? Letzteres wünschte ich thun zu können; aber mit was für Grunde? Es ist zwar wahr, Lessing, Wieland und Ramler, diese Ersten der Nation, haben niemals, so viel ich weiß, eine besondere Hochachtung für den seligen Gellert, als Dichter, zu äußern für gut befunden, und ich gründe hierauf die Vermuthung, als wenn diese Gelehrten heimlich eben so urtheilten, wie ich; allein indeß wird Gellert doch beständig für einen der größten Dichter der Nation angesehen. Ich bin weit davon entfernt, ihn für einen schlechten Schriftsteller zu halten, (wie könnte mir nur dies in den Sinn kommen?) im Gegentheil lasse ich den einzelnen Schönheiten seiner Werke völlig Gerechtigkeit wiederfahren; aber was ihn zu der hohen Stuffe, welche er durchaus besitzen soll, berechtigen könnte, vermag ich noch nicht völlig einzusehn. Und doch denken hierin ein Denis, ein Weiße und andere so sehr verschie-

Denis / Weiße: Der österreichische Ossian-Übersetzer und Bardendichter Michael Denis und der als Theaterdichter bekannt gewordene Christian Felix Weiße hatten rühmende Nachrufe auf Gellert verfaßt.

den von mir? – – Vielleicht rührt dies von einer geheimen Empfindung der Dankbarkeit her, mit welcher diese Männer Gellerts Verdienste um die Beförderung des sittlichen Geschmacks betrachten. Diese Verdienste verehre ich mit ihnen; ich thue noch mehr, ich schätze die Moralität, die in Gellerts Schriften geprägt ist, und die dieselben für alle Stände, Geschlechter und Alter nützlich macht; aber ich bekenne zugleich, daß Gellert schwerlich so verdienstvoll von dieser Seite hätte werden können, wenn er in seinen Schriften größer erschiene. – – Mit seinem Tode nimmt das Urtheil der Nachwelt seinen Anfang. Seine Zeitgenossen zollten ihm den Tribut der Hochachtung, den sie ihm schuldig waren. Sein Name mag Deutschland ewig werth seyn, aber seine Schriften müßten strenge vor Gericht gezogen, und von dem Augenblick seines Todes an der Urtheilsspruch des Geschmacks über sie gefällt werden. Und diesem zufolge möchten sie wol nicht in das Heiligthum des Tempels der Unsterblichkeit eindringen, wo Ihr Ariost, wo mein Petrarca und der göttliche Herrera wohnen.«

»Sie haben meine Empfindungen bey der nochmaligen Durchlesung Gellerts glücklicher, als ich selbst, zu errathen und zu zergliedern gewußt. Ja, ich fühlte mich ordentlich beängstigt, als ich ihn, so sehr meinem kritischen Gefühl zuwieder, dichten sah, ihn, welchen lesen und bewundern bey den mehrsten eins ist. Nichts schien mir abgeschmackter, als die mehrsten seiner Reflexionen. Ich fand, daß er oft die Sachen auf eine unleidliche Art ohne Noth ausdehnte, daß er arm an Handlung und poetischen Bildern, desto reicher aber an Worten sey. Kurz, ich fand in den mehrsten seiner Gedichte den reimenden Prosaisten. Himmel! und ich sollte nicht mit Rousseau ausrufen dürfen: Défions nous des prejugés de Siècle & de Nation!

Aber Sie, liebster Freund, begnügen sich, wie ich sehe, nicht mit diesem bescheidnen Mißtrauen. Während daß ich einzelne schöne, wirklich dichterische Stellen in Gellerts Schriften auszuspüren bemüht bin, um daraus die unbegrenzte Verehrung seiner Leser erklähren zu können, während ich fürchte, ob Sie mein Urtheil nicht für zu kühn, meine Empfindungen für falschgestimmt erklähren, und über meinen Brief predigen würden; siehe da, so geben Sie mir in größerm Maße recht, als ich hatte hoffen können.

Herrera: Fernando de H. (1534–97), der bedeutendste Vertreter des Petrarkismus in Spanien.
Défions nous … de Nation: (frz.) »Trotzen wir den Vorurteilen des Jahrhunderts und des Volkes!« Das Zitat konnte in dieser Form bei Rousseau nicht nachgewiesen werden.

Hier liegen sie vor mir, die gefährlichen Worte,
verba non prius audita,

in denen Sie über den Lieblingsdichter einer ganzen Nation den richterlichen Stab brechen; *Gellert – ein mittelmäßiger Schriftsteller, ein Dichter ohne einen Funken von Genie!* Wenn es Blasphemien in der litterarischen Welt geben kann; so ist dies gewiß eine, wenigstens in den Augen der Landpastorentöchter.«

»Ich weiß nicht, ob Sie sich den Zustand der schönen Litteratur in Deutschland, als Gellert aufstieg, recht vorstellen. Erinnern Sie sich einmal der Schriften, die damals heraus kamen. Es war freylich was ganz erbärmliches. Ein gewisser *Stuß* gab Sammlungen von Mustern der deutschen Dichtkunst heraus. Ich weiß nicht, ob Sie sie gesehen haben; aber das sind mir Muster! – So sahs nun damals in ganz Deutschland aus. Die wenigen alten Guten waren unbekandt, und die neuern waren so erbärmlich, daß nichts darüber seyn konnte. Nun stieg Gellert auf. Seine Werke wurden bis im Himmel erhoben. Woher kam aber das? Es frey heraus zu sagen, lediglich von der Ignoranz und dem gänzlichen Mangel an Geschmack des damaligen Publikums.«

»Die Ehrfurcht und närrische Bewunderung für Gellert hatte sich schon von Vater auf Sohn fortgepflanzt, und war in diese junge Gemüther schon so tief eingewurzelt, als jedes andre Kindheitsvorurtheil. Ich versichere Ihnen, bey solchen Umständen hätte es kein Journalist wagen dürfen, sich gegen dieses von der Nation aufgerichtete goldne Kalb zu erheben. Er wäre gleich cassirt worden, und das Publikum würde seine königliche Würde wol zu behaupten gewußt haben. Durch diesen Zusammenfluß von Umständen ist Gellerts unverdienter Ruhm entstanden, und hat sich immer in eben dem Maaße erhalten, und zwar um desto mehr, je schlechter der Geschmack der Nation ist. Denn je seichter der Leser, je besser wird ihm Gellert gefallen, weil dieser ein äußerst seichter Dichter ist. Und in so fern Gellert von den auf ihn folgenden Kunstrichtern geschont und in seinem Posten erhalten ist, kann man auch sagen, daß er ihnen gewissermaßen seinen noch itzt daurenden Ruhm zu danken hat.

Sie suchen, mein liebster Freund, schöne Stellen im Gellert auf, um den Geschmack der Nation zu rechtfertigen, oder um sich denselben nur begreiflich zu machen. Ich lobe Sie darum; es zeigt von Ihrer

verba non prius audita: (lat.) Worte, die man bisher noch nicht vernommen hat.

strengen Behutsamkeit im Urtheilen. Es mag Ihnen auch wol manchmal eine Stelle aufstoßen, die Sie reitzend genug finden, um einzusehen, daß man den, von dem sie kommt, für einen guten Dichter halten könne. Allein erstlich, wie selten sind sie! und alsdenn wollte ich fast wetten, daß die wenigsten von Gellerts Verehrern diese Stellen bey ihrer Bewunderung vor Augen haben. Ja, wenn Sie sich die Mühe geben wollen, sich mit ihnen zu unterhalten, so werden Sie fast immer finden, daß just das allerschlechteste das ist, was sie entzückt. Ein neuer Beweis von der Art des Ruhms, den Gellert erlangt hat. Er ist, wie Sie sagen, der Dichter der Dorfpastoren und ihrer Töchter und andrer Leute von diesem Caliber. Fragen Sie sie einmal, was ihnen am besten darinn gefällt; es wird die Fabel *von dem Hute*, von *dem Tanzbähr*, oder *von dem grünen Esel* seyn.«

»Wissen Sie denn nicht, daß er auch Critikus war? Ja, und zwar ein Critikus, deren es nicht viel giebt. Ich bitte, lesen Sie einmal die Critiken über seine Fabeln, und dann sagen Sie mir aufrichtig, kann eine Critik trivialer seyn? Enthalten sie etwas mehr, als kritische Kleinmeistereyen? Worinn sind sie mehr von der *Aesthetik in einer Nuß*, welche auch die Worte tadelte und die Sachen übersah, unterschieden, als in der Güte der Gegenstände? Es ist wahr, Gellert besaß etwas Gefühl, und dies machte, daß er leicht das Rauhe in der Schreibart und die kleinen Auswüchse und Nachlässigkeiten merkte, die sich beym Dichten einschleichen, und nur an einem Gellert unverzeyhlich sind; erhebt ihn denn aber dies zum Critikus, wie manche seiner Bewunderer wähnen?«

»Wo ihn der Reim just hinführt, da reiset er mit hin, wie jeder Reimer thut. Das ist der Fall in allen seinen Erzählungen. Manchmal führt ihn der Reim glücklicher weise gut; das aber geschieht, wie man sichs vorstellen kann, selten genug. Die meiste Zeit wird er aufs Gerathewol hie und da ohne Ziel und Gesetz hingeworfen. Es ist wol der Mühe werth, daß wir dies Schauspiel in ein paar Erzählungen näher betrachten. Und um Ihnen den Geschmack der Nation bey der Gelegenheit mit zu zeigen, so will ich eine darunter wählen, die ich allgemein für besonders vorzüglich habe halten hören. – Inkle und Yariko. Ein vortrefliches Süjet, um zu rühren, nicht aber von Gellerts Erfin-

Aesthetik in einer Nuß: das *Die ganze Aesthetik in einer Nuß* betitelte *Neologische Wörterbuch* des Gottsched-Schülers Christoph Otto von Schönaich (1754), in dem die neuen Sprachschöpfungen eines Haller oder Klopstock kritisiert wurden.

dung; so wie fast keine von ihm ist. Wie wird ers nun benutzt haben? Stellen Sie sich ein junges liebenswürdiges amerikanisches Mädchen vor, das einen dem Schifbruch und der Wuth der Wilden entkommenen Engelländer rettet, lange Zeit speist und erhält, sich endlich mit ihm in ein Schif setzt, und dann zum Lohn ihrer Liebe von dem Ungeheuer verkauft wird. Wie wird uns der Dichter hier nicht im Herzen wühlen, dadurch daß er uns des Mädchens Unschuld, Zärtlichkeit, Bemühungen und Gefahren schildert, denen sie sich unterzieht, um ihren Geliebten zu verbergen und zu retten! Wie wird er uns nicht durch die Schilderung ihres Schmerzens bey der Grausamkeit ihres undankbaren Verführers Thränen auspressen! Wenigstens kann ers, wenn er will; er hat in dieser Erzählung den Stoff dazu. Nun wohlan, wir wollen einmal hören.

Die Liebe zum Gewinst, die uns zuerst gelehrt,
Wie man auf leichtem Holz durch wilde Fluthen fährt,
Die uns beherzt gemacht, das liebste Gut, das Leben,
Der ungewissen See auf Brettern Preiß zu geben;
Die Liebe zum Gewinnst, der deutliche Begriff
Von Vortheil und Verlust, trieb Inklen auf ein Schiff.
Er opferte der See die Kräfte seiner Jugend,
Denn Handeln war sein Witz, und Rechnen seine Tugend.

Erstlich, wie matt alles! zweytens sehen Sie nicht den von dem Reime regierten Versmacher in dem Verse, *der deutliche Begriff*, um auf *Schiff* zu reimen? Und in diesem, *denn Handeln war sein Witz* u.s.w. Ueberdem wie falsch ist nicht der Gedanke! Als wenn das nicht auch andre Leute thäten, daß sie der See ihre Jugend aufopferten, bey denen das gar nicht wahr ist, z. E. Seeoffizier. Uebrigens hat er hier so etwas anbringen wollen, als wenn er uns einen vorläufigen Begriff von Inkles Charakter geben wollte, welches auch recht gut wäre. Denn um eine so ungeheure That zu begreifen und wahrscheinlich zu finden, muß man ein wenig vorbereitet werden. Aber wie ungeschickt sind nicht alle Umstände gewählt! Denn es giebt viele Leute, deren Witz allein im Handeln besteht, und die eifrig genug nach Gewinn sind, um ihr Leben dabey zu wagen, ohne just solche abscheuliche Geschöpfe zu seyn. Ist denn die hier geschilderte allgemeine Liebe zum Gewinn gnugsam, um diese That begreiflich zu machen? Bey Leibe nicht, und eben dadurch ist diese ganze Stelle müssig, und müßte anders seyn, wenn sie mit der Erzählung zusammenhängen sollte.

Nun lesen Sie die darauf folgenden Verse, und sagen Sie, ob man matter erzählen kann, ob es nicht ganz Kraft- und Saftloß ist. Wenn ich Beyspiele von platten Versen haben wollte, so würde ich keine andere suchen, als die folgenden zwölf. *Allein*, heißt es unter andern da,

Allein der wilden Schaar
Fiel auf die Britten los, und wer entkommen war,
Den fraß ihr hungrig Schwerdt; nur Inkle soll noch leben;
Die Flucht in einen Wald muß ihm Beschirmung geben.

Alles folgende ist eben so seicht, und kaum kann ich den Ekel überwinden, um es abzuschreiben.

Ein plötzliches Geräusch erschreckt sein schüchtern Ohr.
Ein wildes Mädchen springt aus dem Gebüsch hervor,
Und sieht mit schnellem Blick den Europäer liegen.
Sie stutzt. Was wird sie thun? Bestürzt zurücke fliegen?
O nein! so streng und deutsch* sind wilde Schönen nicht.

Wie albern die Reflexion ist, läßt sich daraus ersehen, daß, ohne im geringsten strenge zu seyn, ein Mädchen sehr wohl vor einem blutfremden Menschen von einer unbekannten oder wol gar ihr bewußten feindlichen Gattung fliehen könnte. Es ist also nichts weniger als Menschenverstand in diesem Verse. Im Gegentheil hätte der Dichter einige Umstände anbringen sollen, die es wahrscheinlich gemacht, warum das Mädchen blieb, welche entweder aus dem Orte, wo sie zusammen kamen, oder aus dem Betragen des Engelländers, oder aus den Ideen hätten können genommen werden, die vorhergegangene Dinge dem Mädchen beygebracht hatten. Daran hätte nun gewiß mein Freund Ariost nicht ermangelt; denn bey dem hält die ganze Erzählung immer wie eine Kette zusammen. Das, was ich sage, ist allhier um desto nöthiger, da die Furcht allemal die erste Leidenschaft ist, die in dem Menschen, besonders in dem weiblichen Geschlecht, bey allen sonderbaren Vorfällen aufsteigt.

Sie sieht den Fremdling an: sein rund und weiß Gesicht,
Sein Kleid, sein lockigt Haar, die Anmuth seiner Blicke
Gefällt der Schönen wohl, hält sie mit Lust zurücke.
Auch Inklen nimmt dies Kind bey wilder Anmuth ein.

* O über den mauvais plaisant!

mauvais plaisant: (frz.) schlechten Witzbold.

Wie frostig, ich bitte Sie, wie kalt! Wer kann das lesen und dabey anfangen intressirt zu werden? Man könnte mich sicher, von welchem Verse man wollte, abrufen; ich würde nichts dagegen haben, und gleich das Buch hinlegen, ohne wissen zu wollen, was aus den Leuten ward. Und das ist eben das wahre Criterion einer Erzählung. Wenn sie nicht lebhaft interessirt; so ist sie stets fade und das Werk eines magern Kopfes.

Unwissend in der Kunst, durch Zwang verstellt zu seyn,
Verräth sie durch den Blick die Regung ihrer Triebe.
Ihr Auge sprach von Gunst und bat um Gegenliebe.

Daß eine Wilde nicht so lange spröde thut, als unser Frauenzimmer, das lassen wir gelten, und werden deswegen nicht minder gut von ihr denken. Aber sie muß doch auch nicht gar zu frech, gar zu brünstig seyn; und das ist diese. Ohne den geringsten Anlaß von Seiten Inkles spricht ihr Auge von Gunst, und bittet um Gegenliebe. Das würden Faunen selbst ekelhaft finden, und kann nur in Ländern wahr seyn, deren Sitten durchaus nicht von der Dichtkunst dürfen geschildert werden. Es giebt in allen Dingen ein gewisses Ideal, also auch ein Ideal wilder Sitten. Dieses faßt der Dichter von Genie; Gellert aber hat es hier ganz verfehlt. Um naiv und wahr seyn zu wollen, verfällt er ins plumpe und ekelhafte, wie alle Stümper.«

»Ist es nicht höchst lächerlich, daß Gellert den Inkle von Sachen reden läßt, wovon sich sein Mädgen gar keinen Begriff machen kann? Und dies dazu in einer stümprichten Sprache, die sich beyde erst erfunden haben? Wie will er ihr eine Stadt, Gassen, Glas, ein fahrendes Haus und Pferde begreiflich machen, lauter Gegenstände, die eine Wilde nie gesehen hat, und sich nicht gedenken kann? Seine Liebe, seine ewige Treue, ein Kleid wie das seinige, das sind noch Dinge, wovon sie wohl reden könnten: aber von denen, wovon sie Gellert reden läßt; das ist sehr lächerlich.

Ich wette, Gellert und alle seine Bewunderer haben gedacht, Wunder wie schön das ist, daß Inkle dem Mädgen solche Reden von Putz und schönen Sachen hält, und sie davon so gerührt wird, daß sie gleich wünscht, mit ihm fortzugehen. Wir haben schon eine Albernheit darinnen entdeckt, die andre ist aber noch weit wichtiger, und sicher! wenn Gellert ein bischen Gefühl, einen Schatten von Genie gehabt hätte, so würde er sie vermieden haben. Er will uns für das Mädgen rühren, und uns einen Abscheu für Inklens Undankbarkeit einflößen; wie ungeschickt ist also dieser triviale Punkt der Kenntniß des weiblichen Herzens angebracht, daß die Vorstellung von Eitelkeiten die Herzen der Mädgen entzückt! Hier sollte uns die zärtliche, die aufrichtige, die von Liebe durchdrungene Yariko, nicht aber die eitle, die nach jeder Tändeley begierige geschildert werden, die uns Gellert zeigt. Wie verringert das nicht das Interesse und die Rührung bey ihrem Unglück! Ist so eine ungeschickte Wendung nicht eine wahre Einfalt des Reimers zu nennen? Welche Erzählung hätte ein ehrlicher Mann nicht daraus machen können, der nur einen Funken Genie besessen hätte. Die Trähnen hätten stromweise fließen müssen; und man kann den Reimer, der sein Süjet so verhunzt, bewundern, ihn einen guten Erzähler nennen, wie ärgerlich! Ich weiß warlich nicht, was Ich mehr bewundern muß, Gellerten, oder seine Bewundrer.«

»Sobald man also gesagt hat, Gellerts Erzählungen sind matt, so hat man das Endurtheil über sie gesprochen; denn alsdenn sind sie auch nicht eine Puffbohne werth. Und matt sind sie denn doch in der That, nicht allein in der Einkleidung, sondern auch meistens in der Anlage. Ich weiß nicht, wo er sie mag alle hergefischt haben. Daß er aber selbst nur wenige erfunden hat, glaube ich sicher, wiewol die mehrsten Erfindungen herzlich mager und ihm vollkommen angemessen sind; so daß er auch wol viele aus seinem eignen Kopfe könnte herausgeklaubert haben. Allein hat er das nicht; so sieht man aus der Wahl, wie sehr es ihm an Genie mangelte.«

»Wenn man nun von dem allgemeinen der Erzählung auf das besondre geht, so findet sich eben die Magerkeit an Einfällen. Nothwendig müssen seine Scherze, wenn sie auch gut wären, wegen der schon bemerkten Gleichförmigkeit der Süjets, ermüden. Immer über die Zänkereyen der Ehen oder über die schlechten Autoren, wovon die meisten Erzählungen handeln, zu scherzen, muß ekelhaft werden, und wenn es auch noch so gut geschiehet. Aber weit gefehlt, daß es stets so geschehe! Im Gegentheil sind die meisten Einfälle matt und gedehnt. Auch in den Wendungen ist eine ekle Einförmigkeit. Wie oft z. B. ist der triviale Kunstgriff der Ironie gebraucht, oder daß man dem Leser anfänglich eine ganz entgegengesetzte Seite zeigt, als diejenige ist, die die Erzählung nachher selbst entdeckt. Wenn ein Mann sonst nichts als das weiß, um zu belustigen; so verdient er nur, die Seelen von der gröbsten und ungeschliffensten Gattung zu kützeln. In der That, muß ich gestehen, halte ich Gellerten für einen Schriftsteller, der nur fähig ist, den Pöbel zu belustigen. Dieser kann allein noch durch das Triviale zum Lachen bewogen werden, wenn es gleich plump ist. Haben Sie nicht bemerkt, daß er etwas sehr plebejes in seinen Ausdrücken hat; welches von dem Manne zeugt, der in seiner Jugend gar keine gute Erziehung muß gehabt, und keine feine Gesellschaft gesehen haben. Dies ist am meisten daraus zu ersehen, daß er nicht den geringsten Adel in der Schreibart hat, und nur die trivialsten Scherze kennt, und anzubringen weiß; ferner, daß er, sobald als er fein thun will, ins Alberne und Abgeschmackte fällt; und endlich, daß ihm die Stellen, wo er Bauern aufführt und reden läßt, recht nach dem Leben glücken. Denken Sie nur an die Worte:

Ihr Ochsen, die ihr alle seyd,
Euch Flegeln geb ich den Bescheid etc.

Der Streit über den Rain im *Processe*, der über Irrlicht oder Irrwisch in einer andern Erzählung, *der junge Drescher* u. a. Orten mehr, das ist alles in dem ächten Baurentohne erzählt. Und ich glaube, daß, wenn dieses den Bauern vorgelesen worden ist, sie sich über ihren Maler herzlich ergözt haben. Dieses mag ihm auch wol die Lobsprüche zugezogen haben, die ihm einer nach seiner eignen Erzählung in seinen Briefen gegeben haben soll. Gott behüte, daß ich diese ehrwürdige Classe von Menschen gering schätzen sollte! Aber ein Schriftsteller schreibt entweder allein für sie, und dann darf er von den andern nicht gelesen werden, oder er verdient den Namen eines pöbelhaften Schmierers. Denn in dem Reiche der Wissenschaften und des Geschmacks macht diese Ordnung von Menschen eine gar zu schlechte Figur.«

Jakob Mauvillon / Ludwig August Unzer: Über den Wert einiger deutschen Dichter und über andere Gegenstände, den Geschmack und die schöne Literatur betreffend. Ein Briefwechsel. Erstes Stück. Frankfurt a. M. / Leipzig: [o. V.], 1771. S. 32–35; 65–67; 75; 79–81; 104 f.; 152–159; 168–170; 218 f.; 222–225.

Johann Heinrich Merck, 1772:

»Es ist eine undankbare Arbeit, wenn man Ketzer retten soll, wie es diese Verf. in Ansehung der allgemeinen Orthodoxie des Geschmacks sind, gegen die sie sich auflehnen. An Gellert, die Tugend, und die Religion glauben, ist bey unserm Publiko beynahe Eins. Die sogenannten Freygeister in Sachen des Genies, worunter leyder! alle unsre jetztlebende große Dichter und Kunstrichter gehören, hegen eben die Grundsätze dieser Briefsteller, nur sie sind so klug, um der lieben Ruhe willen, eine esoterische Lehre daraus zu bilden. Es thut uns leid, daß diese Verf. die Regeln einer Erbauungsschrift verkannt, und nicht mehr erlaubte Charlatanerie bey ihren Patienten angewendet haben. Sie wollten den lallenden, schlafenden, und blinzenden Theil des Publikums curiren, und sie fangen dabey an, daß sie ihm seine Puppe nehmen – – Bilderstürmer wollen einen neuen Glauben predigen!

Gellert ist bey ihnen ein *mittelmäßiger* Dichter *ohne einen Funken von Genie*: Das ist zu hart! Gellert ist gewiß kein Dichter auf der Scala, wo Oßian, Klopstock, Shakespear und Milton stehen, nach dem Maaßstab, womit Warton mißt, und wo selbst Pope zu kurz fiele, wenn er den Brief seiner Heloisa nicht geschrieben hätte; Allein hört er deswegen auf ein angenehmer Fabulist und Erzähler zu seyn, einen wahren Einfluß auf die erste Bildung der Nation zu haben, und hat er nicht durch vernünftige und oft gute Kirchenlieder Gelegenheit gegeben, den Wust der elendesten Gesänge zu verbannen, und wenigstens wieder einen Schritt zu einer unentbehrlichen Verbesserung des Kirchenrituals zu thun? Er war nichts mehr als ein Bel Esprit, ein brauchbarer Kopf; allein muß man ihm daraus ein Verbrechen machen, und sich wundern, wenn der gemeine Haufen, nur Augen und Ohren für dergleichen Art von Schriftstellern hat? Nicht allein bey uns, sondern in allen Ländern wird die Anzahl der denkenden Menschen, der wahren Gläubigen, immer eine unsichtbare Kirche bleiben. Der Recensent ist Zeuge, daß der selige Mann von der Dichtkunst, die aus vollem Herzen und wahrer Empfindung strömt, welche die einzige ist, keinen Begriff hatte. Denn in allen Vorlesungen über den Geschmack hat er ihn nie die Namen Klopstock, Kleist, Wieland, Geßner, Gleim, Leßing, Gerstenberg, weder im Guten noch im Bösen nennen hören. Bey der Ehrlichkeit seines Herzens läßt sich nicht anders schliessen, als daß sein Verstand sie nie für Dichter erkannt hat. Es war vielleicht auch natürlich, daß er bey der gebrochenen Constitution seines ganzen Wesens die Stärke des Helden vor Wuth des Rasenden halten mußte, und daß ihm die *Klugheit*, die Tugend, die nach Wieland die Stelle aller andern zuweilen in dieser Welt vertritt, anrieth, nichts von diesen Männern zu sagen. Wir wünschten daß die Ausfälle der Verf. weniger heftig wären; die Redensarten *dethronisiren*, *aus der Schanze verjagen* und dergleichen klingen zu feindlich, oder zu niedrig. Indessen ist diese Schrift kein Gewäsche, wie man sie unter diesem Titel dem Publiko hat aus den

Warton: Joseph W. (1722–1800) hatte in seinem *Essay On the Genius and Writings of Pope* (1756; 2. Teil 1782) den Klassizisten von einer romantische Anschauungen vorwegnehmenden Position aus kritisiert.
vor: für.

Händen raisonniren wollen. Unter der nachlässigen Weitschweifigkeit dieser Briefe verkennt man nie die denkenden Köpfe, und wir empfehlen die *Erinnerung über die Journalisten* gleich zu Anfang, die Bemerkung über den *Unterschied der Fabel* S. 142. und 148. die *Rettung Miltons* gegen die Ausmessungen des Herrn Prof. Kästner. S. 164. über das *Lehrgedicht*, S. 195. und die vortrefliche Gedanken über *Wielands Verdienst* als Lehrdichter in der *Musarion*, S. 196. die *Rangordnung Gellerts* mit *Dusch* und *Utz*, S. 200. den Augenpunkt woraus sie die *Gellertsche Moral* betrachten, S. 243. und 250. und den ganzen *Schluß* unsern Lesern zur Beherzigung. Vorsatz zu schaden sieht man aus dem Detail der Kritiken; allein deswegen sind sie nicht unrichtig. Man hat unter den Fabeln freylich nicht die besten gewählt, und bey den Erzählungen die schwache Seite Gellerts, das ist, die Mahlerey untersucht, und ihn am Ende gar mit *Ariosto* gemessen. Wir sind aber doch versichert, daß diese Produktion mit allen ihren sauren Theilen ein nützliches Ferment abgiebt, um das erzeugen zu helfen, was wir dann *deutschen Geschmack*, *deutsches Gefühl* nennen würden.«

Johann Heinrich Merck: [Rezension von:] Über den Wert einiger deutschen Dichter und über andere Gegenstände, den Geschmack und die schöne Literatur betreffend. Ein Briefwechsel. Erstes Stück. Frankfurt, Leipzig 1771. In: Frankfurter gelehrte Anzeigen. Nr. 15. 21. Februar 1772. S. 117–119.

Johann Heinrich Voss an Ernst Theodor Johann, 17. November 1774:

»Der Dichter, der nur Eine große Seele, die wieder wirken kann, stark rührt, thut mehr, als der, der den ganzen Mittelstand in eine dumme Andacht einschläfert. Man gebe dem Gedanken das simpelste Kleid, die deutlichste *Sprache*, sonst verdient man den Vorwurf des Unnatürlichen, des Schwulstes. Aber soll man desfals den höheren *Gedanken* selbst, so wahr, so groß er auch ist, fahren lassen, weil ihm, troz aller Simplicität seines Ausdrucks, die Gedanken des gemeinen Haufens nicht folgen können? Das sei ferne! Nach deinen Grundsäzen ist Gellert, ist Schmolke mehr als Klopstock, denn beide werden mehr gelesen und verstanden. Und wahrlich Gellert (als *Dichter* betrachtet) ist nicht viel mehr, als Schmolke. Was sind seine geistlichen Lieder, als compilirte Sprüche? Geht die Rührung je weiter, als sie die gewöhnlichste Postille verschaft? Ich tadle Gellert nicht; er ist für *seine* Leser nüzlich, vortreflich. Aber ich tadle die, die ihm einen höheren Rang des Genies anweisen, als er sich selbst, *troz aller seiner Eitelkeit*, angemaßt hat. Er wollte ja nur Paul Gerhard werden. Seine Lehrgedichte – willst du die Gedichte nennen? Selbst unter den Lehrgedichten stehn sie auf der niedrigsten Stufe. Seine Fabeln – wer hat Äsop und Phädrus einem Homer, Pindar, Virgil nur von ferne an die Seite gesezt? Lafontaine wird als ein Genie der ersten Größe gepriesen, aber unter den Franzosen, und von Franzosen. Seine Comödien, seine Briefe, seine Prosa! – Ach laß mich; ich will ja gerne dem Volk seinen Gözen lassen, nur verlange nicht, daß ich selbst niederfallen soll. Gellert war ein guter, frommer Mann; ein guter Schriftsteller für Zeiten, wo Gottsched alles war; und durchaus kein Dichter. Du verwechselst einmal die leichte Schreibart und die schöne mit einander. Gellert schreibt leicht, aber nicht schön. Er nimt von unsrer starken Sprache nur den kleinen Theil von Worten, die man gebraucht, ein französisches Buch (nicht zu übersezen) zu parafrasiren; nähert sich dem Ton der Gesellschaft, der durchaus nichts taugt, wo der Schriftsteller nicht eben das im Sinn hat, diesen, wie jede andre Sache aus der Natur um uns, nachzuahmen; nimt leicht zu fassende Gegenstände, und gießt dann sein ewiges unausstehliches Wassergeschwäz in solchem Überflusse darüber, daß die dumme Eitelkeit, die doch auch gern *viel* und *schnell* verstehn oder lesen will, vollkommen befriedigt wird. Glaub' nicht, daß ich hizig schreibe. Ich versichere dir, daß ich für Gellerts wahre Verdienste eben die Hochachtung habe, die du nur immer haben kannst. Aber mein Urtheil ist das Urtheil des Bundes und Klopstocks.«

Briefe von Johann Heinrich Voß nebst erläuternden Beilagen. Hrsg. von Abraham Voß. Bd. 1. Halberstadt: C. Brüggemann, 1829. S. 183–185.

Johann Andreas Cramer, 1774:

»Nachdem sein erstes Lustspiel gedruckt worden war, ließ er auch den ersten Band seiner Fabeln und Erzählungen drucken. Sie wurden mit einem allgemeinen Beyfalle aufgenommen; nicht nur in Deutschland, welches nun erst zu einem bessern Geschmacke gebildet und gewöhnt wurde, sondern auch unter den Nationen, die schon der Empfindung des wahren Schönen in diesen Gedichten gewohnt waren und darum von dem Werthe solcher Werke sicherer urtheilen

Bundes: Gemeint ist der 1772 von jungen Klopstock-Enthusiasten gegründete Göttinger Hain. Ihm gehörten neben Voß u. a. Boie, Hölty, Miller, Leisewitz und die Brüder Stolberg an.

konnten. Sie wurden den Ausländern durch verschiedne Uebersetzungen bekannt, welche immer weit unter ihrem Originale blieben, und dennoch ehrten die Fremden auch darinnen das Genie des deutschen Dichters mit einem Lobe, das um so viel mehr bedeutender war, je zurückhaltender sie zu allen Zeiten mit ihrem Beyfalle es gegen unsre Nation gewesen sind. Diese Gedichte haben so unstreitige und so sichtbare Vorzüge, daß man sie, wenn Itztlebenden ein solches Urtheil erlaubt werden kann, beständig zu den klassischen Werken unsrer Nation zählen wird. Noch immer gehören sie zu den angenehmsten Unterhaltungen einer sich zu einem guten Herzen und Geschmacke bildenden Jugend; noch haben sie den Beyfall eines Geschlechtes, das näher bey der Natur bleibt, und deswegen auch nach seinem Gefühle sicherer, als das unsrige nach Aesthetiken über das wahre Schöne urtheilt. Noch erzählen gute Mütter sie ihren sich zum Geschmacke bildenden Töchtern; noch würde sich auch der mürrische Weise schämen, mit Gleichgültigkeit oder Verächtlichkeit davon zu sprechen. Die Wahl und die Erfindung des Innhalts, die Absicht, die Ausführung, die Manier, alles gefällt; alles macht dem Verstande, dem Herzen, und dem Geiste des Dichters Ehre. Er erhebt sich nie so hoch, daß er nur von dem scharfsinnigern und gelehrtern Theile der Menschen gesehen werden könnte; er schwebt aber auch nie so nahe an der Erde hin, daß er von ihnen übersehen zu werden verdiente. Im Schmucke seiner Erzählung herrschet eine weise und überlegte Mäßigung, eine Schönheit, welche gefällt, ohne lange vor dem Spiegel gesessen zu haben, allezeit bescheiden, zuweilen aber auf eine angenehme Art nachläßig; nicht eben aus bulerischer Zuversichtlichkeit zu ihren Reizungen, sondern, ohne es doch selbst zu wissen, aus einem geheimen Gefühle, daß sie keiner außerordentlichen Sorgfalt in ihrem Putze bedürfe.

[...] Mein größter Ehrgeiz, sagt er in einem Schreiben an einen Freund in Schlesien, besteht darinn, daß ich den Vernünftigen dienen und gefallen will, und nicht den Gelehrten in engerm Verstande. Ein kluges Frauenzimmer gilt mir mehr, als eine gelehrte Zeitung, und der niedrigste Mann von gesundem Verstande ist mir würdig genug, seine Aufmerksamkeit zu suchen, sein Vergnügen zu befördern, und ihm in einem leicht zu behaltenden Ausdrucke gute Wahrheiten zu sagen, und edle Empfindungen in seiner Seele rege zu machen. Ein so menschenfreundlicher Dichter konnte sich mit Recht freuen, als ein Bauer in Sachsen im Anfange des Winters, aus Dankbarkeit für das Vergnügen, das ihm seine Fabeln gemacht hatten, mit einem Wagen voll Brennholz vor seine Wohnung fuhr, ihn fragte, ob er der Herr wäre, der so schöne Fabeln machte, und ihn mit einem Auge voll Freude und mit vielen Entschuldigungen seiner Freyheit ersuchte, seine Ladung Brennholz zum Merkmaale seiner Erkenntlichkeit anzunehmen.

Johann Andreas Cramer: Christian Fürchtegott Gellerts Leben. In: C. F. Gellerts sämtliche Schriften. Tl. 10. Leipzig: Weidmann/Reich/Frisch, 1774. S. 57–60.

Literaturhinweise

Textausgaben

Fabeln und Erzählungen von C. F. Gellert. Leipzig: Johann Wendler, 1746.

Fabeln und Erzählungen von C. F. Gellert. Zweyter Theil. Leipzig: Johann Wendler, 1748.

Lehrgedichte und Erzählungen von C. F. Gellert. Leipzig: Johann Wendler, 1754.

Sammlung vermischter Schriften von C. F. Gellert. Leipzig: Weidmann, 1756.

C. F. Gellerts sämmtliche Schriften. Erster Theil. Leipzig: Reich, 1769.

Christian Fürchtegott Gellert: Fabeln und Erzählungen. Hist.-krit. Ausg. Bearb. von Siegfried Scheibe. Tübingen: Niemeyer, 1966. (Neudrucke deutscher Literaturwerke. N. F. 17.)

Christian Fürchtegott Gellert: Schriften zur Theorie und Geschichte der Fabel. Hist.-krit. Ausg. Bearb. von Siegfried Scheibe. Tübingen 1966. (Neudrucke deutscher Literaturwerke. N. F. 18.)

Briefausgaben

C. F. Gellerts Briefwechsel. Hrsg. von John F. Reynolds. Bd. 1: 1740–1755. Berlin / New York: de Gruyter, 1983.

John F. Reynolds: 18 unveröffentlichte Briefe Christian Fürchtegott Gellerts. In: Jahrbuch des Freien Deutschen Hochstifts, 1977. S. 1–26.

Sekundärliteratur

Die Fabel. Theorie, Geschichte und Rezeption einer Gattung. Hrsg. von Peter Hasubek. Berlin 1982.

Fabelforschung. Hrsg. von Peter Hasubek. Darmstadt 1983. (Wege der Forschung. 572.)

Fabula docet. Illustrierte Fabelbücher aus sechs Jahrhunderten. Wolfenbüttel 1983. (Ausstellungskatalog der Herzog August Bibliothek. 41.)

Biedermann, Karl: [Einleitung zu:] Christian Fürchtegott Gellert. Fabeln und Erzählungen. Geistliche Oden und Lieder. Hrsg. von Karl Biedermann. Leipzig 1871. (Bibliothek der deutschen Nationalliteratur des achtzehnten und neunzehnten Jahrhunderts. 30.)

Briegel-Florig, Waltraud: Geschichte der Fabelforschung in Deutschland. Diss. Freiburg 1965.

Diestel, Gustav: Bausteine zur Geschichte der deutschen Fabel. Dresden 1871. (Programm des Vitzthumschen Gymnasiums.)

Ellinger, Georg: Gellerts Fabeln und Erzählungen. Berlin 1895. (Wissenschaftliche Beilage zum Jahresberichte der Sechsten Städtischen Realschule zu Berlin, Ostern 1895.)

Gaßner, Josef: Über den Einfluß des Burchard Waldis auf die Fabeldichtung Gellerts. Klagenfurt 1909. (Programm des Staats-Obergymnasiums, 1908/09.)

Gellert und sein Publikum. In: Dichter lesen. Von Gellert bis Liliencron. Marbach 1984. (Marbacher Schriften. 24.) S. 26–31.

Handwerck, Hugo: Studien über Gellerts Fabelstil. Diss. Marburg 1891.

Honnefelder, Gottfried: Christian Fürchtegott Gellert. In: Benno von Wiese (Hrsg.): Deutsche Dichter des 18. Jahrhunderts. Berlin 1977. S. 115–134.

Jacobs, Jürgen: Gellerts Dichtungstheorie. In: Literaturwissenschaftliches Jahrbuch. N. F. 10 (1969) S. 95–108.

Jäger, Hans-Wolf: Lehrdichtung. In: Hansers Sozialgeschichte der deutschen Literatur. Bd. 3: Deutsche Aufklärung bis zur Französischen Revolution. 1680–1789. Hrsg. von Rolf Grimminger. München 1980. S. 500–544.

Kayser, Wolfgang: Die Grundlagen der deutschen Fabeldichtung des 16. und 18. Jahrhunderts. In: Archiv für das Studium der neueren Sprachen 160 (1931) S. 19–33.

Ketelsen, Uwe-K.: Vom Siege der natürlichen Vernunft. Einige Bemerkungen zu einer sozialgeschichtlichen Interpretation der Geschichte der Fabel in der deutschen Aufklärung. In: Seminar 16 (1980) S. 208–223.

Leibfried, Erwin: Philosophisches Lehrgedicht und Fabel. In: Walter Hinck (Hrsg.): Europäische Aufklärung I. Frankfurt a. M. 1974. (Neues Handbuch der Literaturwissenschaft. Hrsg. von Klaus von See. Bd. 11.) S. 75–90.

Leibfried, Erwin: Fabel. Stuttgart [4]1982. (Sammlung Metzler. 66.)

Martens, Wolfgang: Über Weltbild und Gattungstradition bei Gel-

lert. In: Festschrift für Detlev W. Schumann. Hrsg. von Albert R. Schmitt. München 1970. S. 74–82.
Martens, Wolfgang: Hochmut kommt vor dem Fall. Zu Gellerts Fabel »Das Pferd und die Bremse«. In: Gedichte und Interpretationen. Bd. 2: Aufklärung und Sturm und Drang. Hrsg. von Karl Richter. Stuttgart 1983. (Reclams Universal-Bibliothek. 7891[5].)
– Der alte böse General. Gellerts Verserzählung »Das Unglück der Weiber«. Ebd. S. 182–191.
May, Kurt: Das Weltbild in Gellerts Dichtung. Frankfurt a. M. 1928.
Noel, Thomas: Theories of the Fable in the Eighteenth Century. New York / London 1975.
Pellegrini, Alessandro: Die Krise der Aufklärung. Das dichterische Werk von Christian Fürchtegott Gellert und die Gesellschaft seiner Zeit. In: Literaturwissenschaftliches Jahrbuch. N. F. 7 (1966) S. 37–96.
Pütz, Peter: Die Herrschaft des Kalküls. Form- und Sozialanalyse von Gellerts »Inkle und Yariko«. In: Wissen aus Erfahrungen. Werkbegriff und Interpretation heute. Festschrift für Hermann Meyer. Hrsg. von Alexander von Bormann [u. a.]. Tübingen 1976. S. 107–121.
Schlingmann, Carsten: Gellert. Eine literarhistorische Revision. Bad Homburg / Berlin / Zürich 1967.
– Tränen über Gellerts Grab. In: Das weinende Saeculum. Colloquium der Arbeitsstelle 18. Jahrhundert. Heidelberg 1983. S. 73–82.
Schmidt, Erich: [Rezension von:] August Lehmann: Forschungen über Lessings Sprache. Braunschweig 1875. In: Anzeiger für deutsches Altertum und deutsche Literatur 2 (1876) S. 38–79. (Beilage zur Zeitschrift für deutsches Altertum und deutsche Literatur 20, 1876.)
– Christian Fürchtegott Gellert. In: Allgemeine deutsche Biographie. Bd. 8. Leipzig 1878. S. 544–549.
Staege, Max: Die Geschichte der deutschen Fabeltheorie. Bern 1929.
Stegmeyer, Franz: Ruhm und Nachruhm Christian Fürchtegott Gellerts. In: F. S.: Europäische Profile. Essays. Wiesbaden 1947. S. 44–55.
Stein, Ferdinand: Lafontaines Einfluß auf die deutsche Fabeldichtung des 18. Jahrhunderts. Aachen 1889. (Jahresbericht über das Kaiser-Karls-Gymnasium zu Aachen für das Schuljahr 1888/89.)

Zeittafel

1715 Christian Fürchtegott Gellert wird am 4. Juli als fünfter Sohn des Predigers Christian Gellert und seiner Frau Johanna Salome Schütz in Hainichen am Erzgebirge geboren.

1729–34 Besuch der Fürstenschule St. Afra in Meißen. Freundschaft mit Gärtner und Rabener, den späteren Mitarbeitern der »Bremer Beiträge«.

1734–38 Studium der Philosophie und Theologie in Leipzig. Gellert hört außerdem Vorlesungen über Dichtkunst, Beredsamkeit und Geschichte.

1738–40 Gellert muß das Studium abbrechen, weil sein Vater ihn finanziell nicht mehr unterstützen kann. Er versucht sich in der Heimat als Prediger, wird Hauslehrer beim Grafen von Lüttichau und kehrt schließlich als Begleiter eines Dresdner Studenten nach Leipzig zurück.

ab 1741 Mitarbeit an Schwabes *Belustigungen des Verstandes und des Witzes.* Hier erscheinen die ersten Fabeln und Erzählungen, außerdem Oden, Elegien, poetische Sendschreiben und Lehrgedichte. Gellert lernt Englisch und Französisch, verfaßt Gelegenheitsgedichte und arbeitet an Gottscheds Übertragung des *Historischen und Critischen Wörterbuchs* von Pierre Bayle mit. Im Umgang mit den Brüdern Schlegel, mit Cramer, Gärtner und Ebert bildet er seinen Geschmack im Sinne der Leipziger Dichterschule.

1743 In nur zwölf Exemplaren läßt Gellert zwölf anakreontische Lieder drucken. Am 21. Februar promoviert er zum Magister der Weltweisheit.

1744 Gellert habilitiert sich mit der öffentlichen Verteidigung seiner Abhandlung »De poesi apologorum eorumque scriptoribus«. Er ist damit Lehrer der Poesie und Beredsamkeit. *Das Band*, ein Schäferspiel, erscheint in den *Belustigungen.*

1745 Das Schäferspiel *Sylvia* erscheint in den *Belustigungen*, das erste Lustspiel *Die Betschwester* in den *Neuen Beiträgen zum Vergnügen des Verstandes und des Witzes*, den sogenannten »Bremer Beiträgen«.

1746 Erstveröffentlichung des zweiten Lustspiels *Das Los in der Lotterie* in den »Bremer Beiträgen«. Bei Wendler in Leipzig erscheinen die *Fabeln und Erzählungen* zusammen mit der einleitenden Abhandlung »Nachricht und Exempel von alten deutschen Fabeln«, einer Umarbeitung seiner Habilitationsschrift.

1747 Der erste Teil des Romans *Leben der schwedischen Gräfin von G**** erscheint anonym. Gellert gibt einen Band Lustspiele heraus. Neu darin sind das Nachspiel *Die kranke Frau*, die Operette *Das Orakel* und *Die zärtlichen Schwestern*. Den Text der *Betschwester* hat der Autor gemildert.

Es erscheint der Traktat *Von den Trostgründen wider ein sieches Leben*.

1748 Das zweite Buch der *Fabeln und Erzählungen* und – wiederum anonym – der zweite Teil des Romans erscheinen.

1751 Gellert wird zum außerordentlichen Professor der Philosophie ernannt. Als Einladung zu seiner Antrittsvorlesung läßt er die Abhandlung *Pro comoedia commovente* drucken, die Lessing 1754 ins Deutsche übersetzt. Die lateinische Antrittsvorlesung selbst handelt »Von dem Einflusse der schönen Wissenschaften auf das Herz und die Sitten«.

Briefe, nebst einer praktischen Abhandlung von dem guten Geschmacke in Briefen.

1754 *Lehrgedichte und Erzählungen*.

1756 *Sammlung vermischter Schriften*.

1757 *Geistliche Oden und Lieder*.

1769 Die *Sämtlichen Schriften* beginnen zu erscheinen. Am 13. Dezember stirbt Gellert.

Nachwort

I

Das 18. Jahrhundert ist eine Blütezeit der Fabeldichtung. Vom Neueinsatz der deutschen Literatur in den dreißiger Jahren bis zum Ende des Jahrhunderts der Aufklärung lassen sich über 80 Fabelautoren nachweisen.[1] Dichter von Rang zählen dazu, wie Friedrich von Hagedorn, der 1738 mit seinem *Versuch in poetischen Fabeln und Erzählungen* den für die Gattung in der Folgezeit charakteristischen amüsant-behaglichen Plauderton kreierte und ihre Popularität begründete; Gellert natürlich, der erfolgreichste Fabelautor der Epoche; und Lessing mit seiner gelehrt-scharfsinnigen Abhandlung wie den prägnant formulierten Prosafabeln von 1759. Gleim wäre zu nennen, Johann Adolf Schlegel, Magnus Gottfried Lichtwer, und, gegen Ende des Jahrhunderts, der Elsässer Gottlieb Konrad Pfeffel, dessen Sammlung aggressiver politischer Fabeln im Jahr der Französischen Revolution erschien.[2] Daneben steht die Zahl derer, die nur noch historisches Interesse beanspruchen können und in Bibliographien oder Spezialuntersuchungen ihr tristes Nachleben führen – Stoppe etwa oder Triller, die mit zu den ersten gehörten, die sich in der neuen Gattung versuchten.

Obgleich im Bereich der Fabel eine deutliche Abnahme der Zahl von Neuerscheinungen erst für die neunziger Jahre festzustellen ist, so geht ihre große Zeit doch schon in den siebziger Jahren zu Ende.[3] Die Fabel rangiert nicht mehr unter den

1 Siehe Erwin Leibfried, *Fabel*, 4., durchges. und erg. Aufl., Stuttgart 1982 (Sammlung Metzler, 66), S. 73–76, und Kap. VIII,5 insges.

2 Gottlieb Konrad Pfeffel, *Poetische Versuche*, 3 Bde., Basel 1789–90. Vorangegangen waren 1761 seine *Poetischen Versuche in drey Büchern* und 1783 die *Fabeln, der Helvetischen Gesellschaft gewidmet.*

3 Daß die »statisch-zeitlose Fabel« im Zuge der Historisierung und Individualisierung vernünftiger Normen bereits »um 1750 [...] ihre geschichtliche Funktion zunehmend« verlor und an den Briefroman abgab, ist die These von Uwe-K. Ketelsen (»Vom Siege der natürlichen Vernunft: Einige Bemerkun-

am höchsten geschätzten Gattungen: sie sinkt ab zu einer Literatur für Kinder – Titel wie »Moralische Fabeln und Erzählungen für Kinder und junge Leute« tauchen vermehrt auf. An Stelle der herkömmlichen stereotypen Doppelformel »Fabeln und Erzählungen« erscheint jetzt häufiger die neue Kombination »Fabeln und Gedichte«, womit die alte Gattung wohl dem lyrischen Zeitgeschmack angenähert werden soll. Die bedeutendsten Dichter des letzten Jahrhundertdrittels üben sich nicht mehr in ihr – Klopstocks hehrer Dichterschwung kann sich in der niederen Gattung nicht entfalten, Wieland weicht ganz auf die rokokohafte Verserzählung aus, die Klassiker verschmähen sie völlig.

Auch im 17. Jahrhundert hatte die Fabel nicht in Gunst gestanden. Kaum eine der barocken Poetiken fand sie der Beachtung wert,[4] und in der Dichtung selbst spielte sie – von wenigen Ausnahmen abgesehen[5] – keine Rolle. Völlig verschwunden war die Gattung dennoch nicht: Textausgaben des Äsop erschienen, an den Gymnasien fanden weiterhin lateinische Fabelsammlungen im Sprachunterricht Verwendung, und die Predigt bediente sich ihrer als griffiger Beispiele – im Werk des Abraham a Santa Clara ist uns dies überliefert.[6] Gleichwohl: die erste Blüte der Fabeldichtung im 15. und 16. Jahrhundert von Heinrich Steinhöwel über Luther, Erasmus Alberus und Burkhard Waldis bis zu den Meistersingern war vorüber.

gen zu einer sozialgeschichtlichen Interpretation der Geschichte der Fabel in der deutschen Aufklärung«, in: *Seminar* 16, 1980, S. 208–223; hier S. 216).

4 »Harsdörffer ist der einzige Poetiker des 17. Jahrhunderts, der ihr in der Theorie größere Beachtung schenkt« (Max Staege, *Die Geschichte der deutschen Fabeltheorie*, Bern 1929, S. 14). Besonderer Wertschätzung erfreute sich die Gattung aber auch bei ihm nicht: »Die Fabel und gemeinen Mährlein lassen wir den Kindern und alten Mütterlein« (»Vorrede« zu *Nathan und Jotham*, Nürnberg 1650, zit. nach: *Texte zur Theorie der Fabeln, Parabeln und Gleichnisse*, hrsg. und eingel. von Reinhard Dithmar, München 1982 [dtv, 6119], S. 91).

5 Siehe die Quellenangaben bei Leibfried (Anm. 1) S. 71.

6 Thomas Noel, *Theories of the Fable in the Eighteenth Century*, New York / London 1975, S. 47; Leibfried (Anm. 1) S. 70 f.

Man hat verschiedene Gründe für diesen Niedergang verantwortlich gemacht, ideen- wie sozialgeschichtliche: die einheitliche Autorität, welche Fabeldichtung erst ermögliche, sei nicht mehr gegeben gewesen,[7] die hohe Auflagenzahl des 16. Jahrhunderts habe den Bedarf auch des folgenden gedeckt.[8] Um der historischen Wirklichkeit gerecht zu werden, muß man wohl etwas differenzierter antworten: Dem anspruchsvollen Poeta doctus des Barock wie seinem höfischen Publikum erschien die sich an den gemeinen Mann und sein Verständnisvermögen wendende niedrige Gattung der Fabel unangemessen, denn sie bot weder Raum zur Ausbreitung von Gelehrsamkeit, noch ließ sie sich zu Repräsentationszwecken verwenden.[9] Die Mittel- und Unterschichten dagegen wandten sich in den politisch bewegten Zeiten des Dreißigjährigen Krieges – soweit sie überhaupt lasen – literarischen Formen mit historisch-konkretem Inhalt zu: Flugblättern, Kalendergeschichten und Zeitungen.[10] Schließlich liegt das Fehlen poetologischer Untersuchungen zur Fabel sicher auch darin begründet, daß seit Aristoteles und Quintilian der Ort der theoretischen Reflexion über die Fabel die Rhetorik und nicht die Poetik war – der Gewährsmann aller klassizistischen Poetiker, Horaz, erwähnt sie gar nicht –, was besonders in einer Zeit dezidierter Antikenachfolge von Bedeutung sein mußte. Nur so wird verständlich, warum selbst Boileau in seinem klassizistischen *Art poétique*, der 1674, also einige Jahre nach der ersten Sammlung von La Fontaines berühmten *Fables* (1668), erschien, die Gattung nicht behandelt.[11]

7 Wolfgang Kayser, »Die Grundlagen der deutschen Fabeldichtung des 16. und 18. Jahrhunderts«, in: *Archiv für das Studium der neueren Sprachen* 160 (1931) S. 19–33 (hier S. 27 f.).

8 Leibfried (Anm. 1) S. 70.

9 Staege (Anm. 4) S. 17. Vgl. auch Kayser (Anm. 7) S. 29.

10 Leibfried (Anm. 1) S. 70.

11 Staege (Anm. 4) S. 12. Zur Differenz zwischen der Geschichte der Fabel und der Geschichte der Fabeltheorie s. Karl August Ott, »La Fontaine als Vorbild. Einflüsse französischer Fabeldichtung auf die deutschen Fabeldichter des 18. Jahrhunderts«, in: *Die Fabel. Theorie, Geschichte und Rezeption einer Gattung*, hrsg. von Peter Hasubek, Berlin 1982, S. 76–105 (hier S. 76 f.).

Nach diesem Ausfall der Gattung im 17. Jahrhundert ist das Erscheinen gleich mehrerer Sammlungen um das Jahr 1740 erstaunlich und verlangt eine Erklärung.[12] Zunächst einmal wird man an den ungeheuren Erfolg La Fontaines erinnern müssen, der zu Nachahmungen anreizte. Dabei ist allerdings gleich einschränkend zu bemerken, daß La Fontaine weniger unmittelbar als mittelbar auf die deutsche Fabeldichtung des 18. Jahrhunderts Einfluß ausübte. Seine

12 Für die marxistische Literaturwissenschaft erklärt sich diese Wiederbelebung daraus, daß die Fabel als »Kampfform« in Phasen »bürgerlicher Selbstbesinnung« für die »Auseinandersetzung mit dem Feudalabsolutismus« besonders geeignet sei (*Geschichte der deutschen Literatur vom Ausgang des 17. Jahrhunderts bis 1789*, Berlin [Ost] 1979, S. 148). Dabei übersieht die DDR-Germanistik nicht, »daß jene Fabeln, die mehr oder weniger unverhüllt zu den Auseinandersetzungen der Klassen Stellung beziehen, durchaus in der Minderheit sind« (Hans Friederici, »Die Tierfabel als operatives Genre«, in: *Weimarer Beiträge* 11, 1965, S. 930–952; hier S. 937). Solch nüchterner historischer Blick ist dem bundesrepublikanischen Marxismus leider nicht immer zu eigen. Namentlich Elisabeth Herbrand wäre er zu wünschen gewesen, etwa in bezug auf ihre Behauptung, daß die Fabel »von den Anfängen ihrer Entwicklung bis zu ihrer Blütezeit im 18. Jahrhundert Ausdruck des Protestes des Volkes gegen die feudale Unterdrückung und Ausbeutung war« (E. Herbrand, *Die Entwicklung der Fabel im 18. Jahrhundert. Versuch einer historisch-materialistischen Analyse der Gattung im bürgerlichen Emanzipationsprozeß*, Wiesbaden 1975, S. 7). Der Überprüfung am historischen Material hält dieses Urteil nicht stand. Für die mittelalterliche Fabel z. B. kann Klaus Grubmüller in seiner umfassenden Studie *Meister Esopus. Untersuchungen zu Geschichte und Funktion der Fabel im Mittelalter* (Zürich/München 1977) zeigen, daß sie ganz im Gegenteil der »Legitimierung und Verteidigung von Herrschaftsstrukturen« dient (S. 212; s. dazu insgesamt vor allem Kap. 4.3 »Herrschaftsbestätigung« innerhalb des Hauptteiles über »Die Rolle der Fabel im Wirkungsbereich des Strickers« – Fazit: »Fabelmoral rechtfertigt Herrenmoral«, S. 213 – und die Schlußbemerkungen, S. 437–439. Ähnlich in bezug auf die antike Fabel: Peter L. Schmidt, »Politisches Argument und moralischer Appell: Zur Historizität der antiken Fabel im frühkaiserzeitlichen Rom«, in: *Der Deutschunterricht* 31, 1979, H. 6, S. 74–88). Freilich ist auch eine derart umfassende, die Fülle des Überlieferten berücksichtigende Arbeit machtlos gegen die sich in der Dissertation von Herbrand niederschlagende ideologische Voreingenommenheit: »Es kann bestimmt nicht Aufgabe der Untersuchung sein, *alle* Fabeln des 18. Jahrhunderts zu berücksichtigen, sondern vielmehr sollen diejenigen Fabeln betrachtet werden, die als paradigmatisch für die bürgerliche Fabel der Aufklärung gelten« (S. 147). Hier wird die Bestätigung des Vorurteils zur wissenschaftlichen Methode erhoben.

Bedeutung liegt zunächst darin, die französische Fabeldichtung initiiert zu haben; auf die deutsche wirkte er hauptsächlich auf dem Umweg über seine französischen Nachahmer.[13] Nachdem das Interesse an der Gattung in Deutschland ursprünglich durch die sich am Anfang des Jahrhunderts mehrenden Ausgaben und Übersetzungen des Äsop und des Phädrus wiedergeweckt worden war,[14] fand vor allem der La-Fontaine-Nachfolger Houdar de la Motte schnellen und regen Widerhall. Seine *Fables nouvelles*, 1719 in Paris erschienen, wurden schon 1721 von Brockes auszugsweise übersetzt.[15] Erst durch ihn wurden die Deutschen auf La Fontaine aufmerksam gemacht, dessen Werke bis dahin nur vereinzelt wohlwollende Beachtung gefunden hatten. Noch in Gellerts Einladungsschrift zur Habilitationsdisputation steht La Fontaine etwas im Schatten La Mottes, auf dessen theoretische Schrift *Discours sur la fable* sich Gellert so häufig bezieht, wie er seine Texte als Beispiele anführt, obwohl er dann La Fontaine und nicht seinem Nachfolger den Ehrentitel »der andere Phädrus« verleiht.[16] Entscheidender aber als solche Rangfragen ist, daß durch die Neubelebung der alten Gattung in Frankreich diese überhaupt wieder in den Kreis der Poesie zurückgeführt wurde. Hätten die Franzosen nicht das Modell einer »dem Geist ihrer Zeit entsprechenden Fabeldichtung« angeboten, so wäre der Blick der deutschen Dichter des 18. Jahrhunderts kaum auf die verschollene Gattung gelenkt worden.[17]

Damit ist nun freilich noch nicht die Frage beantwortet, warum die deutschen Dichter der Aufklärung das angebotene

13 Ott (Anm. 11) S. 79.

14 Ferdinand Stein, *Lafontaines Einfluß auf die deutsche Fabeldichtung des 18. Jahrhunderts*, Aachen 1889, S. 13. Zwischen 1700 und 1800 erschienen in Deutschland rund 100 Phädrus-Ausgaben und etwa 15 Übersetzungen (Otto Schönberger, »Nachwort«, in: Phaedrus, *Liber Fabularum / Fabelbuch*, lat./dt., hrsg. und erl. von O. S., 3., durchges. Aufl., Stuttgart 1982, Reclams Universal-Bibliothek, 1144 [3], S. 226 f.).

15 Ott (Anm. 11) S. 79.

16 Christian Fürchtegott Gellert, »Von denen Fabeln und deren Verfassern«, in: Ch. F. G., *Schriften zur Theorie und Geschichte der Fabel*, hrsg. von Siegfried Scheibe, Tübingen 1966, S. 95.

17 Ott (Anm. 11) S. 84.

Modell auch aufgriffen. Dies liegt in den literaturtheoretischen Rahmenbedingungen der Zeit begründet.[18] Die Forderungen, welche die Poetik der Aufklärung an die Dichtung stellte, erfüllte die äsopische Fabel nämlich in exemplarischer Weise. Darauf verweist schon die Doppelbedeutung, die das Wort »Fabel« im ganzen 18. Jahrhundert hatte. Der Begriff bedeutet zum einen ›Handlungsgerüst‹, zum andern bezeichnet er eben die auf den sagenhaften phrygischen Sklaven Äsop zurückgehende lehrhafte Tiergeschichte. Die Fabel im umfassenden Sinne des Wortes ist nach dem Literaturpapst der frühen Aufklärung Johann Christoph Gottsched »die Seele der ganzen Dichtkunst«.[19] Er definiert sie als »eine unter gewissen Umständen mögliche, aber nicht wirklich vorgefallene Begebenheit, darunter eine nützliche moralische Wahrheit verborgen liegt.«[20] Es ist deutlich, daß diese Definition, von Gottsched auf die Dichtung im allgemeinen bezogen, vor allem auf die äsopische Fabel paßt. Besser als jede andere literarische Gattung erschien sie geeignet, »durch das Vergnügen zu nützen«, wie die in charakteristischer Umdeutung des Horazischen »aut prodesse volunt aut delectare poetae« formulierte Zweckbestimmung der Literatur lautete. So war es denn durchaus konsequent, wenn Breitinger im ersten Band seiner *Critischen Dichtkunst* (1740) der äsopischen Fabel ein umfangreiches Kapitel widmete – während Gottsched erst 1751, in der vierten Auflage seines *Versuchs einer Critischen Dichtkunst vor die Deutschen*, ausführlicher auf

18 Wenn P. M. Mitchell (»Aspekte der Fabeltheorie im 18. Jahrhundert vor Lessing«, in: *Die Fabel* – s. Anm. 11 –, S. 119–133) meint, die Blüte der Fabel im 18. Jahrhundert könne »nicht aus der neuen Poetik hergeleitet werden«, sie sei vielmehr durch Äsop- und La-Motte-Übersetzungen initiiert worden, (S. 123), dann verwechselt er notwendige und hinreichende Bedingung. Seiner Erklärung zufolge ist nämlich durchaus nicht einzusehen, warum nicht bereits im 17. Jahrhundert eine Fabelblüte aufgetreten ist, da es ja, worauf er selbst mit Nachdruck hinweist (S. 122), auch damals eine Vielzahl von Drukken antiker Fabeln gab.

19 Johann Christoph Gottsched, *Versuch einer Critischen Dichtkunst vor die Deutschen*, in: J. Ch. G., *Schriften zur Literatur*, hrsg. von Horst Steinmetz, Stuttgart 1972 [u. ö.] (Reclams Universal-Bibliothek, 9361 [5]), S. 85.

20 Ebd., S. 86.

die Gattung eingeht –, sie dort als Paradigma seiner gesamten Theorie behandelt und somit in gewisser Weise an die oberste Stelle der Gattungshierarchie befördert.[21] Wenn eine solche Kühnheit auch nur unter völliger Mißachtung aller klassizistischen Traditionen möglich war, weswegen sie auch ohne weitere Nachfolge blieb, so zeigt sie doch deutlich, welchen Aufstieg die Gattung innerhalb kürzester Zeit erlebt hatte.[22]

Breitingers Ausführungen über die Fabel illustrieren aber noch einen weiteren Vorgang. Während für den moraldidaktisch orientierten Theoretiker der Aufklärung einerseits stets ausgemacht blieb, daß »das Lehrreiche und Erbauliche die Haupt-Absicht« der Dichtung sei, »die Erzählung aber nur das Kleid oder die Maske, in welche die Lehre künstlich verstecket wird«,[23] so war doch andererseits gerade die besondere Form dieser Gattung dasjenige, was sie für ihn als Poetologen überhaupt interessant machte. Breitinger schätzt denn auch die Fabel vor allem deshalb mehr als andere literarische Gattungen, weil in ihr das Wunderbare besonders deutlich hervortritt. Damit aber verlagert sich das Schwergewicht unmerklich – und wohl auch nicht ganz in seinem Sinne – vom »prodesse« auf das »delectare«, eine Tendenz, die der Schweizer Poetik insgesamt inhärent ist und letztlich das Moderne an ihr ausmacht.[24] Auf diese Weise öffnet sich die zunächst streng moralisch-funktionalistische Fabel auch theoretisch dem amüsanten Spielwerk, welches die französischen Vorbilder stilistisch repräsentieren. »Fabeln und Erzählungen« ist denn auch die immer wiederkehrende Doppelformel für die literarischen Produkte der Zeit. Die aufklä-

21 Siehe den 7. Abschnitt – »Von der Esopischen Fabel« – im 1. Band (Johann Jacob Breitinger, *Critische Dichtkunst*, Zürich 1740, Nachdr. Stuttgart 1966, S. 164–262).

22 Schon Goethe nennt am Schluß seiner ebenso launigen wie logischen Kurzdarstellung der Breitingerschen Ästhetik diese Ansicht »wunderlich« (*Dichtung und Wahrheit*, 2. Teil, 7. Buch).

23 Breitinger (Anm. 21) S. 172.

24 Siehe dazu: Angelika Wetter, *Publikumsbezug und Wahrheitsanspruch. Der Widerspruch zwischen rhetorischem Ansatz und philosophischem Anspruch bei Gottsched und den Schweizern*, Tübingen 1981, bes. Kap. 4.1 »Die Aufwertung des Vergnügens bei den Schweizern«.

rerische Fabel verbindet sich in den Dichtungen mit der rokokohaften Verserzählung. Und wie sie selbst sich von der pedantischen Illustration einer *Lehre* zur anmutigen *Illustration* einer Lehre wandelt und sich damit der Verserzählung annähert, so verhält es sich auch umgekehrt: weil jede Dichtung lehrhaft sein kann und soll, so ist auch die Rokokoerzählung nicht bloße »Zeitvertreiberin« (Gleim), sondern durchaus auch Vermittlerin bescheidener Wahrheiten.[25]

II

Gellert genießt in der germanistischen Wissenschaft im allgemeinen kein hohes Ansehen. Richard Newald z. B. behandelt ihn in seiner Literaturgeschichte merklich von oben herab als bloßen »Volksschriftsteller«, der hypochondrisch-tränenselig, wie er war, nicht mehr als »Moralunterricht für die bürgerliche Ordnung« geboten habe. Eben in ihrer bürgerlichen Beschränktheit sei der Erfolg seiner Fabeln, die vom »Glück stiller Zufriedenheit« erzählten, begründet.[26] »Er mutet der beharrenden Masse keine Unmöglichkeiten zu, sondern eben nur das, was ihr faßbar war und einleuchtete. Dafür haben die« – und nun fällt das böse Wort – »mittelmäßigen Geister immer einen Spürsinn.«[27] Zwar hat sich schon Lichtenberg gegen den dieser Argumentation zugrunde liegenden Schluß von Allgemeinverständlichkeit auf intellektuelle Beschränktheit gewandt – er folgert ganz im Gegenteil, daß Gellert »eben deswegen ein großer Mann war, weil er allen Ständen ohne Kommentar verständlich ist«[28] –, doch Newalds Verdikt hat Tradition. Erich Schmidt zeichnete vor über hundert Jahren dieses Gellert-Bild der Germanistik als erster. »Auf

25 Alfred Anger, *Literarisches Rokoko*, 2., durchges. und erg. Aufl., Stuttgart 1968 (Sammlung Metzler, 25), S. 81.

26 Richard Newald, *Die deutsche Literatur vom Späthumanismus zur Empfindsamkeit. 1570–1750*, 4., verb. Aufl., München 1963, S. 515 und 516.

27 Ebd., S. 520.

28 Georg Christoph Lichtenberg, *Gesammelte Werke*, hrsg. von Wilhelm Genzmann, Bd. 2, Frankfurt a. M. 1949, S. 134.

dem Kanapee ausgesonnene Stubenpoesie«, vorgetragen mit »echt-sächsischer Gemütlichkeit«, das sei es gewesen, was der Herr Professor zu bieten hatte.[29] Spießbürgerlich und philiströs, ohne einen Funken von Genie, habe er seinen ebenso naiven Landsleuten die Wassersuppe seiner Schriftstellerei gereicht, ganz Abbild der »heulmeierlichen Misère des damaligen Sachsens«.[30] Man spürt förmlich, wie der eloquente Kenner jedes einzelne Wort seines sarkastisch-vernichtenden Urteils genüßlich auf der Zunge zergehen läßt.

Versatzstücke von Schmidts Verdikt, immer wieder repetiert, halten sich zäh – trotz Carsten Schlingmanns verdienstvoller Bemühung, das Gellert-Bild einer »literarhistorischen Revision« zu unterziehen.[31] Noch in einer der neuesten Literaturgeschichten äußert Hans-Wolf Jäger, der sicher zu den besten Kennern der Lehrdichtung des 18. Jahrhunderts zählt, Gellerts Fabeln seien »Lese- und Lerngut für wenig gebildete Schichten und für Heranwachsende«, die man am »treuherzig-behaglichen Ton« unschwer erkenne.[32] Berücksichtigt man nun noch, daß aufgrund der desolaten Lage der Gellert-Ausgaben gegenwärtig vor allem der Dichter des rührenden Lustspiels *Die zärtlichen Schwestern* bzw. des Romans *Leben der schwedischen Gräfin von G**** bekannt ist, so wird das Gellert-Bild in seiner ganzen Einseitigkeit offenbar: ein tränenseliger Tugendbold, moralinsauer und seicht, bigott und hypochondrisch, kurz: der leibhaftige Philister, zu dessen Werken man nur greift, wenn's unbedingt sein muß.[33]

29 Erich Schmidt, [Rez. von:] August Lehmann: Forschungen über Lessings Sprache. Braunschweig 1875, in: *Anzeiger für deutsches Altertum und deutsche Literatur* 2 (1876) S. 38–79 (hier S. 55).

30 Erich Schmidt, »Christian Fürchtegott Gellert«, in: *Allgemeine deutsche Biographie*, Bd. 8, Leipzig 1878, S. 548.

31 Carsten Schlingmann, *Gellert. Eine literarhistorische Revision*, Bad Homburg / Berlin / Zürich 1967.

32 Hans-Wolf Jäger, »Lehrdichtung«, in: *Hansers Sozialgeschichte der deutschen Literatur*, Bd. 3: *Deutsche Aufklärung bis zur Französischen Revolution. 1680–1789*, hrsg. von Rolf Grimminger, München 1980 (dtv, 4345), S. 538.

33 Vgl. die Eingangsbemerkungen von John F. Reynolds in: J. F. R., »18 unveröffentlichte Briefe Christian Fürchtegott Gellerts«, in: *Jahrbuch des Freien Deutschen Hochstifts*, 1977, S. 1–26.

Liest man dagegen seine Fabeln und Erzählungen, so erscheint ein anderer Gellert: heiter fabulierend, witzig und pointenreich, gelegentlich sogar maliziös. Sind das die Fabeln, so fragt man sich unwillkürlich, die gemäß dem überall zitierten Diktum einzig und allein den Zweck verfolgten, »dem, der nicht viel Verstand besitzt, / Die Wahrheit durch ein Bild zu sagen« (»Die Biene und die Henne«)?[34] Ihr Grundton scheint ganz und gar nicht mit dieser schlichten Maxime übereinzustimmen. Wenden wir uns also, um Klarheit zu gewinnen, den Texten selbst zu und versuchen wir, eine Typologie von Inhalt und Ton der Gellertschen »Fabeln und Erzählungen« zu entwerfen.

Dabei kann gar nicht übersehen werden, daß es eine ganze Reihe von Gedichten gibt, die sich nahtlos in das alte Bild einfügen. So lehrt uns »Till«, der fröhlich bergauf und betrübt bergab geht, weil er immer das im Blick hat, was ihn erwartet, wie man es in Glück und Unglück halten soll, um weder übermütig noch verzweifelt zu werden – eine biedere Lebensregel ohne sonderlichen Tiefsinn. Gellert liefert auch Musterbeispiele für das, was die Ideologiekritik »Affirmation« nennt, die legitimierende Bestätigung der gegebenen Gesellschaftsordnung: »Der junge Drescher«, der nach Höherem strebt, wünscht sich, nachdem er endlich das heißersehnte Schulzenamt erlangt hat, wieder nach seinem einfachen Dasein auf dem Lande zurück: »O lernt, ihr unzufriednen Kleinen, / Daß ihr die Ruh nicht durch den Stand gewinnt.« Mit diesem »Schuster bleib bei deinen Leisten« ließe sich trefflich belegen, daß Gellert bloß »anpasserische

34 Für Kurt May (*Das Weltbild in Gellerts Dichtung*, Frankfurt a. M. 1928) dient dieses Zitat dazu, den Verzicht auf die Behandlung des »Gestaltungsmäßigen« in seiner »Weltbildanalyse« der Gellertschen Dichtung als dem Gegenstand adäquat zu behaupten (S. 2 und 13). Historisch unzutreffend ist Klaus Doderers Urteil, Gellert deklassiere die Fabel »zu einer Literatur für Minderbegabte« (K. Doderer, *Fabeln. Formen, Figuren, Lehren*, Zürich 1970, S. 187). Gellerts Funktionsbestimmung der Fabel steht völlig im Einklang mit der allgemeinen Aufgabenstellung der Literatur; Zielgruppe sind nicht »Minderbegabte«, sondern alle Gebildeten unterhalb der Gelehrtenschicht und damit, im Verständnis der Zeit, alle, die lesen können.

Qualitäten« predigt.[35] Ebensowenig herrscht ein Mangel an jenen rührenden Geschichten, die mehr oder weniger direkt die empfindsame Tugendlehre propagieren. »Der arme Schiffer« und sein Gläubiger Philet nehmen es, was den großmütig-verzichtbereiten Umgang mit Geld betrifft, mit jedem Carolinchen, Lottchen oder Julchen der Gellertschen Komödien auf, und die Geschichte vom hartherzigen Wucherer und dem armen Greis hat sicher vielen empfindsamen Lesern das Wasser in die Augen getrieben. Am herzrührendsten aber ist zweifellos die Erzählung von dem sich zärtlich liebenden Ehepaar, dessen Glück ein allzufrühes Ende findet, als der Mann bei einem Schiffsunglück ums Leben kommt. Hier fügt Gellert eine Moral an, die wie das »Bedauern Sie mich!« Lottchens am Schluß der *Zärtlichen Schwestern* den Leser zur Entfaltung seines eigenen Mitleides auffordert und den »joy of grief«, jene empfindsame Wollust des Schmerzes, in seltener Deutlichkeit zum Ausdruck bringt: »Beweint, ihr mitleidsvollen Seelen, / Die traurigste Begebenheit, / Elend gewordner Zärtlichkeit, / Und schmeckt das Glück, um andre sich zu quälen.«

Schließlich wird hier auch jenes harmonische leibnizianisch-christliche Weltbild vermittelt, wie es für die frühe Aufklärung in Deutschland typisch ist. Die tiefsinnig grübelnde »finstre Fliege« macht sich nur lächerlich, wenn sie behauptet, der kunstvolle Tempel, in dem sie sitzt, habe sich von selbst zusammengefügt. Die »bejahrte Spinne« weiß es besser. Ordnung und Harmonie der Welt verweisen eindeutig auf einen göttlichen Schöpfer. Das ist ganz Ausdruck jenes physikotheologischen Denkens, in welchem sich Vernunft und Glaube, weltliche Wissenschaft und christliche Offenbarung noch einmal bruchlos zusammenfanden. Bei aller empirisch erfahrenen Unzulänglichkeit weiß sich der Mensch noch geborgen in der von Gott in seiner Weisheit und Güte aufs beste eingerichteten Welt, auch wenn ihm mit den beschränkten Mitteln seiner Vernunft der letzte Zusammen-

35 Christoph Siegrist, »Fabel und Lehrgedicht: Gemeinsamkeiten und Differenzen«, in: *Die Fabel* – s. Anm. 11 –, S. 106–118 (hier S. 110).

hang aller Dinge verborgen bleibt (vgl. etwa »Der Reisende« oder »Das Schicksal«). Der heutige Leser mag das naiv finden – verglichen etwa mit Johann Adolf Schlegels Theodizee-Fabel »Der Kürbiß und die Eichel«, eine ziemlich mißlungene La-Fontaine-Adaption, hat Gellert auch in diesen Stücken Niveau.[36] Daß er sich den »Freigeist« – eine Parallelfigur zum frankophilen Stutzer Simon im *Los in der Lotterie* – nur als genußsüchtigen Spötter vorstellen kann, der jede sittliche Pflicht mißachtet, dessen Grundsätze aber angesichts der unausweichlichen Realität des Todes zuschanden werden, ist durchaus zeittypisch.

Unter diesen philosophisch-theologischen Gedichten gibt es nun aber auch solche, die sich ins Bild vom »mittelmäßigen Geist« nicht mehr recht einfügen lassen. »Der Polyhistor« z. B. ist keineswegs bloß eine Absage an das barocke Pseudogelehrtentum und eine Aufforderung, die Wissenschaften unter dem Gesichtspunkt der Nützlichkeit für die Gesellschaft zu betreiben (wie etwa »Die Spinne« und »Die beiden Wächter«), sondern hier wird auf den Menschen als das Zentrum und Ziel aller Forschung verwiesen. Und wenn der wahre Gelehrte bekennt, daß er trotz allen Bemühens die Tiefe seines Innern nicht zu ergründen vermochte, dann klingt das eher nach Hallers skeptischem »Euch selbst mißkennet ihr, sonst alles wißt ihr eh!«[37] als nach aufklärerischer Erkenntnisgewißheit, die es bei Gellert allerdings – etwa im »Schatz« – auch gibt. Im Gegensatz schließlich zu jener scheinbar problemlosen Ergänzung von Vernunft und Offenbarung in der »Fliege« wird das Verhältnis beider in der

36 Während La Fontaine (»Le gland et la citrouille«) die Fabel so erzählt, daß im Mittelpunkt die Dummheit des Bauern steht, dem eine herabfallende Eichel zum ›schlagenden‹ Argument für die Weisheit Gottes wird, bekommt das Ganze bei Schlegel den Anschein der Ernsthaftigkeit und nähert sich damit bedenklich der Ebene, auf welcher die Nase zum Zweck des Brillentragens geschaffen wurde.

37 Albrecht von Haller, »Gedanken über Vernunft, Aberglauben und Unglauben«, in: A. v. H., *Die Alpen und andere Gedichte*, hrsg. von Adalbert Elschenbroich, Stuttgart 1965 [u. ö.] (Reclams Universal-Bibliothek, 8963 [2]), S. 25.

Erzählung »Der Knabe« differenzierter bestimmt. Auch die Schrift als Offenbarung Gottes erschließt sich nicht unmittelbar, sondern nur durch den Einsatz der menschlichen Ratio, womit die Vernunft als entscheidende Instanz der Wahrheit erscheint.[38]

Ebensowenig läßt sich behaupten, daß Gellert die empirisch erfahrbare Unzulänglichkeit alles Irdischen harmonistisch überspielen oder ständig moralistisch zu überwinden suchen würde. Ganz der christlichen Tradition entsprechend – aber ohne barocke Überzeichnungen – wird die Welt gesehen, wie sie ist: eingewurzelte Vorurteile kann auch der Klügste nicht ausrotten (»Das Land der Hinkenden«), der wahre Wert eines Menschen wird häufig verkannt (»Die beiden Hunde«). Ganz kühl, ohne irgendeine sittliche Entrüstung durchspüren zu lassen, wird von den beiden Räubern berichtet, die ihren eigenen Verteidiger und Retter vor dem Tod bestehlen (»Cleant«), und in »Lisette« erschrickt man nicht nur über den amoralischen Vitalismus, mit dem der junge Ehemann sich von seiner pockenkranken Frau dem hübschen Lorchen zuwendet, sondern vor allem über den ironischen Ton, mit dem Gellert, Einverständnis signalisierend, die Geschichte erzählt.

Daß Gellert kein Quietist war, beweisen seine zahlreichen kritischen Fabeln. Berühmt ist, neben »Inkle und Yariko«[39], vor allem »Das Kutschpferd«, in dem er die hohen Herren nicht nur zurechtweist, da sie die Bauern verachten, obgleich sie von ihnen leben, sondern ihnen auch klarmacht, daß ihr

38 Ausgehend von der Gestalt des edlen Juden in der *Schwedischen Gräfin* hat Wolfgang Martens auf das Innovatorische und Unkonventionelle in den Anschauungen Gellerts hingewiesen (»Zur Figur eines edlen Juden im Aufklärungsroman vor Gotthold Ephraim Lessing«, in: *Der Deutschunterricht* 36, 1984, H. 4, S. 48–58, bes. S. 56 f.). Auch von diesen Überlegungen her dürfte das Bild des mittelmäßigen Geistes nicht länger aufrechtzuerhalten sein, wenngleich Gellert seine den Anschauungen der Zeit entgegenstehenden Ansichten nur im fiktionalen Bereich vertreten hat (S. 57 f.).

39 Siehe dazu Peter Pütz, »Die Herrschaft des Kalküls. Form- und Sozialanalyse von Gellerts ›Inkle und Yariko‹«, in: *Wissen aus Erfahrungen. Werkbegriff und Interpretation heute*, Festschrift für Hermann Meyer, hrsg. von Alexander von Bormann [u. a.], Tübingen 1976, S. 107–121.

eingebildeter Vorzug bloß auf einem Glücksumstand beruht: »Denn stammtest du aus ihren Hütten: / So hättest du auch ihre Sitten. / Und was du bist, und mehr, das würden sie auch sein, / Wenn sie wie du erzogen wären.« Auch an sich positive Haltungen wie Frömmigkeit und Tugend weiß Gellert kritisch zu beleuchten, wenn sie übertrieben, verzerrt oder geheuchelt sind (»Die Betschwester«, »Die beiden Knaben«).

Neben diesem Komplex von biederen Lebensregeln und empfindsamen Tugendermahnungen über christliche und aufklärerische Lehren bis hin zu nüchterner oder kritischer Weltbetrachtung gibt es nun noch die große Zahl amüsanter Erzählungen, die letztlich den Ton der ganzen Sammlung prägen.[40] Freilich, Gellert bietet keine Frivolitäten oder

40 In der Gellert-Forschung ist man bisher zu einseitig auf die Fabeltradition fixiert. Gellerts *Fabeln und Erzählungen* stehen aber, wie bereits der Titel anzeigt, nicht nur in der Tradition der Fabel, sondern auch in der von Schwank, Fabliau, Fazetie, Novelle und Verserzählung. Dabei wird die Verbindung beider Bereiche nicht erst von Hagedorn hergestellt; sie hat vielmehr selbst eine jahrhundertelange Tradition. Der klassische Schwankstoff der »Witwe von Ephesus« etwa taucht schon im *Prosa-Romulus* auf, ebenso im *Ysopet* der Marie de France (»De vidua«) und in Boners *Edelstein* (»Von einer vrouwen und einem diebe«). Fabelautoren wie der Stricker oder Abraham a Santa Clara sind gleichzeitig als Verfasser von Schwänken hervorgetreten, der *Esopus* des Burkhard Waldis versammelt Texte aus beiden Bereichen. Gellert behandelt im historischen Teil seiner Habilitationsschrift »Von denen Fabeln und deren Verfassern« (s. Anm. 16) die Fazetien des Poggio ebenso wie Boccaccios *Decameron* (S. 83–85), seine Erzählungen sind häufig Bearbeitungen alter Schwankstoffe – genannt seien neben den drei auf Burkhard Waldis zurückgehenden Texten (vgl. dazu Josef Gaßner, *Über den Einfluß des Burchard Waldis auf die Fabeldichtung Gellerts*, Klagenfurt 1909) nur »Die Witwe«, die auf der »Geschichte vom hölzernen Johannes« beruht, sowie »Der betrübte Witwer« (vgl. *Deutsche Schwänke*, hrsg. von Leander Petzold, Stuttgart 1979, Reclams Universal-Bibliothek, 9954[5], Nr. 203). Die Beispiele dürften sich, vor allem im Bereich der frauenfeindlichen Satire, unschwer vermehren lassen, wenn man sich auf diese Tradition einmal genauer einließe. (Hinweise zu stofflicher Abhängigkeit und stilistischer Differenz bei Bengt Algot Sörensen, »Das deutsche Rokoko und die Verserzählung im 18. Jahrhundert«, in: *Euphorion* 48, 1954, S. 125–152; bes. S. 132–142. Vgl. auch Wolfgang Martens, »Der alte böse General. Gellerts Verserzählung ›Das Unglück der Weiber‹«, in: *Gedichte und Interpretationen*, Bd. 2: *Aufklärung und Sturm und Drang*, hrsg. von Karl Richter, Stuttgart 1983, Reclams Universal-Bibliothek, 7891[5], S. 182–191; bes. S. 182 f.)

erotischen Pikanterien wie der hanseatische Großbürger Hagedorn, auch schäferliche Elemente gibt es nur wenige (»Damoetas und Phyllis« und »Die Verschwiegenheit«), was aber der Attraktivität seiner pointenreichen Erzählkunst keinen Abbruch tut. Gellert gibt sich hier ganz als politer Klein-Pariser und maliziös-misogyner Weltmann. Seine Lieblingsthemen sind ohne Zweifel die Frauen, ihr Verhältnis zu den Männern und der Ehestand. Hier zieht er alle Register der alten frauenfeindlichen Satire, wendet deren Grobheit aber ins Rokokohafte. Das schöne Geschlecht ist bei ihm putzsüchtig und buhlerisch, von unbezwingbarem Widerspruchsgeist, schwatzhaft und klatschsüchtig. Nachdem Frontin sein Hannchen nur durch einen Bund mit dem Teufel gewann, schließt er einen neuen, um sie wieder loszuwerden (»Der glücklich gewordene Ehemann«); der zum Tode verurteilte Soldat läßt sich lieber hinrichten, als daß er eine Ehe schlösse (»Der beherzte Entschluß«); »Der betrübte Witwer« hat Angst, daß seine Frau zum zweiten Mal nur scheintot sein könnte. Und weil der Dichter angeblich nur ein Ehepaar kennt, das bis in den Tod glücklich war – es starb schon in den Flitterwochen! (»Die glückliche Ehe«) –, so rät er dem, der zufrieden leben möchte, erst gar nicht zu heiraten (»Der gute Rat«). Aber nicht nur die Frauen bekommen ihren Teil ab, auch andere Gruppen: die Philosophen, denen bedeutet wird, ihre neuen Lehren seien ein alter Hut (»Die Geschichte von dem Hute«), oder die Dichter, die sich sagen lassen müssen, mit manchem ihrer Werke ließen sich Gespenster verjagen (»Das Gespenst«). Am besten aber ist Gellert da, wo er mit Überraschungseffekten aufwartet. So auf das letzte Wort hin abgezirkelte Pointen wie in »Die zärtliche Frau« oder in »Die Guttat« glaubt man nur Lessing zutrauen zu können. Gellerts Meisterstück in dieser Art ist »Der Selbstmord«. In elegischem Tonfall wird die Geschichte eines unglücklich liebenden Jünglings erzählt, der schließlich keinen anderen Ausweg mehr sieht als den Freitod. »Er reißt den Degen aus der Scheide, / Und – – o was kann verwegner sein! / Kurz, er besieht die Spitz und Schneide, / Und steckt ihn langsam wieder ein.« Die überspannte Liebeslust des Jünglings wie die aufgestaute Erwartung des Lesers entladen sich in einer ans Groteske streifenden Pointe.

Mit dem letzten Punkt sind wir von der inhaltlichen Typologie bereits in das Gebiet des Stils getreten. In den »Beurteilungen einiger Fabeln aus den Belustigungen« hat Gellert selbst die stilistischen Prinzipien seiner Dichtung mit nicht zu übertreffender Deutlichkeit angegeben.[41] Oberstes Gebot ist ihm die Natürlichkeit der Schreibart. Die Sprache soll der alltäglichen Rede angeglichen werden, ohne doch prosaisch, niedrig oder gar gemein zu erscheinen. Alles Gekünstelte, Geschraubte und allzu Poetische wird verworfen. Gellert vertritt hier ganz das Gottschedsche Programm, das vor allem gegen den sogenannten »Lohensteinischen Schwulst«, die spätbarocke manierierte Metaphorik, gerichtet war. Darüber hinaus machen sich aber auch rokokohafte Elemente bemerkbar. Positiv bewertet wird das Muntre und Scherzhafte, das Anmutige und Naive, wogegen das Harte und Rauhe wie das Kühne und Übertriebene (eines Klopstock etwa) getadelt werden. Neben der Natürlichkeit fordert Gellert vor allem Deutlichkeit, wozu auch die sprachliche Korrektheit gehört, sowie Kürze; alle funktionslosen Erweiterungen und leeren Beschreibungen sind zu vermeiden.

Ein Vergleich der Fabeln aus den *Belustigungen* mit den endgültigen Fassungen, wie ihn Hugo Handwerck unternommen hat,[42] kann diese Tendenzen belegen. Abschweifende Passagen werden gestrichen oder gekürzt, lebendige Rede löst trockene Erzählung ab, der Ausdruck wird prägnanter und charakteristischer. Parenthesen, Wortwiederholungen und Einschaltungen des Dichters verlebendigen den Stil.

41 Die Intensität der Beschäftigung mit Fragen künstlerischer Gestaltung läßt zweifeln an der Berechtigung von Kurt Mays Urteil, bei Gellert sei »alles Gestaltungsmäßige so schwach und dürftig und so schematisch«, daß das Interesse sich allein dem Inhaltlichen zuwenden könne (May – s. Anm. 34 –, S. 2 f.).

42 Hugo Handwerck, *Studien über Gellerts Fabelstil*, Diss. Marburg 1891 (Zusammenfassung S. 32).

Betrachten wir den »Prozeß«, eine der besonders gelungenen Erzählungen. Hier haben wir alle Stileigentümlichkeiten Gellerts beisammen: die Verwendung des vierhebigen Jambus sowie des Vers libre, die den schwerfälligen Alexandriner fast völlig verdrängen; die Dramatisierung des Geschehens mit Hilfe der wörtlichen Rede; den Versuch, die Kontrahenten situationsgebunden sprechen zu lassen (Kunz verhaspelt sich vor lauter Aufregung beinahe); die Einschaltung des Dichters, die hier besonders geglückt ist. Treffende Situationsschilderungen (das Zurechtrücken des Hutes als Ausdruck der Entschlossenheit), Vorausdeutungen (der reitende Advokat neben dem zu Fuß gehenden Klienten) und Hintergründigkeiten (das an Stelle seines Herrn freudig reagierende Pferd) ergänzen das Bild einer äußerst kunstvollen Komposition. Hier ist Gellert jener Meister einer heiter-lebendigen Erzählkunst, als der er von seinen Zeitgenossen geschätzt wurde.

Wie erklären sich nun die auffallenden Diskrepanzen, die Gellerts Bild bestimmen? Wer war er eigentlich – der fromme und tugendhafte Volkserzieher oder der maliziöse Weltmann?

Eines läßt sich mit Sicherheit sagen: Jenes Bild von Gellert, das in ihm nicht einen Menschen, sondern ein »abstraktes Aufklärungsideal [sieht], das Sanftmut, Frömmigkeit, Gelassenheit, Vernunft und Sittsamkeit verkörpert«, ist eine äußerst einseitige Verzeichnung,[43] eine Verzeichnung allerdings, an der Gellert selbst keineswegs unschuldig war. Vielmehr hat er sich nach Kräften in diesem Sinne stilisiert und damit dem Publikum, das in ihm eine Art Ersatzheiligen verehrte, seinen Willen getan. So schrieb er z. B. 1756 bei der Übersendung von Briefen anläßlich der Ausgabe seiner *Vermischten Schriften* an Cramer: »Nimm Bleistift, streiche gleich durch, alle Stellen durch, die weg müssen, die anders sein sollen, die die Welt nicht wissen darf, die sich für meinen Charakter nicht schicken, die mir nachteilig werden könn-

43 Zur Entstehung dieses von ihm in der zitierten Weise wiedergegebenen Gellert-Bildes s. Reynolds (Anm. 33) S. 1.

ten.«[44] Seine Freunde und Nachlaßverwalter sind dieser Aufforderung nur allzu willig gefolgt und haben fleißig an der Gellert-Legende weitergestrickt.[45] Zweifellos haben sie damit einem Zug von Gellerts Wesen Rechnung getragen, aber eben nur einem, der vor allem im Alter stärker hervorgetreten ist. Liest man dagegen die Briefe des jungen Gellert, wie sie jetzt im ersten Band der Briefausgabe von Reynolds vorliegen, so ergibt sich ein differenzierteres Bild. Gellert ist keineswegs so demütig, wie er stilisiert wird, er weiß, was er kann und ist stolz auf seinen Ruhm, er ist auch nicht so ängstlich, wie vielfach behauptet, sondern sagt in literarischen Dingen frei und offen seine Meinung. Er liebt es, Anekdoten zu erzählen, ist ironisch und sprüht oft genug vor Witz und guter Laune. Freilich wirkt das manchmal ein wenig forciert, man gewinnt den Eindruck, daß er eine melancholische Grundstimmung zu überspielen sucht, und die Hypochondrie tritt dann in den fünfziger Jahren auch deutlich hervor. Trotzdem: was den dominanten Ton anbetrifft, so ist der Gellert der *Fabeln und Erzählungen* von dem sich in den Privatbriefen bekundenden gar nicht so verschieden.

Noch entscheidender für die Auflösung des Widerspruchs aber ist etwas anderes. Die Annahme nämlich, daß die Dichtung getreuer Ausdruck der Persönlichkeit des Dichters ist, mag für die in der zweiten Jahrhunderthälfte entstehende Erlebnispoesie zutreffend sein; die Dichtung der früheren Zeit läßt sich damit nicht angemessen begreifen. Besonders Wolfgang Martens hat, im Anschluß an Richard Alewyn, darauf hingewiesen, daß die literarischen Gattungen ein beträchtliches Eigengewicht besitzen, das sich auch auf das Gehaltliche erstreckt und zu berücksichtigen ist: »Absicht des der schönen Gelehrsamkeit Beflissenen ist es noch zu Gellerts Zeit oft lediglich, dem Ethos der gewählten Gattung zu entsprechen [...]. Und dies Ethos betrifft nicht nur die

44 Ebd., S. 2 f.
45 So spricht bereits 1769 sein Leipziger Kollege Johann August Ernesti in einem Nachruf von der »Heiligkeit eines frommen und mit wahren Tugenden ausgeschmückten Herzens« (J. A. Ernesti, *Das Andenken des Herrn Christian Fürchtegott Gellert*, Aus dem Lateinischen, Leipzig 1770, S. 30).

Formalien, sondern es erstreckt sich in weitem Maße auch auf die einzunehmende Haltung und ›Gesinnung‹.«[46] Richtig verstehen lassen sich Gellerts Dichtungen nur auf dem Hintergrund der Fabeltradition wie unter Berücksichtigung des gesamten Komplexes der europäischen Erzählliteratur zwischen derbem Schwank und den Versnovellen des Rokoko. Um nur eines der von Wolfgang Martens angeführten Beispiele herauszugreifen: Wollte man aus Gellerts misogynen Erzählungen auf seine Auffassung vom weiblichen Geschlecht schließen, so geriete man nicht nur in unauflösliche Widersprüche mit dem Frauenbild seiner übrigen Dichtungen, man würde auch seine persönliche Haltung völlig verfehlen. Denn aus seinen privaten Äußerungen ergibt sich eindeutig, daß Gellert keineswegs ein Frauenfeind war, sondern dem schönen Geschlecht stets mit Hochachtung begegnete. Und dieses wußte den Stellenwert seiner satirischen Äußerungen auch richtig einzuschätzen – die Damen liebten den charmanten Causeur und waren sein dankbarstes Publikum.

III

Gellerts *Fabeln und Erzählungen* waren das erfolgreichste deutsche Buch des 18. Jahrhunderts. In unzähligen Auflagen und Nachdrucken wurden sie über das gesamte deutsche Sprachgebiet verbreitet, von Livland bis nach Österreich.[47] Sie erfuhren Übersetzungen in praktisch alle europäischen Sprachen, und ihr Dichter genoß auch in Frankreich höchstes Ansehen. »Sie sind hier so sehr bekannt und verehrt, als an keinem Orte, wo man Deutsch redet«, schreibt Hans Moritz von Brühl 1755 aus Paris.[48]

46 Wolfgang Martens, »Über Weltbild und Gattungstradition bei Gellert«, in: *Festschrift für Detlev W. Schumann*, hrsg. von Albert R. Schmitt, München 1970, S. 74–82 (hier S. 75).

47 Zur wirtschaftlichen Seite dieses Erfolges vgl. Johann Goldfriedrich, *Geschichte des deutschen Buchhandels*, Bd. 3, Leipzig 1909, S. 118 f.

48 Zit. nach: Alessandro Pellegrini, »Die Krise der Aufklärung. Das dichterische Werk von Christian Fürchtegott Gellert und die Gesellschaft seiner Zeit«, in: *Literaturwissenschaftliches Jahrbuch* N. F. 7 (1966) S. 37–96; hier

Was Gellerts Wirkung in Deutschland anbetrifft, so ist ihre Besonderheit vor allem darin zu sehen, daß sie sich auf alle Schichten erstreckte. »Die Fabeln waren das einzige wirklich allgemein in allen Ständen gelesene poetische Buch des ganzen Jahrhunderts.«[49] Vom sächsischen Bauern, der Gellert eine Fuhre Holz als Erkenntlichkeit für die hübschen Fabeln schenkte, bis zu Friedrich dem Großen, der ihn neben Äsop und Phädrus stellte,[50] reicht die Skala seiner Verehrer. Die Anekdoten über Gellert und seine Leser sind Legion.[51] Gellert bot jedem seiner Leser aus den verschiedenen Ständen etwas.[52] In seinen Erzählungen fand der an der französischen Dichtung orientierte Aristokrat den anmutigen Ton La Fontaines wieder, in seinen Fabeln sah der Bürger die eigene Weltauffassung gespiegelt. Die unterbürgerlichen Schichten schließlich begegneten hier zum ersten Mal ihrer eigenen Lebenswirklichkeit in der Literatur. Drescher, Bauer und Schulze treten auf, manchmal ein bißchen ironisch behandelt, im Grunde aber doch liebenswürdig geschildert.

Die Bedeutung der Gellertschen Fabeln liegt somit zum einen darin, bisher illiterate Schichten an die Literatur herangeführt zu haben.[53] Immer wieder wird dies von den Zeitge-

S. 37, Anm. 2 (dort Bibliographie der Übersetzungen ins Französische). – Ein Dokument für Gellerts Wirkung in Rußland besitzen wir in dem Reisebericht des russischen Schriftstellers Nikolaj Michajlowitsch Karamsin. Als er 1789 in Leipzig Oesers Gellert-Monument besucht, erinnert er sich »lebhaft an die glücklichen Zeiten meiner Kindheit, wo Gellerts Fabeln fast meine ganze Bibliothek ausmachten« (N. M. Karamsin, *Briefe eines russischen Reisenden*, ausgew. und hrsg. von Gudrun Ziegler, Stuttgart 1986, Reclams Universal-Bibliothek, 8349 [3], S. 51).

49 Karl Goedecke, *Grundriß zur Geschichte der deutschen Dichtung aus den Quellen*, 3. Aufl., Bd. 4, Abt. 1, Dresden 1916, S. 77.

50 Friedrich II., »Über die deutsche Literatur«, in: *Friedrich II., König von Preußen, und die deutsche Literatur des 18. Jahrhunderts. Texte und Dokumente*, hrsg. von Horst Steinmetz, Stuttgart 1985 (Reclams Universal-Bibliothek, 2211 [4]), S. 60–99 (hier S. 63).

51 Siehe dazu: Karl Biedermann, *Deutschland im 18. Jahrhundert*, Bd. 2, Tl. 2, Abt. 1, Leipzig 1867 (Neudr. Aalen 1969), S. 23–29 (»Belege des außerordentlichen Ansehens, dessen Gellert genoß«).

52 Martens (Anm. 40) S. 190.

53 So etwa Georg Ellinger, *Gellerts Fabeln und Erzählungen*, Berlin 1895, S. 20.

nossen betont. Ob diese dann auch weiterhin zum Kreis der Leser zählten, und wenn ja, zu welcher Lektüre sie griffen, das bleibt freilich offen. Abbts Verweis auf die Landpredigertochter, die außer Gellert nichts kennt (s. S. 207), stimmt hier eher skeptisch. Ob Gellert darüber hinaus zur Vereinheitlichung des Geschmacks oder gar zur kulturellen Einswerdung der Nation beigetragen hat, müßte sorgfältig untersucht werden. Ein Orientierungspunkt in den Zeiten des weltanschaulichen Wandels von einer religiösen zu einer säkularen Kultur war er auf jeden Fall. Während er selbst zwischen Betschwester-Satire und religiöser Zerknirschung hin und her schwankend ein lebendes Beispiel der Ungesichertheit war, konnten seine Leser in ihm die Synthese der divergierenden Zeittendenzen verehren. »An Gellert, die Tugend, und die Religion glauben, ist bey unserm Publiko beynahe Eins« (Merck; s. S. 218).

War Gellert zu seinen Lebzeiten unangefochten, schlimmstenfalls unbeachtet, so setzt um das Jahr 1770 die heftigste Auseinandersetzung ein. Eine Flut obskurer Panegyrik auf der einen, radikale Bilderstürmerei auf der anderen Seite. Das historische Dokument der völligen Umwertung stellt Unzers und Mauvillons fingierter Briefwechsel dar (s. S. 210–218). Ausgehend von einem anderen Dichtungsverständnis – Klopstock heißt der neue Gott – schickt man sich an, den alten Götzen Gellert vom Sockel zu stoßen. Unter Berücksichtigung dieses literaturgeschichtlichen Hintergrundes mag das Pamphlet seine historische Bedeutung haben, die Kritik an Gellerts Morallehre kann man teilen, gewisse Einsichten sind als Vorboten der autonomen Kunstauffassung interessant.[54] Insgesamt aber ist dieser Briefwechsel Ausdruck eines sich als Geist der Zeit aufspreizenden Originalismus, der sich darin

54 Gottfried Honnefelder interpretiert die Gellert-Kritik der siebziger Jahre als den Ausdruck einer ersten »Wachstumskrise« der Literatur: »Begreift Gellert Literatur noch ganz als aktiven Teil der gesellschaftlichen Praxis [. . .], so drängt die eben etablierte Größe nun zur Selbständigkeit« (»Christian Fürchtegott Gellert«, in: C. F. G., *Werke*, hrsg. von G. H., Bd. 1, Frankfurt a. M. 1973, S. 7–26; hier S. 9).

gefällt, alte Anschauungen um jeden Preis zu verwerfen. Über die ständige Wiederholung der selben abstrakten Verdikte – Gellert ist matt, mittelmäßig und ohne einen Funken von Genie – kommen die beiden nicht hinaus, jeder Versuch ihrer Umsetzung in konkrete Kritik offenbart nur ihre eigene Inkompetenz. Den literarischen Kampfgenossen, Voß oder Merck, war es denn ersichtlich auch nicht ganz wohl dabei, ihre Grundeinstellung von solch »unbärtigen Jünglingen«[55] und in solcher Form kolportiert zu sehen.

Immerhin: den literarischen Wortführern der Folgezeit war Gellert historisch geworden. Das ist im Kreise der Spätaufklärer[56] nicht wesentlich anders als bei Goethe. Lebendig blieb seine Dichtung dennoch: nicht nur die Musenalmanache zeugen von seiner fortdauernden Popularität, auch das Kinder- und Jugendschrifttum oder die Schullesebücher sorgen dafür, daß sein Name nicht in Vergessenheit gerät.[57] Nur so ist es verständlich, daß Gellert in der Biedermeierzeit als ein Klassiker des niederen Stils wieder höchstes Ansehen genießt.[58] Und auch wenn Karl Biedermann im Jahr der Reichsgründung feststellt, daß die meisten seiner Schriften »längst vergessen sind« und nur wenige als »ein interessantes

55 Voß an Brückner, 24. Februar 1773 (*Briefe von Johann Heinrich Voß nebst erläuternden Beilagen*, hrsg. von Abraham Voß, Bd. 1, Halberstadt 1829, S. 127).

56 In der *Beispielsammlung zur Theorie und Literatur der schönen Wissenschaften* von Johann Joachim Eschenburg etwa nimmt Gellert keinen herausragenden Platz mehr ein. Als Fabelautor rangiert er gleichrangig neben Hagedorn, Lichtwer, Gleim, Lessing, Nicolai und Pfeffel (Bd. 1, Berlin/Stettin 1788). Seinen Lustspielen wird nur noch historischer Wert zugebilligt (Bd. 7, ebd. 1793, S. 337). Von Gellerts Fortleben im Publikum allerdings zeugt Eschenburgs Bemerkung, seine Schriften seien »übrigens in aller Händen« (ebd., S. 337 f.).

57 Marie Luise Linn, »Christian Fürchtegott Gellert«, in: *Lexikon der Kinder- und Jugendliteratur*, Bd. 1, Weinheim/Basel/Pullach 1975, Sp. 436. Georg Jäger, *Schule und literarische Kultur*, Bd. 1: *Sozialgeschichte des deutschen Unterrichts an höheren Schulen von der Spätaufklärung bis zum Vormärz*, Stuttgart 1981, S. 114.

58 Friedrich Sengle, *Biedermeierzeit. Deutsche Literatur im Spannungsfeld zwischen Restauration und Revolution 1815–1848*, Bd. 1, Stuttgart 1971, S. 118 und 640, und Bd. 2, ebd. 1972, S. 873.

Überbleibsel einer weit hinter uns liegenden Culturperiode« noch gelesen werden,[59] sollte man sich nicht täuschen lassen: zwar mag Gellerts Name im Kreis der literarästhetischen Hochkultur verblaßt sein, im christlich-volkspädagogischen Teilsystem der Literatur war er zu allen Zeiten hochgeschätzt. Gellert kehrte dorthin zurück, von wo er ausgegangen war: »in das Pfarrhaus, in das fromme Bürgerhaus, in den Bezirk des Erbaulichen«.[60] Nicht den kunstvollen Erzähler schätzte man hier, sondern den frommen und tugendhaften Christen, dessen Vorbild in unzähligen Traktaten wach gehalten wurde. »Mag immerhin eine spätere Zeit ihren ästhetischen Maßstab an Gellerts Schriften legen; sein reines, sittlich schönes Leben, das aus ihnen spricht, sein edles, menschenfreundliches Herz, das ganz so streng gegen sich, als gegen Andere nachsichtig war, dem Demuth, Selbverleugnung und Gottergebenheit notwendige Eigenschaften waren, hat mit solchem Maßstabe nichts zu tun.«[61] Dieser Rezeptionsstrang zieht sich bis in unser Jahrhundert hinein.[62] Die Wirkungsgeschichte Gellerts ist erst noch zu schreiben.

59 Karl Biedermann, [Einleitung zu:] Christian Fürchtegott Gellert, *Fabeln und Erzählungen. Geistliche Oden und Lieder*, hrsg. von K. B., Leipzig 1871, S. V.

60 Franz Stegmeyer, »Ruhm und Nachruhm Christian Fürchtegott Gellerts«, in: F. S., *Europäische Profile. Essays*, Wiesbaden 1947, S. 46.

61 Ferdinand Naumann, »Immortellen aus dem Leben Gellerts«, in: F. N. (Hrsg.), *Gellertbuch*, Dresden 1854, S. 284 f.

62 Noch 1932 erschien eine solche fromme Erzählung in der Reihe »Zeugnisse des lebendigen Luthertums für die evangelisch-lutherische Diasporaarbeit in Brasilien«; s. Stegmeyer (Anm. 59) S. 44 f.

Inhalt

Fabeln und Erzählungen

1746

Fabeln und Erzählungen
1748

Aus den *Vermischten Schriften*

1756

Anhang